U0528728

THE LONGEST WAY HOME

Andrew McCarthy

One Man's Quest for the Courage to Settle Down

为了回家
所以旅行

（美）安德鲁·麦卡锡 著 方激 译

重庆出版集团 重庆出版社

THE LONGEST WAY HOME by Andrew McCarthy
The Longest Way Home © 2012 by Andrew McCarthy
Simplified Chinese language edition copyright © 2013 By Chongqing Publishing House,
arranged with Kuhn Projects, LLC,
through The Artemis Agency
All Rights Reserved. This Licensed Work published under license.

版贸核渝字（2012）第176号
图书在版编目（CIP）数据

为了回家，所以旅行 /（美）麦卡锡 著；方激 译. —重庆：
重庆出版社，2013.6
书名原文: The longest way home:one man's
quest for the courage to settle down
ISBN 978-7-229-06637-6

Ⅰ.①为… Ⅱ.①麦… ②方… Ⅲ.①传记文学—美国—现代 Ⅳ.①I712.55

中国版本图书馆CIP数据核字（2013）第117295号

为了回家，所以旅行
WEILE HUIJIA, SUOYI LVXING
[美] 安德鲁·麦卡锡 著
方激 译

出 版 人：	罗小卫
策　　划：	华章同人
出版监制：	陈建军
责任编辑：	徐宪江
特约编辑：	杨佳凝　王　方
营销编辑：	高　帆
责任印制：	杨　宁
封面设计：	周伟伟

重庆出版集团
重庆出版社　出版
（重庆长江二路205号）

投稿邮箱：bjhztr@vip.163.com
北京联兴盛业印刷股份有限公司　印刷
重庆出版集团图书发行有限公司　发行
邮购电话：010-85869375/76/77转810

重庆出版社天猫旗舰店
cqcbs.tmall.com

全国新华书店经销

开本：787mm×1092mm　1/16　印张：19.5　字数：280千
2014年1月第1版　2014年1月第1次印刷
定价：38.00元

如有印装质量问题，请致电023-68706683

版权所有，侵权必究

目 录

序　　"你欠了我一个蜜月！"　–1

纽约

1 让脚步朝着对的方向前进
一个安静却又热爱表演的男孩儿　–3
踏入演艺圈的生活　–7
与世界的疏离感愈加明显　–13
旅行的意义　–17
与蒂的第一次邂逅　–20
"我们应该结婚吗？"　–22

巴塔哥尼亚

2 享受独处的满足
身未动，心已飞　–27
"但愿你真的能享受孤身一人！"　–30
埃尔卡拉法特–迷人的小镇　–33
意外的惊喜　–37
重要的认可与欣赏　–41
"原来，你就在这儿！"　–47
寻找本地人　–49
阿根廷湖上一个孤独的孩子　–52
探寻埃斯坦西亚人的智慧　–54
自由与爱　–58

亚马逊

3

感受更深的爱与悲伤

家庭旅行计划破产 −63
其实不想走 −67
一见钟情于伊基托斯 −69
"撑破你的内裤" −76
社交恐惧症 −80
观赏野生动物和女人 −85
"原住民"的生活 −90
爱，一直都在 −93

奥萨

4

挑战乌托邦式的幻想

哥斯达黎加前戏 −99
要学的功课 −101
淘金，淘金 −109
不断上映的"尘俗画面" −113
生命中需要承载的"重量" −116
欢迎来到科尔科瓦多国家公园 −120
学会观照自己 −122
"为什么非要结婚呢？" −128
一个叫霍莉的女人 −131

维也纳 **重要的决定**

5

期盼重逢 –137

亲密的欢聚 –143

露天市场的收获 –146

享受二人世界 –150

霍夫堡宫之行 –153

观影 –158

两个男人的结伴 –161

小酒馆里的欢唱 –166

巴尔的摩 **爱真的需要勇气**

6

与老友返乡 –173

旁观者清 –177

美国最棒的城市 –183

回到老友成长的地方 –185

贴心的理解 –188

观看棒球比赛 –192

"现身"需要勇气 –196

7 乞力马扎罗　充满力量的男人

去证明自己　−203
登山前的压力　−208
向"庞然怪物"进军　−212
令人痛苦的慢节奏　−216
呼吸暂停　−219
满满的能量　−221
到达斯特拉制高点　−225
压抑的愤怒　−229
冲下山，马上　−233
此情不再可待　−235

8 都柏林　爱的进行时

婚礼计划　−241
父与子　−243
急件　−251
与爱尔兰的因缘　−253
签字画押　−256
婚礼宣誓　−260
温柔的夜　−267
第二个婚礼　−271

尾声　圆满 −278
备注 −281
致谢 −282

序

"你欠了我一个蜜月!"

"你醒了吗?"一个声音穿过了我沉睡的大脑。

"正要醒过来。"我回应着。

"几点钟啦?"蒂喃喃低语。

"四点十五分。我们起晚了。"夜色依旧沉沉,帆布帐篷被一阵干燥的微风吹得快速抖动起来。我抓起包,用力拉起拉链,和蒂一起出了门。在被一片惨白月光照亮的干硬的灌木丛中,我们穿过一条小路,将东西扔进吉普车,几分钟之内便绝尘而去。吉普车仅有一个前照灯还能使用,偶然间,在灯光光束的边缘,一双发红的眼睛在黑暗中隐隐地放着光。

我们在泥巴路上一路颠簸着,半个钟头后,开到了一扇锁住的大门前。夜色中,有人不知从何处现身,过来打开了大门,我们驶入了切腾戈大围场。几只无精打采的日光灯微微照亮了一大片平地。一个矮小的年轻人抓起我们的包裹,扔进一辆老旧的面包车尾端——这种面包车在非洲可算是命根子了。他从车轮后方跳上车,我们也跟着爬进了后座。

"我叫乔纳森。"司机自我介绍着——这是他会讲的全部英文。

我们在另一扇门前等着熟睡的门卫被司机叫醒。离开戈龙戈萨国家公园时,我们已经晚了四十五分钟,还要开上四个多小时的路程,我们才能赶上北去的飞机。

如果说国家公园里的路坑坑洼洼、千疮百孔,门外的这一条可算是更加糟糕了。我紧咬牙关,免得车子颠簸时咬到自己的舌头。突然之间,风猛烈地刮了起来,车里扬满了尘土。

"停车!"蒂高声叫了起来,"车子的后箱盖打开了。"面包车的后门没有关严实，大包小包全部掉落在了路上。"哦，天哪，我的电脑。"蒂轻声低语。

我那旅行包的拉链崩开了，黑暗中，衣服在尘土飞扬的路上撒了一地。我们尽可能抱起满地的衣服，重新塞回到面包车里。

"你想要检查一下电脑吗？"我问蒂。

"算了，还是快点走吧。"她无奈地回答。

等到天色变得稍稍和缓一些时，我们正穿过一片浓密的灌木林。稠密、低矮的树丛挤满在小路上，这些树大约不可能长得更糟糕了。我们继续向前行驶着。在车子爬上一片小山丘时，蒂又开了腔。

"有东西烧起来了。"

我们停在路中央，一个个挤出车门。右侧的后轮胎瘪了气。蒂和我面面相觑着。赶上飞机的可能性完全没有了。被众人忽略了的面包车悄悄地沿着倾斜的山坡向后滑了下去。乔纳森赶忙跳到车轮后面挡住了车，才没有让它完全冲下去。原来，这辆面包车根本没有刹车闸。蒂和我捡起几块碎木头，垫在轮胎前面稳住车子。乔纳森翻出了千斤顶，却不知道如何使用。其实，就是知道也没用了，因为连车上唯一的备胎也是瘪了气的。

我们站在面包车后面，上上下下地打量着道路。一直到那个时刻，路上不见任何一辆车从我们身旁经过。我们身上没有任何食物，却又偏偏饥肠辘辘了起来。太阳冲出了地平线，突然间，蒂笑了起来。她笑得全身都在颤抖，笑声狂放恣肆，像是用尽了她的全部气力一般。那是一种让我觉得自己做对了什么的笑声——我庆幸，自己最终和这样一个会大笑的女人走到了一起。

"怎么啦？"我还是忍不住问她。

就在此时，我也听见了一种声音——遥远却又清晰，鼓声敲击的节奏遍布在清晨的莫桑比克大地上。

"我可不希望这是战鼓。"我说。

新婚不满一周的此时，我才明白自己做对了"结婚"这一件事。但也在这时候，我又看见某种巨大的恐惧正变得真实起来，那便是——我可能没有办法去照料好眼前这个女人。

当鼓声渐弱下来时，我们依旧停在路边等待。在非洲的天空上，太阳爬得越来越高,气温也越来越高。时间一分一秒地过去了。我们的饥饿感更加强烈,而最令人不安的,是蒂变得沉默下来。当我总算再次听到她的声音时,却觉得这个声音仿佛来自一口低陷、遥远而浑浊的深井。她向前直视着尘土飞扬的路面,轻柔又缓慢地说:"你欠了我一个蜜月,哥们儿。"

1

| 纽约 |

让脚步朝着对的方向前进

表演上的成功曾赋予我一种假象，
给我披上一层自信的躯壳，
但我的旅行却帮助我真正认识了那个面具后的自己，
并以信念来填满那个躯壳。
通过旅行，我开始成长了。

一个安静却又热爱表演的男孩儿

其实，我们仅仅向西面迁移了19英里——但我的童年时代却就此被抛在了身后。逝去的不仅如此，还有我和我的兄弟们在自家后院玩威孚球的记忆。那种游戏曾经占据了当年我整个夏日午后的时光。此外，还有前院那棵小小的枫树，在我八岁那一年，我差一点成功地用一把橡胶斧子劈倒了它。

那些夜晚，我躺在床上，趁着困意袭来之前，在黑暗中与房间对面的我哥彼得聊天。那时候，我们还住在一个小山丘的顶上，家在城郊外安全的中心地带，那是一栋有三间卧室并且挂着绿色百叶窗的殖民式楼房；搬迁后，我们却要住在沼泽地带中某条街上的一栋长形、低洼的房子里，相隔了半个小时的路程，也相隔着一整个世界。

"这里看上去就像是一间汽车旅馆。"

我记得自己在第一次看到新家时曾经这么说过。无意中，我其实也一语道破了我们生活中那种即将开始的动荡不定。我大哥斯蒂芬那时刚刚进了大学，他和我爸之间那场旷日持久的拉锯战终于宣告落幕——我爸再也不用满含怒气地一路追着斯蒂芬冲出门外，直到穿过整个院落。彼得曾经是一个炙手可热的体育明星，突然之间，他也长大了，并且暂时失去了所有的光彩——驾车和跟女孩子们交往侵占了他对于体育运动的热衷，而体育曾经占据了他早年生活的全部日子。然而，他还是带着一种强烈的保护欲，继续照顾着我。我们的小弟贾斯汀，比我又小了八岁，那时刚插班进了一所学校，亦步亦趋地踏着我们的生活足迹。

搬进大房子后，我父母并没有因此而增添几分自信，相反，他们的关系却变得紧张起来。有一件事情发生得越来越频繁了，每当电话铃声响起，我总能听到我爸的声音在又黑又深的房子里的某个角落来回飘荡："我不在！我不在！"不管是谁找他，他都不想被人找到。在同一时间里，我妈因为某种疾病而变得令人越来越有距离感，我们孩子对那种疾病了解甚少——父母从来不跟我们讨论这些问题。在这个空间的每一处，一家人都像是在渐行渐远地生活着。那一年，我十四岁。

作为一个安静的孩子，我曾经轮流跟别人交朋友，在我的旧邻舍之间循环重复着这些把戏。搬家之后，我失去了这样的乐趣，就像是从一条绳索上被解了下来。我家门前的路上，有一片树林穿过，我开始花上越来越多的时间，独自从树上折下枝条，或是在小溪流中堆一个小水坝。因为一直活在我哥彼得那所谓运动天赋的阴影之中，我对于体育的热情也渐渐冷淡了。

我从来也都不曾是一个勤奋的学生，在学校的功课开始堆积如山时，我的学习兴趣更是开始消退。我妈注意到了我日益严重的忧郁症倾向，建议我去试一试参与学校的音乐剧《雾都孤儿》的表演。开始时，我十分勉强地去了。但是到最后要挑选扮演"鬼灵精"这一角色时，连我自己都为多么想要得到这个角色而感到吃惊。另一个备选的学生很明显的有着更好的声音特质，也对这部音乐剧怀抱着更大的热情。他逼得我在表演中把自己完全豁了出去，直到评委们再无挑选的余地，只有把这个角色交给了我。

剧作家田纳西·威廉姆斯在描述初恋时，曾经写下这样的话："正像你突然将探照灯转向某些一直处于半黑暗中的物体。"我在那第一个角色中，经历了一种非常类似的、如同探寻到什么似的奇异感觉。我感觉到了自己一直在寻找着的力量和归属感，虽然完全不明白自己究竟在寻找些什么。我知道自己在舞台上的经验对我而言意义深远，但却从来不曾告诉任何人它对于我生命的影响力。

几年之后，到我申请大学的时候了，因为成绩差，我几乎没有什么选择的余地。那一天，我一声不响地坐火车到霍博肯，再搭哈得孙河下的捷运，来到格林威治村华盛顿广场旁的一栋大楼里。在二楼一间无窗的房间里，面对着一个举止弱不禁风、颈上系着领结、胡须还上了腊的细瘦男子，我朗读了一段台词。那台词出自一篇我只读过一部分的剧本。

"你坐下吧。"在我念完后,他简短地说。

他想要弄清楚,为什么我的成绩会如此糟糕,又是为了什么缘由想要来上表演学校。随后,他又问我是否预备了另外一段独白,可以表演给他看一下。我说,我可以试一试"鬼灵精"的几段台词。表演完后,他盯着我看了好久好久。

"好吧,"最终,他开了腔,"我们这样吧,如果可以的话,我会让你进到这所大学里来。可以肯定的是,在课业上,他们只能让你先在此试读。所以,你一定要拿到好分数,然后,一辈子都要记得感激我。"

"听起来不错。"我答应着,脸上装出一副漫不经心的随意,以此来掩盖自己内心中的狂喜。

"我的儿子绝不能去当什么操蛋戏子。"听说了我的应试后,我爸厉声训斥——只是,当他确定没有其他一所学校愿意录取我时,他也无从选择了。

同样也是他,在学校拒绝了我的住宿申请之后,开着车带我进城,一家接着一家地敲门,直到在华盛顿广场公园近旁为我找到安顿下来的公寓。

我们眉飞色舞地开回了新泽西。路途中,他一遍遍地放着他那盘约翰·丹佛的卡带上的一首歌《谢天谢地,我是个乡村男孩》。我假装拉着无形的小提琴琴弦,他则摇下车窗。风从车里穿过,我们扯着嗓子高声对唱着,唯有在那一刻,两颗心才对着彼此完全打开了。

在我收拾行李准备离家时,我妈把一幅我一直心仪的画给了我。那是一幅巨大的帆布画像,画着一只鹰隼,金色的眼睛像是在直瞪着每一个观赏者。可是,当我爸看到它斜靠在门前的墙角,而不是悬挂在客厅的墙壁上时,又变得怒气冲冲起来。

"那幅画绝不能离开这个家!"他狂吠起来,"那是我最喜欢的作品。"

我妈在我爸脾气发作时很少跟他顶撞,但这一回,她顶了回去。

"我就是要给他,"她发出了自己的声明,"他就要离开这个家出去上学了,我就是想要他带上这个。"

接着,一阵狂暴的冲突便发生了。在彼此的怒骂声中,我心里非常明白,它跟这幅画其实并没有什么关系,一切都缘于一个对儿子过度投资的母亲眼看着要失去他了,而那个妒火中烧的父亲却又恼怒于母子间如此的亲近。

我在公寓安顿下来的几个月之后，我爸一如往常地没有事先告知便前来造访，这一次他居然还带着那幅画。他把画拿给我，仿佛这完全是一个刚想出来的主意似的。我想要拒绝，但根本没有用。他走了以后，我把画丢在了壁橱的最里端。等到我后来搬出那间公寓时，随手便把它送给了别人。

踏入演艺圈的生活

那个冒着风险把我招进纽约大学的男人叫做弗莱德·高力克。我后来每次在学校碰到他时，他都几乎认不出我来。在我进校之后不久，他便离开了。我后来再也没有见过他。我的确一生都对他心存感激，但我只履行一半自己的诺言。在某种程度上，我不太愿意去上那些非表演的课程，两年之后，学校的管理者们便要求我离开了。

不过，就在事情发生的几个月之后，另一个转瞬即逝的天使又飞掠过我的人生之路。

先是报纸上登出了一条题为"我们需要：十八岁，脆弱且敏感者"的广告。我并没有注意到，是一个朋友打来电话将面试的消息告诉了我。我就这样搭上了一号地铁去了上西城。坐在73街安索尼亚饭店走廊的地板上，我和几百个同样自认为具有"敏感而脆弱"这一特质的十八岁的少年们一起等待了三个小时。之前，我从未参加过类似的"公开招选"，或者说，从未参加过电影演员的面试。

当最终被叫入了屋内以后，我将自己的大头照递给一个面部线条柔和的男人。他立即翻过照片，跳到我的简历上。我只在一个周末，参与过一次正式的表演，那部剧作的名字正孤零零地悬在这张白纸之上。

"你把作者的名字拼错了。"面部线条柔和的男人开了口。

"噢，"我谦恭地回应，"很抱歉。"

我转过头望向一个满头乱发的女人，那女人正忙着做她自己的事情。她抬起眼，飞快地扫视了我一眼，点了点头。那个面庞柔和的男人于是转回身来又说："明天到我们的办公室来吧。"他在一张纸上写下地址和时间。

第二天,我如约去了那间办公室。

有人从一叠貌似电影剧本的文档中抽出一幕戏并递给了我。我对着那个名叫大卫的男人读了这一段台词,之后便离开了。接下来的一周之内,我又被叫去见了这部电影的导演路易斯·卡利诺,见面安排在他位于中城的饭店套房之内。这是个温文尔雅、说话轻声细语的男人,留着修剪过的灰色胡须。在和他闲聊了一阵子后,我便走出了房间。在等电梯时,大卫走了过来,要我第二天再回办公室一趟。

这一次,我们又对读了一遍先前我已读过的那段场景对话。路易斯也在场,他们把我的表演录在录像带上。我很紧张,心里明白自己并没有照着导演的意思演,整场戏都给演砸了。更糟的是,我的眼睛还不由自主地圆睁着,很明显,这副表情让我看起来像是带着满脸呆滞的惊恐。

"眼神要放轻松一些。"路易斯和蔼地说。

只是,我根本不知道他在说些什么。

我垂头丧气地离开了那里,心里很清楚,自己已经失去了扮演这个角色的任何机会。

但是,六个星期之后,当我按下室友搁在他卧室地板上的新的电话答录机上的按钮时,却传出了大卫的声音,他询问我是否可以再到他的办公室去一趟。

马蒂·兰索霍夫是这部电影的制片人,他已经看了我的录像带,从中发现了一些他所喜欢的特质。"他看上去很疯狂,有点像是《惊魂记》里的安东尼·柏金斯。"马蒂如此评论我的表演。

我就这样被带到了芝加哥,和其他演员们见面并接受了试镜。最后,我还被带去洛杉矶见杰奎琳·比塞特——我要扮演的那个角色就是她的小情人,在对于我的选择上,制片方当然需要经过她的首肯。

就在马尔蒙庄园酒店里,在约翰·贝鲁西当年因为吸毒过量而致死的房间近旁,我等待着被她召见。马蒂开着他的捷豹车来接我。从各方面来说,他都是一个特大号的家伙。在我们开去本尼迪克特峡谷的途中,他对我说:"孩子,做你自己就行了。"

一个高个子、金发的小白脸来开了门。他一开腔便带着浓重的俄罗斯口音。

"很高兴认识你。"他说着,伸出了他被阳光晒得恰到好处的手。他是杰奎琳·比塞特的情人，就是当年刚刚叛逃到美国的俄罗斯芭蕾舞演员亚历山大·古德诺夫。

我走进充溢着西班牙风情的房间，低头垂肩地坐在套间居室里的沙发上。马蒂在旁边一把舒适、豪华的座椅上坐了下来。我们沉默地坐等着，期间，他的目光一直没有离开过我。

"放松就好，孩子。"过了一阵子后，马蒂如此安慰我。

之后，我听到远处传来马桶抽水的声音，不由自主地笑了出来。杰奎琳进了房间，坐在我对面的褥榻上。她温文有礼，兴致很高，也极其貌美。我已经不记得自己说过了些什么，但是几分钟之后，她便转向马蒂，以她雍容华贵的英伦口音说道："他冒冒失失的，我挺喜欢他。"

事情就这样定了局——马蒂开车送我下山，让我在一个出租车等候点下了车，然后我自己搭出租车回到我的旅馆。

这部电影叫做《高材生》，拍摄于芝加哥。拍戏期间，我就住在密歇根大道旁的一家饭店里。那年，我十九岁。

演艺工作实现了我少年时代的梦想，但却是在这间有着黄色墙壁和大号床的小套房里，我才感到一种前所未有的自在。一个人远离所有熟人，有份工作可做，让我觉得有保障而又安全。

电影杀青后，我回到纽约。一年之内，除了在一条"汉堡王"的广告中演了一个百事可乐少年外，一直无所事事，而这条广告也根本不能算是什么表演作品。但我的人生还是最终有了方向，我要毫不含糊地顺着它向前走。

二十一岁时，我在一部叫做《天主教男孩》（后来有人把片名改作《天堂，救救我吧》）的电影中得到了一个角色，接下来的成功便发生得太快了一些。当时我没能充分准备好去利用自己的好运，现在看来，却成了好事。我的人生是被推着向前走的，我自己也没有兴趣想要停下来。我也不会听从任何人劝我改变做事方式的建议，即使当有人向我建议。我一味沉浸在自己的世界里，确信自己很清楚想要做些什么。

工作带来更多的工作和旅行。

当然会去洛杉矶，也去过费城、肯塔基、堪萨斯和加拿大。我到过巴黎，紧接着又去了伦敦，也去过意大利和巴西。因为我天生有着独处的倾向，在一天的工作结束后，我总是会远离人群，独自在每个城市里游荡。我开始在陌生的城市里，以一个陌

New york 9

生人的身份，在稍纵即逝和隐而不现中找到满足感。不被人注意，也不公开自己的名和姓，在找到了一个与我度过童年时光的新泽西城郊地带截然不同的世界时，我感到放松和兴奋。

成功是某种我所渴望的东西——但它也同样使我感到胆怯。这种混合着的感觉并不是一件新鲜事；矛盾的心理其实早已开始在我的人生中显明，并在我早期电影作品中最为成功的那些角色身上显得极其清晰。在如今对于刚踏入成年阶段的人有着代表意义的爱情故事《红粉佳人》中，我本不太可能被选为男主角。拍摄时，我总觉得它就是一部写一个女孩子想要去参加舞会的傻乎乎的片子。我是个超级敏感的年轻人，却扮演"高帅富"——一个由二十二岁的中产阶级年轻人扮演拥有特权的十七岁男孩。让我在表演上具备了影响力，并且也为这部电影在当年以及后来的流行做出贡献的，正是我带给这个角色的双重特性：在他的性格中，对于自己在这个世界中的定位始终存在着一种不确定性，这种不确定性既回应了我自己的挣扎，也代言了一代青年男女所面临的共同问题。

在《七个毕业生》中，同样的举棋不定、进退两难被放大到了更加无以复加的地步，这种特质成为我所演角色中性格的基本定位，也使它比其他角色都更加适合我。在这个例子中，因为我活跃地将自己的摇摆不定活现在了银幕上，所以我觉得自己格外自由——那是我年轻日子里唯一的一次——想要向着我自己决心争取的成功全力前进。只有到了对那个角色的演绎行将结束时，我的怀疑和保留才重新回到自己身上——而在那时，成功已经在向我招手了。

那些片子在目标观众群中产生了巨大的反响，因为它们描绘了青春迷茫的真实存在，并采取认真严肃的方式来表现。当时，我自己也正在和一种挣扎感角力着，因此选择了以酗酒来解压。

恶习由好奇心驱使着开始，逐渐变得无法摆脱，然后愈发成为一种胆大妄为的习惯，到了最后，便成了一道无形的枷锁。如果我有那么点合群精神，或者允许别人接近，也许有人会向我指出，酗酒很可能导致我人生计划脱轨——但我也未必听得进去。我渐渐任由酒精主宰。

在我还是二十来岁时，有一次，我在柏林草草结束了一部电影的拍摄工作，拎着一瓶詹姆森爱尔兰威士忌独自回了酒店房间。我对着镜子，为工作结束得还不错而举杯向自己祝酒，之后却在另一间屋子里醒过酒来。对于自己在什么时候换了房间，我已经根本记不得了。糊里糊涂、昏昏沉沉之间，我在床上翻过身给前台打了电话。一个男人接了电话，说的却并不是德语。

"早上好。"我语调低沉地对着听筒说。

"下午好。"一个带着口音的声音纠正了我。

"噢，已经这么晚了吗？"我问着，尽可能让自己的语调里带上更多的无辜，"我一定是睡过头了。请问，几点钟了？"

"四点半了，先生。"

"哦，很好。"我回应着，希望一切听起来还是照着自己的计划而行。我尽可能让自己的语调带着合理性，继续问，"今天是星期几？我给忘了。"

"星期五，先生。"电话里的声音回答。

"当然。"我还没有把整个一天给搞乱。但是我还是不知道自己身在何处。"唔，我正在写一张明信片，"我撒着谎，"你能再提醒我一次旅馆的名字吗？"

"欧洲饭店（Hotel L'Europe），先生。"电话那端的声音毫不含糊。

这还是不足以帮我确定自己的方位。"好！"我说，"我刚才拿不准饭店名称中用的是'The'还是'L'。谢谢。"

"不客气。"这位通情达理的人让我放了心。

我停顿了下来。

"请问还有什么事情吗，先生？"

"我们究竟在哪一个城市啊？"我终于脱口而出。

不过是犹豫了片刻之后，那个一直很友善的声音继续愉悦地回答了我："当然是在阿姆斯特丹，先生。"

我挂了电话。"太棒了。"我喃喃自语。我一直想要造访阿姆斯特丹。我居然没有停下来好好想想，自己怎么能从柏林跑到阿姆斯特丹且对此毫无印象。这事足以说明当时我受酒精之害的程度有多深！

我冲了个澡，跑去红灯区看橱窗中的妓女。黑暗中，我遇见一个男人，他问我是否要可卡因。我们说好了以50荷兰盾换两小包，他却只递过来一包便转身逃走了。我追着他跑过隧道大桥，再冲到黑暗中的小路上，一边跑一边还大叫着。最终，他停了下来，转过身，把那第二包向我扔了过来。

"你真他妈疯了！"那一小包可卡因落在我脚前时，他还在咆哮着。

在黑暗的角落里，我吸着可卡因，粉末烧灼着我的喉咙，却无法改变我的心情。之后，我找到一间酒吧，里面到处是插着蜡烛的酒瓶，我钻了进去，在那里待了一整夜。

我回到家后，向人不断吹嘘着这"昏天黑地的旅行"。几年之后，我不再那么漫不经心了，对于酗酒的后果无法再置之不理。在二十九岁那一年时，我总算结束了这样的日子。我跑到明尼苏达州，去寻求针对失控性严重酗酒者的治疗和帮助。

与世界的疏离感愈加明显

又过了几年，在令人终生难遇的旅行之后，有一天，我在书店里无意间盯着一个女孩走过展品桌前。她有一头棕红色的长发，梳到脑后松松地绑了一个马尾，穿着一件紧身的、蓝白条纹的衬衫——就是那种法国新浪潮电影中的女孩常穿的。那一刻，她吸引了我全部的注意力。

当最终意识到有人正注视着她时，那女孩抬起头来，正好发现我紧盯着她的眼神。我惊慌失措，连忙抓起面前桌子上放的第一本书。

"就这本吧！"我大叫着，像个傻瓜般地冲到了结账台前。我慌张忙乱着，连想也没想便买下了那本书。出了门到了街上，等到慢慢恢复了理智，才想起来看一眼自己刚才买的是什么。书名是《出发吧！》，在正标题下，还有一行字："重现西班牙朝圣之旅"。没有什么比这种东西更令我感到乏味了。我把书带回家，插在书架上，很快便遗忘了它。

几个月之后，我去了一趟洛杉矶，出门时，我随手抓起了这本书，预备在飞机上可以有些东西读一读来打发时间。这本书讲的是一个人，要走路去西班牙北部的卡米诺·德·圣地亚哥。他从法国南部启程，翻越比利牛斯山，走了500英里路到了圣地亚哥·德·孔波斯特拉。依照天主教的传说，那里曾经出土过圣詹姆斯的遗骨。在18世纪，当传说还是一条新闻时，数以千计的人群沿着这条道路穿过西班牙，只为了获得宗教上的赦免权，好使他们减免掉将来一半的炼狱之苦。然而，这些人很多都半途而废了。过去的半个多世纪以来，这种试炼之旅渐渐不再时髦，但是作者关于他今日朝

New york 13

圣之旅的故事还是给了我一些启迪。我要重申，我一直在寻找着什么启示，只是不知道想要找到的究竟是什么。

两周之后，在一个明亮、炎热的初夏早晨，我抓起一个背包，穿上了新买的登山靴，穿过法国到西班牙的边境线，走上了高高的比利牛斯山。在午后时分，我饥肠辘辘地到达了目的地龙塞斯瓦列斯修道院，右脚跟上起了水疱。其他同走此段路程的人已经先到了那里，我们一起寄宿在房舍里。在临时起意的宣誓仪式后，第二天一早的非正式行走小组也已经排定了。我最后和一个穿着几世纪之前清教徒服饰的西班牙人排在了一组。他穿着一身垂挂的棕色长袍，带着一个顶端固定了一只葫芦的长长的玩意儿，看起来就像是一个老练的在万圣节夜里"不请吃糖就要捣蛋"的孩子。他知道自己要去哪里，我便亦步亦趋地跟在后面。他不说英语，我也羞于开口说学校里学过的那点西班牙文。在整整三天安静的行走之后，我的水疱越发严重，只好在潘普洛纳停一个星期休息，结果，我那位装束严整的向导没说一声"再见"便扬长而去了。

我十分悲惨，充满了孤单与焦虑。我长久以来建立起的孤寂的习惯让我被完全隔离，也没有资源可以求救。我对于自身最为糟糕的恐惧感——在这些恐惧之中，我无法像个男人一般地勇于承担——现在被证明了其实是一直存在着的。我来西班牙是为了看看我能否照料好自己，现在我可知道答案了。我坐在德尔·卡斯蒂略广场上的艾鲁纳酒馆里，觉得答案不容乐观。我在海明威曾经坐过的位置上呷着咖啡，决定了要卷起铺盖回家去，我性格中的优点和缺陷就此暴露无遗。坐在那里，看着广场上整齐排列的飞机树越久，我越是看到自己的努力是如何失败的，这种感觉后来一直萦绕着我。这是一个转折点，我心里很清楚。

当水疱不再流血后，我买了一双新的红色耐克行走鞋，将那双靴子留在一个沉睡着的流浪汉身旁——他住在至今仍然环绕着城市一部分地区的那种古旧围墙围起的凹室中，然后，我独自启程上路。

晚上，我常常避开聚集着其他行走者的住所，选择那些小酒店、小旅馆独自栖身。当我选择停驻在朝圣者的客栈中时，我会觉得自己和别人之间那种巨大的距离感，就仿佛一堵不透明的高墙围堵在我身边，世界的另一半依稀可辨但却无法触及。这种屏障般的感觉过去被我消融在了酗酒之中，然而现在，我已经远离了酒精好些年头，我那天然的对于与世隔绝的倾向性便开始牢牢地钳制住了我，使我陷入了自己的

14　The longest way home

圈套之中。我举步维艰，痛恨着脚下的每一步。

几周之后，我出现在西班牙中北部的高原之上，就在位于缺情少调的奥尔尼略斯德尔卡米诺村庄以外的地方。七月的酷暑仿佛僵在了那儿。当我一英里接着一英里地行走在低矮、病态的小麦田中时，阳光沉沉地向着我覆盖下来。大地变得干燥、龟裂。汗水顺着我的脸庞滴下，流进背包重负下的后背中。一只黑色的大乌鸦头顶上盘旋，接着又飞越而起。我心里对它的轻盈悠闲充满了怨怼，它一飞而过的距离就足够我花上一整天的时间去走完。我跪在地上，流泪、抽泣，继而对着老天爷放声大哭。我无所顾忌地向着天空挥动着拳头，求它让这样的煎熬快些结束。我跟它讨价还价，要求有人能来到此地将我接走，只要能把我带离此处便好——为什么我不能像其他所有行走者一样平顺地走下去呢？我对于自己孤立隔绝的处境充满了诅咒。为什么我要感受这种与世隔绝的重负呢？我呜咽得更加无法自持了，连鼻涕都顺着我大汗淋漓的脸往下流。

我重重地蹲了下来。我的那根步行手杖被丢在了20英尺以外，我是在大发雷霆时将它用力抛出去的；就连背包也被这样丢出去了。我用手指在坚硬的地面上扒拉着，面对自己，我感觉到窘迫万分。抬头仰望万里无云的天空，我又看到乌鸦盘旋而回。它在我头顶上方盘旋了两圈，又冲出了地平线。我立起身来，重新找回自己的手杖和背包，跟在它的身后蹒跚前行。

在令人厌倦的卡斯特罗赫里斯村，我找到了一间空房，一头栽进长达十二小时的无梦之眠。等到醒来时，我终于能胃口十足地大吃一餐，接着又继续上路。几天来一直相伴我行进的枯干麦田已经被抛在了身后，生命的迹象又开始回归到了卡米诺。一个小时后，我无来由地在一间谷仓旁停了下来，坐在一块树立起来的木板之上。事实上，现在就开始上午过半时分才有的休息还为时太早，但我还是坐了下来。自从早餐之后，我一直有种遗忘了什么的感觉，这种感觉让我觉得，连自己的背包也变轻了。我远远地望向地平线，遥远处那座教堂的尖顶，昭示着下一个村庄还不在视野之内。我喝了一大口水，开始感到两肩之间的隐隐刺痛。突然之间，我笑了起来。这是我记忆中离开纽约之后的第一次笑。瞬即，我意识到什么东西不见了，什么东西在那天清早没有被我带上旅途，那种东西便是恐惧。突然之间，两肩之间甚至渗透到骨头里的恐惧不翼而飞了——直到那一刻，我才觉察到，曾经是我生命重心的恐惧感，曾经无时无刻不出现在我的人生中但我却全然不知的恐惧感，已经远离了我。

两肩之间的刺痛持续并增加着。很快，我的全身都感觉到它了，就像是振动的传播一样。我觉得自己有形的身体在膨胀，似乎像是长大了——或是正在成长之中。我深深地呼吸着，张开手臂。我将头向后倾斜，开始唱起歌来。"谁人"乐团的歌《别跑调》就这么滑出了我的嘴唇。我根本不记得自己以前曾经唱过这首歌，但我居然记得所有的歌词，并且唱起来一点都不觉得勉强。

在西班牙中部的一座谷仓旁，我经历了同样的自在和欢欣，仿佛是当年抢到了"鬼灵精"的角色，又像是身处在芝加哥的旅馆里，只是这一次，我不需要靠着某种工作来隐藏自己了。我可以自由自在地去做回我自己。

接下来的两周仿佛迸发着光芒，每一步都带领我更深地进入到自己的版图中，我似乎跟整个宇宙合了拍。恰巧在一场倾盆大雨降下之前，我终于到达了自己选定的目的地。而选择在客栈里住宿，也让我刚巧避过了一大群野狗的包围，这群野狗将先行到达的旅人们吓得魂飞魄散。我遇见了极有吸引力的人们。他们过去都躲在哪里呀？每一天我的身体都变得更加强壮，当我在七月末昂首阔步走入圣地亚哥时，我有了一种一直想要拥有但在某种程度上却从未有过的感觉。我不需要什么确认了，也不需要外在的认可——我就是我自己，完完全全地活着，并且对于眼前这简简单单的一切满意极了。

等我回到家中时，一路上的经历已经改变了我。旅程中那强烈的欣悦感虽然渐渐淡去了，但是我对于自我的感觉却留存着并且愈加深化。就这样，我开始了旅行，不是为了工作，就只是为了旅行本身。

我回到欧洲，遍访那些以前曾去过的城市，重写我酒醉后的旅行史，将一份锐利、清晰的回忆留存给自己。我开始更长途的旅行，到过东南亚，也到过非洲。但我总是独来独往，常常在没有任何计划的情况下，到达某个地点，既无落脚处，也不认识任何人。我想要看看自己如何来掌控这一切局面，看看自己是否有能力照顾好自己，我总是会明确地发现自己走过了一次次恐惧，每次旅行完毕回到家中时，便觉得自己能够更好地去面对它了。过去，表演上的成功赋予我一种假象，给我披上一层自信的躯壳，但我的旅行却帮助我真正认识了那个面具后的自己，并以信念来填满那个躯壳。通过旅行，我开始成长了。

旅行的意义

每一次当我告诉别人自己要外出旅行时，总是会听到诸如"哦，那日子可真是难熬啊"或是"太苦了吧"这样的评论。甚至连我的好朋友们，都常在与我的交谈中带着完全充满敌意的妒意——"一定是棒极了"，他们常会这么说。我曾经试着向他们解释并证明自己旅行的正当性，只是根本没有用。

旅行——尤其是对于很少旅行的人来说——常被当成是一种奢华或放纵，许多人会觉得，旅行会使个人时间无法得到合理的支配，他们因此而对旅行持否定的态度。他们总是会抱怨："我真希望自己可以走得开。"即使我在精密计算之后得出了"在路上其实比在家里更省钱"这样的结论，他们还是会以怀疑的眼光来看我。不要外出旅行的原因是多种多样的，也是错综复杂的，就像对于任何一种行为，人们总是能找出可以支持自己想法的正当理由一样。

也许，人们之所以对于旅行会有这样的体会，正是因为它常常被这样理解和表达了。他们已经预料到自己的逃避，所以也就盼望着逃避。他们从工作和焦虑中，也从日常生活和家庭里寻找逃避的理由，但是最多的，我想还是从他们自身当中——他们需要的，仅仅是能够将所有生活的烦恼都抛在脑后的阳光海滩。

对我而言，旅行已经很少意味着逃避了；它甚至常常与一个特别的目的地无关。我的动机就是要走出去——沿着道路一直向前，去和生活，也和自己撞一个满怀。在动身启程的行动中，总有一些东西不断使我更新，让我感觉到，一切都充满了可能性。

在路上，我被迫要指望自己的本能和直觉，指望陌生人的善意，我需要清楚地表明自己是谁，清楚地照亮自我的动机和恐惧。因为在旅行中，我花了那么多时间孤身一人而行，所以，那些恐惧，那些我生命中最初的伙伴，已经变得无所遁形了，而结果是，我却因此得到了一种自由。

我可以确定，如果没有外出冒险，这一切都不会发生。常常是，当我走得越远时，越觉得自己像在家中一般的自由自在。那不是因为哈拉雷（津巴布韦首都）的大道对我而言比纽约的街道更令我熟悉，而是因为我内心的那根弦放松了，它找到了一种在家中时很少能够找到的轻松节奏。

在旅行的某些节点上，我开始草草记下一些笔记。我曾试图坚持写日记，但我发现，自己对于往事的回忆是漫漶而荒唐的。我找不到写日记的乐趣，重读时也因此觉得难堪。

有一天，我记下了自己在某段经历中的某个场景。那是我和一个年轻人在西贡的邂逅。他主动带上了我，一同乘着他的摩托车同行。这片段的场面截取了我整段旅行中的精华。还有一个老挝妇女，我觉得她的行为粗鲁乖张，但正是她，却给我在那个静僻的城市中的经历投射了亮光。在马拉维的新年时分，一个小姑娘在阳光下撑起一把太阳伞的画面，也久久地定格在我脑海里。我把它们全部都写下来了。

等到回到家中，我把笔记本丢在了抽屉的最里侧，并没有立刻去阅读自己写下来的东西。但是，某些思想却在我的脑海中萌芽、成长。

我认识一些人，他们又再认识其他一些人。我遇到过一个名叫基思·贝洛斯的人，他是《国家地理旅行者》杂志的编辑。基思是一个胸肌发达、有着浓密银白色头发的男人——这种男人其实在我还是个孩子时最令我感到恐惧。他答应和我在东村的酒吧碰面喝酒，就是在那里，我将自己想要为他的杂志写一些旅行感受的念头告诉他。

他很滑稽地望着我说："可你是个演员。"

"我知道我的本行是表演，"我回应他的疑惑，"但我也知道如何旅行，并且更加知道，它曾经在我的身上改变了什么。"直接了当的表达，在我以前谈论自己的表演时从未有过。

"你能写吗？"他还是不把我们的对话当作一回事，目光只停留在吧台另一侧一个年轻姑娘的身上。

"我会讲故事。"这一点引起了他的注意力，"这其实就是我当演员二十年来一直在做的事情。"我耸了耸肩膀。

我又花了一年的时间对他哄骗利诱，在电邮里对他说，在电话中对他说，共进晚餐时也这样对他说。就是在这个过程中，我们逐渐成了朋友。最终，在SOHO区一家餐厅里共进晚餐之后，基思望着我说："我还是不明白你为什么想要干这个。你赚不到什么钱，并且一点好处也没有。"

我还是耸着肩，把话讲得含混不清："这么做很有趣。"在高中时代我扮演第一个角色时，就有些什么东西在召唤着我，我一直把这种召唤藏在自己心里。我不知道它会把我领向何处，但我知道，它对我有一种意义。

"你对哪里比较了解？什么地方会跟你产生内心的交流？"

"爱尔兰，"我不假思索地回答他，"在爱尔兰的西部。有一个叫克莱尔郡的地方——"

"那么，我就把你送到那里去吧。"

就这样，我的第二职业开始了。从此，我不仅旅行，也书写着旅行。

也就是在那时，为了完成我的第一组写作任务，我回到了爱尔兰，并且第二次遇见了蒂，从此，我们决定要牵手共度此生。

与蒂的第一次邂逅

我第一次见到蒂时，是在爱尔兰西部戈尔韦郡大南方酒店的大堂里。她的身材高挑纤长，引人侧目，在我正等候着出租车将我送去机场时，她迈着自信的步伐，向我走了过来。

"我昨天真的很喜欢你的电影。"她说话时，也同时伸出了手。（我那时编导了一部改编自弗兰克·奥康纳小说的短片，就在当地的电影节上放映。）我敏锐地意识到，她的手指包裹住了我的——她紧握的力量和一种存在感也激发了我的能量。我仿佛觉得，她似乎是我从前就遇见过的某人——在双手紧握的瞬间，蒂走进了我的世界里，从此将我从自我的隔绝中拉了出来。

她也有一部片子在电影节上展映——只是我还未去观赏。

"先生，你的出租车到了。"门僮提醒我。

我转身向蒂告别，我们快速交换了彼此的名字，之后我便离开了。

她是一个美丽的女子，明晰而直截了当的举止深深吸引了我的注意力，但她并不是我以前曾经约会过的那一类女人。她握手的方式一直存留在我的记忆之中。

几周之后，我给电影节的主任发去了一封电子邮件，提到我曾遇到过一位"电影制作人同行"。我撒了一个谎，宣称自己丢了这位同行的电子邮件地址，询问她是否可以将之转告给我。在那一刻，我意识到，对我来说，这么做是多么不符合我的性格。

在得到她的电邮地址后，我坐在西班牙巴塞罗那一间酒店底层的会议中心里，写出了一封探寻可否再度联络的邮件，当时我正在那里出外景。我记得很清楚，自己靠在椅背上，对着空荡荡的屋子大声问过自己："你到底在干些什么？"

之后，我还是按下了发送键。

两三周过去了，回信姗姗来迟。是的，蒂不仅记得我，也对我们短暂的邂逅存留着好感。她的电邮内容和我礼貌性的正式口吻恰恰相合。在信的末尾，她甚至还署了名。

我再将电脑屏幕向下滚动。在一大段空白段落之后，她敲下了一个虽然简单却又不近人情的问题——"你是谁？"

我回了信，告诉她自己将在一个月后去爱尔兰西部做一次写作旅行，或许，我们可以见上一面，一起喝杯咖啡。

"我住在巴黎。"她的回答却是颇为隐晦。

"那么，请见谅吧。"我如此回复，是希望这玩闹式的挖苦语气可以借由电邮再传送回去。

她回了信："其实，我离你在那个周末要去写作旅行的地方只有几英里远，我正要赶去那里和一些亲戚们重聚。到时候，一起喝咖啡应该没有问题。"

原先的计划是在恩尼斯的旧地酒店见上一个小时的面，我的朋友塞夫可能也会一起参加。在柏拉图式的、也是情绪紧绷的四天之后——我的朋友在无心之间当了我们的监护人——我们还是走到了一起。当我最终将她送上东去的火车，走在浓雾弥漫、寒风凛冽的拉辛奇海滩上时，我很清楚，自己以后的日子将要变得复杂起来。

我那时与前妻还维持着婚姻关系。只是，我们的关系已经变得疏远，好似随波逐流一般。我知道她非常沮丧。为了走入这次婚姻的大门，我觉得自己应该花上20%的时间在外面。我们是在大学里认识的，当初谈的是那种年轻人的恋爱，也一起分分合合了很多年。在相遇二十年以后，我们结婚了。但似乎是，婚姻非但不是我们共同生活的起点，反而成了一个结局。随之而来的，是我儿子的出生，那应该是我们婚姻中最美好的时刻了吧。我们虽然深爱着对方，可是在一起时，彼此间却又是危机四伏。

我和蒂的邂逅挑动起了一种感觉，这种感觉让我前妻和我自己去看了婚姻咨询师。但是，我们的婚姻还是告终了。她非常理智地花时间去寻找到一段新的关系，这段关系更适合于成年以后的她。她做得比我要好。我是莽莽撞撞地仓促迈入和蒂交往之中的。

转眼之间，那都已经是七年前的事情了。

"我们应该结婚吗？"

　　我们最终作了决定，不带任何戏剧性地走入婚姻。那时候，我们刚自维也纳返回，在那里，我们和蒂的父母一起进行了一趟家庭旅行。那一刻，她正坐在餐桌旁，喝着茶。我则在屋子另一边的书桌前，浏览着电子邮件。孩子们刚刚上床入睡。

　　"那么，我们应该结婚吗？"她没有一丝预警地突然问我。

　　我停止了在键盘上的敲击，转身向着她。她微笑着——嘴唇没有张开，头向右侧微微倾斜。那是她在嬉耍和自信时常有的微笑。

　　过去的几年间，我们很少触及这个话题。四年前，我在加勒比海一个月光明媚的沙滩上向她求婚——那是在我们的女儿出生六个月之后——之后，我们的结婚计划却总是告吹。日子有冲突，地点也有问题，家族成员又无法出席——所有一切都预示着我们尚无法解决这个还未准备好的麻烦。计划于是变成了一团糟，而紧接着，我们的关系也变得如此了。一段日子后，我们才愿意承认自己偏离了正轨，又是在一段日子的心理疗伤之后，我们才走到了当下的人生状态。

　　这一次，当她这么提起时，我怔怔地望着她的脸好一会儿。那是我们先前不曾有过的时刻。我知道，自己的任何回应都会将把我们的关系引向不同的方向。

　　"对，"我终于说出了口，"我们是该结婚了。"

　　那一晚，我于凌晨四点钟醒来，简直无法呼吸。我下了床，去打开窗子，又躺下来。可还是一点用也没有，我再也睡不着了。我起床刷牙，望着我熟睡的孩子们——他们是多么完美啊！两个孩子都是，他们正十足孩子气地熟睡着。我走到厨房里，斟满了一杯茶，又走到洗漱池边，掬起一捧冷水洒在脸上。

我想要拥有这所有的一切，我也曾经努力挣扎着去获得过这些。一路走来，我失去了许多，但收获的却是更多。我停在我觉得应该停下的地方，但是有些事情还是出了岔子。我为什么依然充满了怀疑？是不是我所有的抵抗，都真的是典型的男人们对于亲密关系的恐惧？也许，关于我是谁，我想成为谁，都简简单单地无法和我成为的那个人相吻合。这是否仅仅是中年危机？我是否就只是一具行尸走肉？

但是对我而言，这些问题和怀疑并不是一件新鲜事了。它们曾经让我整个的人生都蒙上了一层阴影。我就是再也无法摆脱它们。我厌倦所有这些矛盾，厌倦成为它的奴隶。

将目光望向窗外去等候黎明的来临时，我发现自己不知不觉走到了电脑旁。我开始整理起故事的脉络，有一些想法是全新的，另有一些则已在我的脑海中盘桓日久，还有我一直渴望着去体验、去书写的地方。很快，我联络上了编辑们，在短短几日之内，我已经整理出了一组事先约定的稿件，都是有关最富于异国情调的地方。当我整理好六个以上的故事，计划在婚礼之前完成时，蒂却只是对我望着。

"好吧，"她耸了耸肩膀说，"我猜，咱们到时候就在教堂的圣坛前再见吧。"

我天性中到底有些什么东西，总是以一种摇摆不定的规律，将我向着一个相反的方向拉扯？有时候，两者甚至还是在同步进行中。因为自己的无法承担，我究竟规避了生命中多少的东西？一位表演课老师曾经央求我跳下去："你现在只是在涉水而过，水会淹死你的。还是闭上眼，跳进水深之处吧。"她说的虽然是关于我的表演，但对我整个的人生却同样是一语蔽之。

我是个父亲，我正身处一段承诺过的关系之中——我订婚了，天哪——但是我依然在挣扎，依然在试着让自己抽身而出。在一个家庭中，就某种程度而言，我仍旧是孤身一人。我那招牌式的模棱两可不仅让我自己不安，对我周遭的一切，对我所爱的人，也是如此。这一切必须要改变。当我正要取消自己的写作安排时——蒂却阻止了我。

"别这样，"她说，"忙你的去吧。"依然如故，她总是比我超前一步。

在第一段婚姻中我总是有所保留——甚至都不明白，那是一个问题——它为我和我的前妻带来了厄运。但是我有一双自己想看着他们成长的孩子。我已经和一个自己爱着的、想要共度一生的女人订了婚。我必须要摆脱掉这种习惯性的孤僻——但是长久以来，我已经习惯于顺着自己的规则做事了，我甚至不知道对我而言，还有没有其他可能的方式。然而，我还是要试着将一个完整的自己呈献给那些我所爱的人，没有模棱两可，没有害怕，没有犹疑。

情绪是我生命中有形的传播方式。我已经有了谋生的方式——在表演和写作中——挖掘我的感受，有时我更是勉力捕捉，将它们引到表层上来。此刻，面对一个将深深改变我自己以及我所亲近的人的决定，我已经无法去偿付逃避挑战的后果。这是一种揭开一切的挑战，它引领我走向我需要去的地方。

我站在自己余生的悬崖边上。一贯性的游移让我一直沿着悬崖的边线起舞——我需要退一步赌上一把，为了蒂，为了我的孩子们，也为了我自己。因此，我走上了这一段旅程，不去回避我最近许下的承诺——而是相反，我要发扬自己在旅行中一直遵循着的原则，那就是——去找出答案来。我要出发去寻找能够带领自己回家所必要的领悟。

2

| 巴塔哥尼亚 |

享受独处的满足

在这些我感觉自己被接纳的地方中,
我对于世界的感知和我自己在其间的定位产生了共鸣。
我能在一瞬间就触摸到这样的归属感。

身未动，心已飞

"你心里很清楚，我们一旦决定要结婚了，你就要去远行，恨不得踏遍全球。"蒂说。

"你什么意思？"我问她。

★　　★　　★

在等待电梯的时候，我突然放下行李包，转身回家，只为最后一次向家人好好道个晚安。我悄悄溜进卧室，听见蒂正在对着我们的女儿唱歌。黑暗中我看见蒂躺在女儿的身旁，她在轻声地啜泣着。

"亲爱的，你怎么了？"

"没怎么。"她边说边擦去眼泪。

我坐在床边，靠过去抱住她。我把女儿那美丽的金发从她的小脸蛋上拨到后面，对她说我爱她，之后我怀抱住了蒂，蒂的手也圈过来轻抚着我的手。我们三个就这样在黑暗中坐了好一会儿，那一刻的画面仿佛静止了，来回的只听得到彼此的呼吸声。

在灯光昏暗的街角，我在寻找着出租车。当向着一辆开近了的出租车张开手时，在三月料峭的春寒中，我感觉倦怠、脆弱。我突然间意识到，这是我离开的时候，是我即将开始旅程的时分。我看看手表，将背包扔向座位的另一侧，钻进车里，开始感受这次旅行所带给我的第一阵悸动。

"肯尼迪机场。"我从有机玻璃的挡板后向着司机大声说着。然后，我靠回椅背，打开了车窗；一阵尖利的晚冬寒风立刻刺痛了我的耳朵。

这一天既漫长又充斥着临近离去时的惯常焦虑。我与第一任妻子的九岁的儿子今天午餐之后必须要回到他母亲那里去了。在这样每周轮换照顾他的"交接日"里，儿子和我之间常有冲突。我沮丧于他要离开，而他为了什么事情沮丧，我却从来没有真的弄清楚过。通常，冲突很容易得到解决，我们相互拥抱，我告诉他自己有多么爱他。他说："爹地，我也爱你。"我感觉在我们的关系如同我和我父亲那般恶化之前，至少我们还拥有着一天美好的时光。

我们去中央公园踢足球。他以十比九赢了我。"爹地，是你故意让我赢的吗？"他问。

"我的膝盖还是很糟糕，不过等它好些之后，你就有麻烦了。"

之后，我们在公寓前的人行道上，等着我的前妻和她的伴侣在他们出城的路上前来接他。儿子的交接通常安排在学校里，在那里接送孩子不会引人注目，这对每一个人来说都会容易一些。或者，我们在公寓楼上等我儿子的母亲和她的伴侣前来。偶尔，他们会进来喝上一杯茶，但是更多时候，我们就只是在门口站着闲聊几句来消磨时间，好等着儿子穿好他的鞋子。但是今天，蒂在工作，当我建议儿子和我去楼下等候时，蒂便过去跟他亲吻、告别，之后，我跟儿子便悄悄地出了门。

在我儿子和他母亲拥抱问候之际，她的伴侣将我拉到一边并且伸出了手。"恭喜你！"他说。

"恭喜什么？"

"嗯，你知道的……"

"啊，对。"昨晚我告诉了我的前妻，在订婚将近四年之后，蒂和我终于决定要在八月里结婚了。"唔，当然，这不是什么了不得的事。"我违心地说。

"嘿，听着，"他说，"在这种年纪——你懂我的意思。"

我点点头。我前妻的伴侣是个可信赖的家伙，我确信他了解。其实，我对于自己的决定也从来没有像现在这般确定过。我向他们致了谢，他们开车离去时，我向他们挥手道别。

回到楼上，我发现蒂安静地在公寓里来回走动。我试图跟她谈话，问她的工作进展如何，问她在想些什么。

"我希望，在你要走的时候，尽管离开便行了，"她说，"你问我的这些问题，让我感觉到的却是，你的心已经在去巴塔哥尼亚的半路上了。"

她说得对。不管什么时候我准备启程时，我都会为自己的心不在焉而内疚，因而以过分关心和殷勤来补偿。在清晨离去要容易一些——在每个人都还在熟睡时，我起身溜出门去便行了。

"但愿你真的能享受孤身一人！"

在布宜诺斯艾利斯的埃塞萨国际机场，我穿过狭小的入口走向海关。经过十个钟头的连夜飞行之后，我沿着一条长长的通道，快速越过拖着步子缓慢前行的人群。一夜无眠，我从来不在夜晚飞行的时候入睡。对我而言，在飞行中能够放轻松是不可能的事了。当在空中无所牵挂之时，飞行本身就成了我为之焦虑和恐惧的对象——那是一种很明显的想要掌控自己能力之外的事情的欲望。我生命中的压力指数越高，对于这种掌控的欲望也就越强烈，正因如此，在飞行中，我也就会感觉越不舒服。我也知道，所有这些都并不会缓解我毫无道理的焦虑反应。灾难的画面不时掠过我的思绪，甚至连一点轻微的气流都能让我从座椅上跳起来。很久以前，我就下了决心，这种害怕并不能阻止我继续旅行，但是直到现在，对飞行中所感到的恐惧还时常萦绕在我的心头，哪怕是我离机场很远的时候。

我有一个挥之不去的梦，自己坐在低空飞行的、正全力向前的喷气机中，向下俯冲，从立交桥底下穿过，大幅度倾斜地在建筑物和树丛间滑行。常常在梦做到一半的时候，喷气机的双翼突然便折断了。还有些时候，梦会始于更早的情景——飞机准备起飞，我也已经登了机，却找不到自己的座位，然后，飞机便升了空，开始了那种低空特技表演。飞机上我很少会发现其他人存在，只是偶尔有时候会看到空姐的出现，并且她表现得让一切看起来都似乎很正常，但这反而让我已经上升的压力指数飙升得更高。这些梦从一开始就让我从睡眠中惊醒过来，近年来越发有着严重的趋势，虽然事实上，我早已是一个飞行过"百万英里"的飞行者了。

到达大厅时，我看见一个写着西班牙文的标牌，将人群分成了两列。我绕开那些簇拥在一起看标牌的人群，选择了较短的那条行列。飞机已经晚点了两个小时，我还需要穿过市区到达飞国内航线的机场，接着赶一班前往位于埃尔卡拉法特的巴塔哥尼亚镇的飞机，还要在空中待上三个小时。

队伍缓慢地蛇形向前。轮到我的时候，移民官将我的护照前前后后翻了个遍。她在寻找着什么东西。然后，她便以飞快、清晰的西班牙语开了腔。即使在最好的情形之下，我的西班牙语也已经既贫乏又迟钝了，更何况在筋疲力尽之时，我更是慌了神，乱了手脚。我仿佛又回到了冈萨雷斯先生所教授的十年级西班牙文课上，那一科我考试不及格，必须重修。

"你能说英语吗？"

"一点点，"移民官说着，将拇指和食指紧紧地捏在一起。"AC-DC。并且发出撞击声。"接着她开始唱了起来，"我是该留下还是该走开？Na-na-na-NA--na--na--na-NA。"她唱得响彻云霄。那一头长长的、松散的黑发随着她的头部的前后摆动而飞舞，但我不会把她设想成一个重金属摇滚乐的爱好者。我从窗口后退了几步，左右环视，想要寻找救兵，但根本无人理会。等她唱完了，脸涨得通红，又浮起了微笑。"你需要付入关费。"她说着并示意叫我退到后面的长队中。

穿过市区时，我在出租车的后座上给蒂打了个电话。她正绕着中央公园里的水塘散步。她努力表现出兴高采烈的样子。虽然相隔遥远，她听起来却是近在身边。

"亲爱的，你会在城里待上一个小时吗？"

"不了，"我回答她。"我的班机误点，如果要赶上下一班的话，得需要马上穿过市区。我在机场里随便吃一点就行了。"

"机场的食物？能吃吗？"

我望向窗外，车子刚好越过麦当劳的巨型招牌——"双层汉堡"。

"进城去吧，亲爱的，"蒂说，"去吃牛排慰劳一下自己。你会赶上下一班飞机的。你一直都没有误过点。天知道你到了那全世界的尽头时，什么时候才能吃上一顿像样的饭。"

我向司机询问了他的名字，并问他哪里可以找到一家阿根廷著名的牛排馆。保罗从后视镜里凝视着我，扬起了眉毛。我点点头，他立即把车偏转了两条车道，出了高速公路，驶向马德罗港口。十分钟之后，我们在一间红砖墙的、由工厂改建的建筑旁停下了车。

我被领着穿过一间冰冷、黑暗的房间，走到后排最后一张还空着的桌前，刚好紧邻着修复好的运河。身穿燕尾服的领班侍应生急急忙忙地跑了过来。我努力想着"肋眼牛排"在西班牙文中该怎么说。为了确定他搞懂了我的意思，我边说边将手指向了自己的肋骨和眼睛。

领班没有笑话我的滑稽举动，而是点点头示意他搞懂了。他向着一个餐厅勤杂工打了一个响指，要他过来为我添满水，飞快转身离去。我太喜欢他了。端上来的肋眼牛排是我吃过最好的口味，我告诉领班。这家餐厅真是超级棒，瞬间，连布宜诺斯艾利斯也在我眼里成了一座善解人意且热情好客的城市。

之后，我回到了保罗的车里。

"牛排不错吗？"他问我。

"棒极了！"

"贵吗？"

"也贵极了！"

保罗耸了耸肩："你这个美国佬。"

然后我们穿越过那些将货装得满满的重型卡车，见缝插针地开回到来时的路上，向着乔治·纽伯里机场猛飚车。广阔的拉普拉塔河口在我们右边伸展开去，我在机场前的路边下了车。

"你会说西班牙语吗？"售票人员问我。

"说得很糟。"

"你来此地做什么？"

"我要去埃尔卡拉法特。"

他点点头："但愿你真的能享受孤身一人。"

埃尔卡拉法特-迷人的小镇

玛丽·里奥斯身材矮小、浑圆，开车时勉强能越过本田车的方向盘去看路，下周，她就要去乌斯怀亚参加她孙子的洗礼。她和她的丈夫来自北方，二十五年前，军队把她的丈夫调遣到这片鸟不生蛋的前哨地带。

"待得够久了，难道不是吗？"她的目光从道路上转移开，向坐在副驾座上的我露出微笑。

"是啊。"我回应着她。玛丽和我一直以西班牙语交谈。我先前根本无法想象，自己居然还知道"洗礼"或是"边境冲突"这些词汇在西班牙文里该如何表达。但事实上，我显然还是知道的。也许，我的西班牙语讲得比我印象中更好。也或许，这要归功于玛丽那清晰、精准又慢条斯理的发音。退休之前，她曾经是学校的教师。现在，则是偶尔开开出租车"补贴一下生活"。在她身上，散发着一种友善却又有距离感的特质，让我觉得很放松。我很喜欢她。

从机场开向埃尔卡拉法特的一路，都是在开阔、荒凉又被突兀的岩石横加阻断的地带里。这里几乎没有什么植被，除了偶尔看到些挣扎着生存下来的山毛榉树之外。在遥远的北方，在一望无际、绿缎一般的阿根廷拉戈湖之外，那参差不齐的、被白雪覆盖了顶峰的群山，淹没在稠密的乌云笼罩之下。天际辽阔无比，俯瞰大地时，苍茫浩渺之处令人生畏。我试着调整自己视野的广度，结果只是徒然地左右摇动着自己的头。重重地叹了口气后，我把窗子又打开了一些。过了城郊外的一个检查站后，只剩下一条蜿蜒曲折的道路，像漏斗一般地将我们引向大街。突然间，树出现了，是高高的白杨树和针叶树，比我预期的还要茂盛。

"玛丽，这里现在住着多少人啊？"

"两万吧，"她回答，"但还是——太安静了。"

我的旅行手册上却说常住人口是六千。乍看之下，我觉得正确数字应该在这两个估计值之间。

在将我载到客栈之前，玛丽主动提出，要带我去镇上快速地绕上一圈。而第一眼从解放者圣马丁将军大街上所看到的，无疑令我震惊。我本来预期会看到的是，一条破旧的小街，堆满了各式各样、破烂不堪的凌乱杂物。然而取而代之的，却是树木成荫的步行街，与它交叉的，是另一条同样宽阔和令人愉悦的大道。街上满是高级的户外服饰商店，而手艺人的精品店里则卖着各式手工珠宝，此外，还有酒吧和高级牛排馆。差不多每隔两家商店，便有旅游公司正在向各色人等兜售着五花八门的旅游项目。挤在它们中间的，居然还有一间新开张的赌场。

"糟糕透了！"我们经过那里时，玛丽居然叫出声来。

小镇比我想象得要更吸引人，其繁华和兴旺的程度，让我真希望自己可以早来此地十年，也就是在取得所有那些所谓的成功之前。

20世纪的早些时候，埃尔卡拉法特还是一片延伸开去的旧式交易广场，在它勉强维持了若干年后，寻找栖身之所的南美牛仔渐渐把数以百万计的绵羊赶到此处，这让这片土地起了作用。除此以外，没有人来这里——他们根本没有什么理由要来这里。之后，直到1981年，联合国教科文组织将冰川国家公园附近的四十七座冰川都命名为世界遗产。这吸引了少数能吃苦耐劳的探险者们的眼光，他们开始在尘土飞扬的路上开上五个小时的车，从本身也是四处蔓延的交易广场里奥加耶戈斯赶来这里。接下来的二十年间，小镇人口成长为几千人，等到当地的机场于2000年开张之后，埃尔卡拉法特便成为一个不断膨胀的新兴城市，直到今日依然还在不断的发展之中。

走过十几条街道之后，商贸活动突然中止了，视野再度变得开阔，冰原延伸开来。我们的右边是湖泊，玛丽看也不看便调转了车头向回开去。到了镇的边缘处，她又转了弯，驶出了解放者大道。一条街之后，铺设过的路面也终止了，变成了松软的沙砾路。我们从中心地带颠簸着越行越远。在一条取名为202公路的泥巴路的拐角处，玛丽将车停在了一处新近以红砖盖起的、两层楼高的房子前，房子有着大片的窗户，

34 The longest way home

一眼便可望见里面敞亮的餐厅。

"我们到了。"玛丽又直视过来。

她陪着我走到门前，我心里生起了一种冲动，想要给她一个拥抱——但我们还是以握手取代了。我走进门时，一串铃声响起。我从窗外看到的大房间全是金黄色的木头打造，里面有六张小桌子。门旁还有一条有意打造成弯曲状的柜台；柜台后方挂着六把钥匙。一个黑发、瘦削的亚裔血统的女人急急忙忙地从房间远处的角落走到门口，门在她身后合上了，她亲切地对着我微笑。她的牙齿上戴着牙箍，大约三十来岁。

"是安德鲁吗？"她问我，英文里夹杂着重重的西班牙文和日文口音。她名叫玛丽亚，看起来是个容易紧张的人，手里一直不停地在忙着活计。对我的到来，她看来既充满感激又很宽慰。

"我能帮你斟一杯茶吗？"

"啊，那当然好。"我很高兴。

她开始转身向后走去，穿过了她来时走过的门。

"你有绿茶吗？"我问。

玛丽亚高兴地转过身："当然有。那就是我们自己喝的茶。我这就给你倒去。"

"谢谢你。"我缩进了一张椅子里，从我坐下去的一刻起，它就将成为我整个行程中的"安德鲁专用椅"了。这以后，只要我每次进了门，玛丽亚和她的丈夫乔治，都会为我斟上他们私人储藏的绿茶，而我也会感到自己有责任接受他们的馈赠，并且，我也都会径直坐进那把自己的坐椅里。乔治会把角落里那台电视的频道从一台阿根廷的节目转至美国有线新闻台，直到有一天，我告诉他，相较于新闻，我其实更喜欢看拉丁语的肥皂剧。每一次我都会端起同一个小杯啜饮绿茶，那个杯子上刻着两只小兔子，旁边还有一只母兔——乔治和玛丽亚也有两个孩子。每天一早，我的早餐也一定会放在同一张椅子前的餐桌之上。

我的房间在楼上，是靠左的第一间。虽然他们的旅店仅有六间客房，我门上的号码却是数字"7"。屋内有一张双人床、一张小桌子和一把椅子，墙上还挂着一面小镜子。纸制灯罩里的灯泡从头顶洒下光线。我发现，待在这如同修道院一般简陋的屋子里，仿佛是一种解脱。我站在唯一的方窗之前，俯瞰着草地荒疏的后院，院里横拉了一条晾衣绳，上面晾着床单和孩子们的衣裳。普通家庭的寻常日子，就这样从一切戏剧化的色彩中淡出了。

在二十四个小时的一万英里的旅行之后，我终于放下了背包。"我在哪里？"我对着空空的屋子大声叫着。我兴奋极了，在这小房间里可呆不住——几分钟后，我就出门回城里去了。

在解放者大道上一间看来很时尚的店里，我吃了一顿牛排餐，那里有开放的烤肉架和一群看起来强壮又健康的人。看起来，店里的本地人比游客还多。

"这是一年中的旺季。"我那位非常会操心的服务生尼古拉斯这样告诉我。他身材瘦削，头发剪得短短的，胡须也经过了仔细的修剪。尼古拉斯一年之前刚由布宜诺斯艾利斯搬来这里。"这里的人友善多了。"他滔滔不绝地讲着自己的感受。是呵，真是友善啊。事实上，友善得让我不禁猜想，尼古拉斯是不是都忘了帮我点菜了。

我又走到下一间店，从柜台后那个胖乎乎的十几岁女孩子那里买了一个冰淇淋。当我摇摇晃晃走回到自己的双人床前时，整个人都累得瘫倒了。

意外的惊喜

第二天一早，我再次回到了主干道上。只有一丝淡淡的微风自白杨树顶吹过，我找不到任何证据，来证明那种据说能将车门撕裂下来，或将野餐桌如风滚草般席卷而去的臭名昭著的巴塔哥尼亚狂风的存在。太阳闪着金光，天气也开始变得温暖起来。之后，乌云又卷过头顶，天上下起了雨，空气中便留存了一丝凉意，但是很快，太阳再次探出了头，我也再次脱去外衣——所有一切都发生在不过二十分钟之间。温带气候和变幻不定的天气，简直就和蒂的老家爱尔兰的一模一样。

在镇上唯一一个出租车等候点旁，有一间铺面房，门口立着一块小小的黑板。这间叫做"佩塔万岁"的小店里，摆着十几张空桌子，也守着一个孤零零的女人。女人立在高高的吧台后面，顶着一头过早灰白了的头发，脸上神情哀戚。她小心翼翼地欢迎我的到来。我点了一杯冰沙，坐在她对面的一张高凳上。她名叫朱莉娅，六年前从北部的罗萨里奥来到埃尔卡拉法特，因为她也同样"厌倦了城市"。

"是不是这里的每一个人都是从别处迁来的？"

正在切一颗芒果的朱莉娅停下了手中的活。"我还真不知道有谁是在这里出生的呢。"

当我提到孩子时，她的脸上第一次有了笑容。她给我看她电话上女儿的照片；我也给她看了自己孩子的。

这时候，她的丈夫罗伯托走进了店里。他刚刚在家里看完《沈斐德》。"我们都爱极了克雷默。"朱莉娅告诉我，并且带着一点点感伤地笑出声来。罗伯托是一个无趣的家伙，留着一头长发，胡须也未修剪齐整。如果说，他的妻子还有几分小心提防着的愉悦，那么，他则是有一种保留着距离感的友善。他就在镇外一家新开张的冰原博物馆工作，同样也不清楚有谁是在镇上出生的。

朱莉娅对我提到在哪里可以租到汽车，我根据她的说法，沿着主干道再向前走过两个街区，寻找着一间没有标记的白色金属门的房子。店主维罗妮卡·里埃拉十一年前自秋波河一带南迁至此，她那低垂发丝下的眼睛紧紧地盯着我，在把一辆停在她私人车道上的小菲亚特汽车租给我时，她提醒我说："要逆着风向停车，我可不想我的车门被风卷掉。"我疑惑着，这一辆是不是维罗妮卡自己的车子，在视线所及之处，我看不到其他的汽车。

沿着唯一的车道，我向西开出了小镇。湖泊又在我的右手边出现了，沿着水边，十几只粉红色的火鹤鸟正从暗绿色的水面上翩翩起飞。我又路过了一匹棕白相间、正啃着地面长长荒草的骏马。近处还有一只黑狗，正在芦苇间追逐着三只灰色羽冠的鸭子，鸭子躲避着又回到了寒冷的水面上。自从探险家瓦伦丁·菲尔伯格以欧洲第一人的身份于1873年注目于此处，直到今日，眼前的景象都没有太多改变。

当我将菲亚特车开到每小时50英里的速度时，方向盘便开始抖动起来了，我身体下面的整部车子也开始剧烈地摇晃起来。在荒无人烟、笔直向前的道路上独自驾驶了一个小时之后，我到了一座大山脚下的丁字路口。找不到标识，我决定向左转方向盘。偏偏在这时候，天空开始下起雨来。我在山脚下柏油碎石铺就的路面转着圈子，突然间便转了方向，眼前出现了一片茂盛地带。路面弯曲着浸陷入披满苔藓的树丛，等我从急转弯里转出来，有些东西一下子便抓住了我的视线——它们闪烁着，呈现出半透明的蓝白相间。我在路中央停下了车。

"哦，我的天哪！"我对着空车像个傻子般地一直重复着这句惊叹，"哦，我的天哪！"在前方相当一段距离之外，是佩里托·莫雷诺冰川。雨下得更大了，云层低垂，光线晦暗阴沉，天空昏黑一片。尽管如此，冰川看上去还是在熠熠闪光——它不是在反射着光线，而是在发散着、绽放着光芒。它看上去就像是一个有脉搏的鲜活生物。这一景象带给我的突然和惊喜，令我此刻在心里装满了一个念头，我愿意付上任何代价，来换取这一刻长存的可能。慢慢地，我向着前方开去。

佩里托·莫雷诺可能是地球上唯一一处能够"驾车前往"的冰川了。距离我第一眼看到它的几英里开外，有一个停车场在迎接着来访者。人们可以在那里下车，步行穿过沙砾，直面那19英里的冰川向前伸出的3英里宽，20层楼高的冰舌——它就在湖对面几码外的地方。雨幕开始迅猛地落下。从仅有的一辆旅游大巴上下来的几个观光客们跑向一侧的小卖店躲雨，他们披着的单薄黄色斗篷紧紧贴住了弓起来的身体。

几条步道从瞭望平台一路向下通达冰川。我顺着其中的一条走下去，就在此刻，我听见了滚滚雷声，不由循声向右望去。在那里，一块闪着银光的巨大蓝冰崩解下来，坠落在水中，随即掀起一阵轻微的海啸。我走得更近，全身衣服都湿透了。最后，我终于走到了步道的尽头，但我还想走得更近一些，甚至想要爬到冰川的上面去。

我回到镇上，随意走进了解放者大道上的一间"冒险家"商铺，在那里雇请了一名向导，带我走上冰川。第二天，有着运动员般体格和一头金发、从巴里洛切搬来此地的年轻姑娘塔奇·马甘斯科，领着我找到了一条小船。小船载着我们渡过狭窄的海湾，然后，我们开始沿着和巨大冰川并列的排水装置向上爬。一只我看不见的鸟儿鸣出了一声我从前未曾听过的尖利叫声。

"啊哦。"塔奇嘟哝了一声。

"怎么啦？"

"那是一只卡查纳鸟。它总是在坏天气要来时像这样叫个不停。"

天空上并没有云。我们绕过40英尺的瀑布，再向下走到沟壑之中，悄悄地向着冰川走过去。走到较近处，看到它的边缘似乎变得肮脏起来——沉淀物已经浮了起来并被排出冰川。塔奇递给我一双带钉铁的鞋底，每一只的底部都有十根两英寸长的铁钉。之后，她又递给我一副保险带。

"假如你跌入了裂隙之中，我需要想办法救你。"

我茫然地看着她。

"别担心，这种事情很少会发生。"我们跨出步子，向冰川走去。脆硬的冰块在我脚底碎裂开来。我跨出去的头几步是试探性的，似乎这300英尺厚的冰块并不足以承负得了我的重量。塔奇带着我左右摇摆着迈出步子，在冰冻的海面上起起伏伏地走着。我们就这样走了一个小时。鸣叫的卡查纳鸟是对的；天空开始乌云密布，气温也迅速地降了下来。走得越远，冰川显露得越是庞大。

开始下雪了。很快，蓝冰蒙上了一层雪白。接着，云层也下陷了。没多久，陷得更低。我们此时正在冰川起伏的表面上，起伏源自冰川在移动中巨大而又缓慢的膨胀和急速的冷冻。雪花在我眼前飞舞着。渐渐的，已经不可能再看见冰原在何处终止而天空又自何处浮现。我走得慢，不一会儿，便孤身一人迷失在了白色之中。头上、脚下、身边一切都变得相同，我什么也看不见了，只能听见自己的呼吸，仿佛这便是全部。如果我不知道自己正站立着，我会以为自己漂浮着，就像我年轻时常幻想的那样。

在我尚未患上飞行恐惧之前，我习惯于在飞机起飞升空之时将自己的鼻子顶在窗上；我会想象自己在云层上来回蹦跳，仿佛它就如蹦床一般。我会想象自己快速地翻动、旋转，赤身露体地在天空里扭曲着自己的身体，在云里摔个跟头，然后再被弹回去。我愿意以任何代价，来换取自己独自一人一个小时这样的飞行。

之后，云层上升了，我看见塔奇正回头看我。我觉得自己被人抓住了，尴尬万分。我咧嘴笑着，小心翼翼地走出了冰原。

重要的认可与欣赏

　　回到埃尔卡拉法特后，我于晚间又品尝了解放者大道上某家餐厅的牛肉，又从冻品店的小姑娘那里买了冰淇淋，便往城外走。只要我离开了主干道，埃尔卡拉法特便立刻失去了它更为显著的魅力。从中心地带偏离开去的道路都先是以碎石铺就，走着走着，路上便只剩下尘土，再之后，便什么也没有了。狭小、破旧、常年受到日晒雨淋的房子似乎都变了形，孤零零地靠在路边，看得见许多人家都唯有一盏灯火点燃着。我走进了路边的排水沟——这里是没有人行道的——我从一扇光秃秃的窗子向里张望着。一家三代人挤在一台大电视前，他们的脸庞都蒙上了一层淡蓝色的、摇曳闪烁的光亮。而下一扇门里，一位老人正在昏暗的灯光下熨烫着衣裤，一面还在轻啜着一瓶啤酒。一群狗从黑暗中向着我狂吠起来。

　　我在巴西、柬埔寨甚至美国西部都曾见到过类似的景象——日子以一种毫无忧虑的慢节奏过下去。人们既没有去假装什么的欲望，也没有那个精力。在这些居家日常的景象中，我常看到深深的失望和孤寂。我觉得自己离这些很遥远，一点都不想成为他们中的一分子。但是，我仍然无法转移开自己的视线。在我看来，当他们正身处慢慢腐朽的景象中时，他们所渴望的什么东西其实已经被满足了吗？在这些画面中，究竟有些什么东西让我如此费解？

　　我一直走着，直到路面和灯光全都消失，之后，一条狭小、摇摆不定的步行桥出现了。不知何人在上面钉了一块手写的标记——"巴恩塔桥"。我跨过小溪，走下一条泥巴小径，在一间每次经过时都有一条黑狗对着我狂吠的房子前再向左转。我轻轻松松地走过一排高大的、能抵御夏季狂风的白杨树,它们的树梢现在只是偶尔会捕捉到一丝轻风而已。我又轻轻松松地和一匹灰色母马错身而过,绑它的绳子实在太长了,以至于它为了啃这块地上的草,都把后腿伸到碎石路上来了,活动范围可真大!我牵过身形粗短的混血狗,它安静地护卫我走过最后一个街区,回到乔治和玛丽亚的家。

当我走进屋里时,乔治正在等着我。我的茶盏已经放好了。他急急忙忙地挪动着笨重的身体进了里屋,出来时将一把小小的茶壶放在我的面前,然后,再度重重地坐回近旁的长沙发中。

"冰川怎么样?"

"真是巨大呀。"

"我还从没去看过呢。"

乔治出生在布宜诺斯艾利斯,父母是日本人。他第一次来埃尔卡拉法特是在1999年,因为他喜欢眼里所见到的一切,便于2001年在此处置了家产。后来,自己又盖了这栋房子,在2004年开张营业。

"对于家庭来说,这里是好地方,僻静,安全。"他告诉我,"我在冲绳的一家工厂里工作了十一年,每天要工作14个小时。现在嘛——"他把一双厚厚的手掌摊开来——"你看那天空。我们有了一片天空。"他的眼里噙满了泪。

他的感伤,努力想同我交流,想让我愉快的样子,让我很感动,但同样让我觉得很尴尬。在享受着乔治的陪伴,欣赏着他对于家庭安全的愿望和努力时,我发现自己的膝盖在跳动着,我永远都为着离去而感到放松。我对于社交如此有限的容忍力,总是让蒂这样的社交动物感到困惑、惊讶不已。

我沿着楼梯走回自己狭窄的房间,在仅有的一只灯泡下,我和人在纽约的她又再度在视频连线中见面了。对于我的问话,她总是回答得很快,脸在屏幕上也显得昏暗。看得出,仅有一盏灯还亮着,并且还是在房间远远的角落处。她坐在我们公寓里的餐桌旁。看她坐在那里,令人感觉有些古怪,在同一刻里,我们两人竟在不同的地方。这种双重性——同时在家中又在远方——越来越多地定义了我曾经独自一人的旅行。

我拿起电脑,带着蒂在房里绕了一圈。我给她看了简单的床、桌子和椅子。

她笑了起来:"对你来说太合适了。"

"这我心里很清楚,不是吗?"我也笑着回应她。虽然我们相隔遥远,但彼此间不同的需求产生了能够取悦彼此、拉近彼此的通道。

"今天，我读到了一首哈菲兹的诗，它让我想起了你，想听听吗？这首诗叫做《此刻你所在的方位》。

'此刻你所在的方位

上帝已经为你在地图上圈起……

在她诵读的时候，我能看见、听见她对于我此刻正在路上所做的一切，以及它们的重要性的认可与欣赏。不仅是对于我，更对于我们的未来，这种认可和欣赏是如此重要。这种宽容和慷慨，在将要来到的几个月中，将会受到认真的验证。当她念完整首诗后，我们都安静了好一会儿，只是通过屏幕彼此端详着对方。

"达尼和迈克尔已经邀请了我们，等你回来后去他们家里同度周末。他们要举办一个晚餐派对。"

"好啊，那么，我们看看再说吧。"

"我已经说了会去。"蒂看着我点着头。

"你有没有想过，你从来都不想跟任何人出去，这样是不是很奇怪？"

"我想要跟你出去。"我为自己辩解。

"那不算。"

"可我觉得，那才是真正有意义的。"

"唔……"

"你有没有想过，你一天到晚总想要出去，这样是不是也很奇怪？"我问。

"不，我没有。我喜欢和别人出去。我喜欢人群。这很正常，也很有趣。你从来不想见到任何人，这才是奇怪的事。"

这是我们重复过许多次的对话，但是在此时，距离却使我们那些熟悉的字眼听起来变得有趣，甚至带上点打情骂俏的意味。

"等你回来，我们可不可以一起跳个舞？我真难以相信，我们从来没跳过舞；我以前每个礼拜都跳舞的。我需要跳舞。"蒂在跳舞时会完全忘我——而我却总是被自我意识绑缚着手脚。

"好的，好的，我们去跳舞。"我敷衍着她，心里其实没有任何要去跳舞的打算。

"我一直在想着婚礼的事情,你想听听吗?"

我们第一次计划婚礼是在四年之前,我们在黄色的拍纸簿上列出了两排来宾的名单。蒂的名单列出了四张纸以上,我的则在第一张纸过半时就不见了踪影。我们曾计划在都柏林举行婚礼,但那时却又改变了主意,决定改在纽约,可是后来,又变回到了都柏林。我们挑了一个日子,但不久就改变了它,之后又再次变更。时间就这么一晃而过了。蒂的父母想要知道,这中间到底出现了什么状况。我们于是又挑了一个日子,却又在不久后再度取消了它。表面上,安排和协调的问题让我们乱了手脚,但其实,我们之间存在着一种潜在的紧张关系,它需要先被解决。恰恰是决定在一起的愿望开始把我们彼此推开。蒂在内心里也同时为着她在美国的新生活而感到挣扎。对于成功的持续不断的追逐定义了纽约的生活形态,这种以打拼来取代友情的生活令她困惑不已。

"这城市中的每一种关系是不是都建立在工作之上?我只想喝杯咖啡,找人聊一聊。"

她为自己和家庭间的距离感到悲伤,到了某种程度,甚至无法随着时间推移而减轻。

"我想要能走到妈咪和爹地的房子。我想见到我的兄弟们。你就住在距离你半数家人十分钟远的地方,却从不曾见过他们。我想说,这简直是疯了,我到底是跟谁在一起?这个世界到底要试图告诉我什么?"

最终,我们不再接着谈论婚礼了。

我曾经开玩笑说,在蒂戴上我给她的戒指后,又花了一年的时间才重新喜欢上我。但是,这不再是一个玩笑了。等她在我们结婚的事情上妥协之后,我已经变得有如惊弓之鸟一般。我们为了权力的事情争论不休——事实上,对所有事情都是如此。最后,我们停在一种缓慢酝酿、即将爆发的紧张模式中,再慢慢上升到公开的冲突,接着,又是一阵安静的退让,之后,再是试探性的重归于好。触及痛处,承认爱情,以及随之而来的、似乎是更重大的重新发现,不管我们个人的意愿如何,都又把我们重新拉在了一起。然后,又一个轮回开始。连孩子们也陷入不停的、为了琐事而争吵的怪圈之中。

在那个阶段里的某一天下午,经过一次尤其糟糕的魔咒之后,我接到一个电话,我儿子在那一个礼拜中与他母亲同住，是他打了电话来。之前，他从未在这种时候打来电话。他努力挣扎着不要让自己哭出来。

"嘿，小伙子，怎么啦？"我说。

"爹地，我觉得我不能再回去了。"

"宝贝，为什么呀？发生了什么事？"

"我妹妹跟我没法处得来。"他的声调非常正式、也非常严峻。

我试着将他们的争吵大事化小，小事化了。"那很正常呀，所有弟兄姐妹都会吵架的。我以前也跟我的兄弟们争吵。这完全是正常的。"

"不，爹地，这是不一样的。我们根本处不来，我们永远都不可能好的。这是不一样的事情。"

"什么？宝贝，是什么不一样呢？"

"我不知道。"他的语气里饱含着深深的痛苦。

但我是知道的。孩子们有如一面镜子照映着蒂和我的关系，他们感受着，受着它的影响，再把它反射给我们——好的、糟的都是如此。

我向他承诺，自己会帮助他解决问题，一切都会没事的。挂了电话后，我却哭出声来。我盯着窗外，听着楼下街道上传来的电钻的声音。过了一会儿，我走进卧室，蒂坐在床上，正在读书。我坐在床沿的一侧，她放下了书看着我。好一会儿，我没有说一句话，她也没有。

"我们在做些什么呀？"我最终开了口，转过来看着她。

蒂迎向我的凝视，开始哭了起来。我哭得更凶。我们相拥而泣，什么都说不下去了。之后，在用晚餐时，我那通常总是话说个不停的女儿也安静了下来，我把我儿子打电话来的事情告诉了蒂。

她点点头："他是个非常敏感的孩子。"

第二天一早，当我们醒来时，某个说不出口的决定便已经做好了。几天之后，我儿子按照事先的安排准时回来了，所有事情都和先前一样，然而，还是有一些不同。我们没有以自己对于彼此那份相当的热情来跟对方作对，而是回归了支持和理解的底线，在某种程度上，这样的支持和理解在过去也已经开始了。突然之间，我们再次变成了同盟，目标是联合起来，不再为了获取自己的胜利和证实我们的难以相容而战。

Patagonia

我们的生活，我们所有的生活，都开始转移了重心。

这一次，蒂建议说，只需要简单地知会我们的朋友们，我们将要在都柏林完婚。

"也许，我们就在达特默斯广场上办个仪式就好了。"她在视频通话中说。达特默斯广场是我们第一次见面时蒂住处对街的一个小公园。那里是一处典雅的社区，由乔治亚州人排屋圈起来的一片翠绿环绕在广场周围。

我至今还保存着一份生动的记忆，在一个紫色的黄昏里，从蒂的卧房向外望去，看着几百只燕子绕着圈整齐地俯冲，尖叫着一直到它们停稳在树枝上栖息过夜。许多个下午里，我推着我们女儿的婴儿车，沿着环抱公园的小径——绕了一圈一圈又一圈，想要试着哄她入睡。在我儿子四岁那年的万圣节时，他穿戴着超人的装束，沿着同一条小径向前冲，然后消失在树篱之后。他红色的斗篷飘舞着，直到再次出现在下一个出口处，然后再次消失，一会儿之后，又在更远处的出口现身。

"我们就告诉那些想来的人，把野餐带着，跟我们一起来做整个下午的庆祝。"我看着她在视频通话中轻啜着茶。

"听起来很简单，"我说，"我喜欢这个方案。"

"唔……我们再看吧。"蒂说。

在蒂说"我们再看吧"的方式里，有一种不可言传的东西。只有我知道，事情绝不可能会如此简单。

"原来，你就在这儿！"

　　乔治注意到在我那辆菲亚特引擎的下面，滴下了一滩不算小的油污。我很感谢他，因为今天我要往北开百余公里去埃尔查尔腾村。

　　出镇的路上，我停在一栋白色金属门的房子前。维罗妮卡开了一条门缝，从她披垂的长发下瞄着我。在听到我结结巴巴的西班牙文后，她想起了我，然后，我们两人都跪在飞亚特前，看着汽油自引擎处慢慢地滴下。她点点头表示认可，递给我一把相似的电池车的车钥匙，一样的厂牌，一样的型号，停在街道的对面。这部车在我开到每小时70英里之前，不会发出要命的喀哒喀哒的噪音。我沿着最近刚铺上柏油碎石的路面一路向北。

　　经过几个小时不停歇的、沿着荒芜路面的驾驶，别德马湖自左侧进入我的视线。这是另一个广阔的、冰冻的湖泊，邻近巴塔哥尼亚南部。我在23号高速公路上向左转了方向，半小时之内便接近了埃尔查尔腾。菲茨罗伊峰山凹凸不平的尖峰对于攀岩运动来说，堪称是皇冠上镶嵌的一颗明珠，虽统领着一千座村庄，但在视线所及之处却无法望见。密布的乌云牢牢地定在了成行的树木上。

　　不少绕了半个地球来到此处想要征服菲茨罗伊峰的攀岩者们，最终却因为受到臭名昭著的气候阻拦而无功而返，甚至连它那著名的主峰都无缘一见。这样的事例在此处比比皆是。我没有兴趣爬山，但很想沿着它的斜坡徒步行走，看一看那座为所有阿根廷的月历增添色彩的崎岖山峰。当我在埃尔查尔腾那宽阔而沉闷的主干道——圣马丁大道上缓缓巡行时，天空飘起了小雨。一条瘦狗一路追逐着我的车。

Patagonia　47

这是一个奇怪的小镇。十年前，此处还是乏善可陈，除了一个护林员工作站之外，便只有一些为硬骨头攀岩者预备的古老栖身处，偶尔也会有一些南美牛仔从此处经过。在埃尔卡拉法特有了机场之后，旅游业开始在此处兴旺起来，一个城镇也就在匆忙中得以兴建。但他们还是忘记了一些事情——像是盖一间银行和一个加油站——当我走进镇上唯一一间药房时，也才发现他们根本没有邦迪创可贴。

或许是因为驾驶，或许是因为小镇四周找不到一个人影，我心里觉得很不踏实，生起了焦虑之感。在一间空荡荡的餐厅里靠角落的某张桌子上，我靠着墙壁吃着东西，意识到自己是如此孤单。这是我很少会有的感觉，但是每逢有如此体会，我通常都将它作为一种愉悦的感受去经历。只有在非常偶然之间，孤独会令我觉得伤感，或是让我充满焦虑。这样的孤独感的来袭，每一次都那么出其不意，让我生发起一种随波逐流之感，似乎在某种程度上，我找不到了自己的方向，遗失了自己。

我从餐馆重新走回午后那清凉的微风之中。雨停了，我走出了小镇，向着山里走去。我专注于自己的步伐，将注意力集中在自己每一个动作的节奏之上，如此徒步行走了好几个小时。在那重复却又能度量的行走进程中，我找回了自己。

在自顾自的胡思乱想中，我没有注意到，云层已不知在何时悄然上升了。我抬眼仰望，猛然间第一次看到了菲茨罗伊峰。黄昏的阳光为它那凹凸不平的尖峰涂抹上一层金黄色。我在小径上停住了自己的脚步。

"原来，你就在这儿！"我大声地叫了出来。

寻找本地人

  第二天一早，我又开始了另一次的徒步行走，去往卡毕湖。天色晴朗，菲茨罗伊峰那冷峻、陡峭的面容在我的头顶上直插云霄。我的远足既令人亢奋又充满踏实感，在远离人行道的大地上行走的方式，让我在当天晚上回到镇上后，依旧沉浸在孤零零的感觉之中。

  在埃尔查尔腾的每一个人都不过是过路客，或是在此地为这些过路客们提供服务的人。这里缺乏一种长久性的自信，而这种缺乏却又是维持这样一个独特之处的稳固性所不可或缺的。这里不像埃尔卡拉法特，在那里，人们似乎已经找到了一片乐土，埃尔查尔腾留给我的冲击是，它就像是一个中转站。这里无疑有着震撼人心的美，但尽管如此，它只是一个中转站。

  每当我驻足在这样倏忽而过的地方时，总是会失去自信，感觉好像面对着一些我无法明白的事情，而这些事情，围绕在我身边的人却都在经营着。也许，这就是一些像乔治和他妻子那样的人会有的感觉，那些我在埃尔卡拉法特透过窗口看进去的人家，如此费力挣扎着回避这样的感觉。

  差不多我遇见的每一个人都有一种属于他们自己的特质，既独立又仿佛归属某种更大的东西。在菲茨罗伊远足时，我开始疑惑，那种我在埃尔卡拉法特所感受到的舒适的双重性，是不是一种在家里建立起的感觉。是什么让埃尔卡拉法特孕育出这种特别的独立、轻松？是不是在那里的水中，藏着一些能培育出既独立又乐于共享的特质的东西？还是因为我在埃尔卡拉法特碰见的每一个人都是自别处移民来此的？这个小镇对于寻找一处地方作为自己安身之处或归属地的孤独者来说，是不是像一块磁石？不管是什么，我在埃尔查尔腾这里无从感受。

所以，在太阳落山之前，我钻进了菲亚特；再看一眼菲茨罗伊，在我后照镜中万里无云的蓝天里，它是如此了无生气；我踩下油门，一路开回到埃尔卡拉法特。

乔治和伊丽莎白热情欢迎的诚挚令我感到窘迫。我对于家庭生活的安全感退避三舍却没有丢去。当乔治的母亲，一个连一句英语也不会说、从日本远道前来探亲的小女人，坚持要我品尝她自制的寿司时，我其实巴不得去镇上吃一顿晚餐。我时起时伏的社交敏感一直使蒂感到生气，在像这样的时刻里，我能理解她为什么气。

为此，许多次，我都承诺要让我们的关系能够正常运转，但我能做的，仅仅是和陌生人一起坐在桌前，或是站在鸡尾酒会中。在蒂对我咬着耳朵时，我感觉痛苦不堪。

"你早就知道我们今晚要出门，亲爱的。那是你的主意。现在，你又不想在这儿了，到底是怎么回事？"她曾经不止一次这样对我说。

我决定试着找到某一个人，随便某一个人，只要是在埃尔卡拉法特当地出生的便好。我想看一看，他们看待事情的角度是不是有可能和我不同。搜寻的过程最终将我领到了市政厅。在一张长长的桌子后，坐着几个男人和女人。在我解释自己来此的目的后，他们盯着我看了好一会儿。之后，一位稍稍友善些的女士记起了一个叫做努诺的老先生，她觉得，这个老先生应该是在镇上长大的。

我从电话簿中仔细搜寻，找到了号码，也打通了电话。努诺的妻子说他外出了，见到他时，她会转告我的请求，也许他愿意到市政厅来一趟跟我聊聊。挂了电话后，我便在外闲逛起来，在"佩塔万岁"跟朱莉娅打了个招呼，还吃了一块她做的油煎薄饼，再逛回到市政厅。

努诺已经在那里等着我了。他是个个头矮小的人，很敦实，头发剪得短短的，戴着厚厚的近视眼镜，脖子上围着一条印花大围巾。他戴着一顶黑色的贝雷帽——是一顶巴塔哥尼亚式的贝雷帽，看上去像是来自西班牙的巴斯克地区。市政厅里的每一个人都为着他们能够帮上我的忙而感到高兴。握手握了一圈后，努诺便和我独自出去交谈了。

几乎是在顷刻之间，努诺便觉得难以领会我那糟糕透顶的西班牙文——很显然，它并不像玛丽·里奥斯曾让我相信的那样好。我费了好大劲，努力去搞懂他那讲得飞快的、满是俚语俗话的方言。努诺曾在牧场上班，剪过羊毛，放过牛，也曾在机场检票，还做过三十余种不同的工作。现在，他73岁了，已经退休。"但是，当然还是在工作着。"他微笑着说。

结果，努诺也并不是在埃尔卡拉法特出生的，他的出生地是在几英里外一个叫做里奥米特里的小村庄。当我问起，是不是这里情况很糟糕，政府需要付钱让人搬到埃尔卡拉法特来时，努诺瞪起了我。

"你再说一遍。"他说。我再次重复了问题。他的眼睛眯起缝来，方正的下巴垂了下去，他讲了一长串凌乱的答案，话语中充满了飞快、急促的辅音。他的手粗鲁地挥舞着，脸涨得通红。他变得非常恼怒。谁会说这种话？他想知道。他是不可能这么说的。

我连忙道歉，使他确信我一定是误解了，我还轻轻地碰了碰他的手臂以示团结。他将我一把推开，拉着我穿过马路，四处寻找着有什么人可以来做翻译。努诺不想被误解。我告诉他我认识一个在餐馆工作的女人，我在那里喝过果汁，知道她的英文说得还不错。他不耐烦地嘟哝着。镇上还没有红绿灯；我们在穿过解放者大道时险些被车撞倒。我们走进了"佩塔万岁"，我向着朱莉娅挥手。

"嗨！"她微笑着打招呼，很高兴看到我又回来了。在我还未解释前，努诺已经说出了一长串激烈的言辞，朱莉娅尽其所能地翻译着努诺已经对我说过的话。在努诺猛烈攻势的压力笼罩之下，朱莉娅的英语也变得断断续续、结结巴巴起来。起先，她还紧锁眉头，带着一丝歉意望着我。慢慢地，她显得沮丧起来。很快，她再也掩藏不住自己的愤怒，恼怒着我将如此场面招惹进她暂时安静的世界里。我一边道着歉，一边将努诺引向门口。他却连动也不肯动，坚持要把自己的意思说明白。事情其实已经清楚了。终于等到一个付钱的顾客进了店里，朱莉娅毫不犹豫地转过身去，不再看我们。直到走回街道上时，老头子还是沮丧万分。

"我非常介意你说的话。"他不断地说着，为我没能搞懂他的意思，显得非常非常焦急。

我对努诺保证，我懂他的意思——但是，也许我真的不懂他的心意吧。他对于家园的骄傲感、在此地无怨无悔的付出以及那无法割裂的情愫，这些都是我从来未曾经历过的。如果我经历过，这些感受将会为我带来何等确凿的认识？他咆哮着离开，连我已经伸出去的手也不愿意握一下。

阿根廷湖上一个孤独的孩子

第二天一早,天空还是很昏暗,风在弗朗西斯科别德马的一侧刮得很猛。我开的车引擎状况不佳,一直嗡嗡作响着。黎明到来之前,云层悬挂得更低了。阿根廷最大的淡水湖从船底看去显得昏黑一片。当红日破晓后,仅仅几分钟之内,光线便自云层较低处射出,又反射入突然间变成青绿一片的湖水中,所有一切都活了起来。山上的雪迹线很低,低得碰到了水平面。变质的岩石闪着亮光。小船驶过一丛小小的蓝色冰山——那是乌普萨拉冰川的孤儿。感觉空气中很温暖,不像是会下雪的天气,但雪还是落下了。一道彩虹出现在我的右边;一只南方来的鸫鸟从雪白的冰川顶上猛冲而过。我一直都欠缺一种天赋,分辨不清自己在何时会觉得心情愉快,但是当风刮过我的脸庞,湖中升腾的水雾侵蚀着我的肌肤,变幻莫测的光线令人屏气凝神又兴奋莫名之时,我意识到要将这样的时刻深深留在记忆之中,就像是储存紧急状况之下用作救急的食物一般。

最终,雪变成了冰雨,一路驱赶着我进入船舱中。天空向着湖面下垂得更低了,深灰色乌云的指尖向下触到了风吹过的、波浪起伏的湖面上方几英尺之处。我的兴奋感慢慢地减退了,在船只一路向着阿根廷湖北方的支流挺进时,清晨染上了一层伤感的情绪。

18世纪的瑞士作家史达尔夫人曾经说过:"旅行是人生中最令人伤感的愉悦。"随着我向着窗外不断观察着船只的行程,我的思绪也跟上了我们行动的步调,让孤独与分离的伤感思绪一路延展开来,就像一床松软的毛毯在我的身体下摊开。只有在偶尔间,我才会奢侈地沉浸于这种状态中,那是在我孤身一人并且远离家园之时。在我与

在百慕大，我九岁

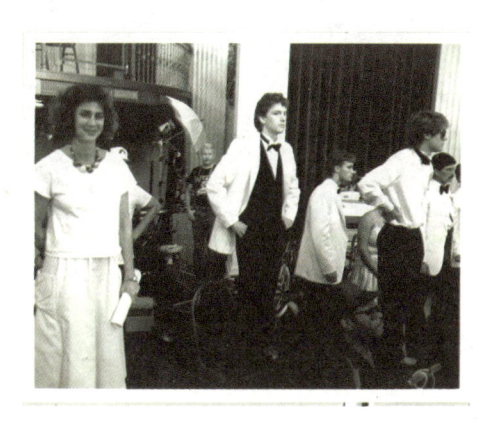

第一次表演"鬼精灵"
我的第一部电影《高材生》，拍摄时即紧张又兴奋

阿根廷南部巴塔哥尼亚——佩里托·莫雷诺冰川

巴塔哥尼亚乌普萨拉冰川下遭遇暴风雨

在巴塔哥尼亚

我的孩子们或是与蒂的关系中，却并没有如此的状态。这是一种她缺乏耐心去体验的情绪——它来自于我曾经是一个怎样的孩子，而不是来自于现在与她分享生活的那个男人——但是，它却是我内在节奏中所必不可缺的一部分。

当我还不满十岁时，脑子里已经装满了如同这样的分隔意识。有一天晚上，我披上冬装走出户外。我的兄弟们和我很少在天黑之后外出，但我想在雪融化之前用它堆砌起一个雪天使。下午那场暴风雪的尾声渐渐变成了雨夹雪和冻雨，因此雪地上覆盖了一层坚硬的冰层。我那小孩子的体重不足以踩碎松软白雪上的这层坚冰，除非我穿着靴子在上面拼命跺脚。堆砌雪天使看来无望了，我索性睡倒在坚硬的冰壳上，仰望起万里无云的夜空。我一遍又一遍地深深呼吸着，看着凝结的水汽缓缓上升。稍许之后，天上的繁星开始吸引了我的注意力。那是我第一次抬头看着夜空超过了数秒钟的时间。

还是个孩子时，我就有焦虑和苦恼的倾向，但是在那个夜里，当我静静地躺在群星之下，一种平静的感觉却袭遍了全身。我突然清醒地意识到活在当下的感觉是什么。我从未思考过自己的人生，但是那一刻，在一瞬间，感恩的潮水涌遍了我的全身，我觉得自己的心胸顿时开阔起来。在那安祥的时刻，星辰和我之间的距离消失了。其实，我对于它们来说并没有更接近，它们对我同样也是，但是距离已经变得如此不重要，变得可以随意伸缩。我身体的尺寸却在膨胀之中，我成了一个巨人——对于一个年龄还那么小的孩子来说，这种意识令人既紧张又兴奋不已。我不再受限于统治万物法理的规则，尺寸和距离都成为可以变化的东西，直至完全消遁。我紧紧抓住这种感觉，为的是要完全拥有它。但是，在我的紧握之中，它却开始悄悄溜走了。等我松开了自己紧抓的手，那流畅的意识又回转过来，使我如同乘着波浪航行一般。我不知道这样的状态究竟持续了多久，但是最后，还是我哥彼得在门外找到了我。我问他："你有没有曾经觉得自己身体的大小在变化？"

他却只是怔怔地望着我。

那晚过去之后的很多年里，我曾经偶然地、片刻地在意识中经历过身形和视角的转变，我觉得自己好像明白了一些在通常状况下会被遗忘的事情。分离的感觉散去了，但我还是能意识到自己终极的孤独。这种矛盾在我的身体内部激发起一种自由和解脱的意识——那是一种解脱感，它源自于我微弱的潜意识下所隐藏着的强大的、能够满足人心的真实。

探寻埃斯坦西亚人的智慧

在将近四小时之后,我们深入到这片水域的一条最深幽的狭窄河汊中。湖泊的最深处澄清悠远,像是地平线上的一根细线。当船只靠近时,一大簇高耸的树干便尽收眼底。之后,几栋低矮的浅黄建筑也出现了,离岸大约有几百码的距离。更远处,一座被白雪覆盖了顶端的山脉阻断了视野,否则,视线所及之处将更为深远,是更加望不到尽头的苍茫一片。

等我下了船,一位黑头发、橄榄肤色的阿根廷年轻人何塞·阿根托,已经站在岸边欢迎我了。"欢迎来到埃斯坦西亚的克里斯蒂娜。"

船行过漫长一程后突然而来的寂静,外加船行中一路伴随着沉闷压抑,让我说不出一句话来回应。他将我带离湖岸,但是刚走了两步路,我便停下脚步,再一次四下观望起来。

何塞像是读懂了我的心思,他问我:"你是不是看到这一切时,会觉得自己太渺小了?"

"正是,"我回答,然后就像是一个在圣诞节一早醒来的孩子般张大了嘴巴,"正是如此。"

凯瑟琳河是一条几百码长的内陆河。埃斯坦西亚原先的建筑都是依河岸而建,隔离在多年前种下的白杨和红杉的树丛之间。一面修复过的水车矗立在河岸边,右侧则是马槽。

20世纪早期,当羊毛还被称作"白色金子"的时候,当它还没有因为人造纤维的诞生而变得无利可图时，这里的牧场曾经蓄养过数不尽的绵羊。像所有埃斯坦西亚地区一样，这里的牧业又继续经营了一段时间，而现在，这里主要靠为数不多的游客带来的收入勉强维持。

我被领到了三间简陋、窄小的附楼中的一间。从我房里漆着图案的大窗子望出去，可以看到跨河的景色和一路向着辽阔的金色山谷延伸着的旱地，山谷绵延至马斯特斯山、莫亚诺山和梅森山里那些被白雪覆盖顶端的峰峦，景色规模壮观，震撼人心。透过窗框，它们像是被冻结住了一般，就像安塞尔·亚当斯镜头下的摄影作品在添加了色彩后所呈现出的效果。

我不知道该怎样让自己静下心来。我走出屋外，走入了54000英亩的土地，而这样的土地，在国家公园里还有成百上千。埃斯坦西亚此刻没有其他客人，一个主意忽然令我心生狂喜。我笨拙地立于一栋楼前，无意之间向那里的安全人员徘徊着越靠越近，而因为周遭无边的宁静，我的双耳出现了耳鸣。

我为哪怕是最轻微的声响而焦虑。并没有风吹拂过白杨树或是长长的野草。被刚落下不久的白雪覆盖着的群山，在大自然的宁静中仿佛是一片剪影。马槽边的马相隔老远，他们移动的声响也不可能传得过来。我也并未听见鸟叫。面前的一切景象似乎叫人无法理解。

突然之间，何塞来到我身旁。"想看看我们拥有些什么吗？"他问我。

我们开着他的卡车，一路在无望的尘土飞扬的路上颠簸，向着群山而去。我们开过了山毛榉树丛，它们的叶子在巴塔哥尼亚的秋色中正在变黄变红。高地上的鹅群飞掠过一片未名的湖面。到了一片山脊之下，问题重重的道路无法让我们继续通行，我们只有靠着双脚，向着顶端攀爬上去。当站立在峰顶时，乌普萨拉冰川一下子横亘在我们面前，超拔绝尘，就像楔子一般嵌牢在考诺山和阿加西兹山之间。

脚下的云开始向着我们缓缓流动，遮蔽了一部分山谷中的景色。然后，就像是一道开关被打开了似的，一阵高强度的狂风重重地撞上我们，使我不禁踉跄着向后退去。何塞大笑了起来。接着，大团的雪块又从水平方向向着我们猛掷下来。我们被云层包裹得严严实实。我只能看得见眼前几英尺的地方。又过了一阵子，冻雨又继续刺痛着我的脸庞。我尽自己所能挺了一阵子后，还是走下了山峰。就在悬崖绝壁下几英尺处，空气似乎静止不动了，雪花松软，快乐地结成了大团飘落着。此时，何塞已经走回到他的卡车前。

Patagonia 55

"你就顺着山谷走下去吧，"他转过身大声叫着，"大部分的路上都有步行道。"

"你要去哪里呀？"我叫喊回去，试图在大声中驱走恐慌。

"我有事要做，我们晚饭时再见。"他重重地关上车门，卡车颠簸着，片刻间便自视线中消失不见了。

我一路向山下走，走到了化石峡，沿路上雪不停落在我的肩上。脚底下的石块很滑。过了一会儿，坏天气过去了，太阳重新露出脸来，我剥下了一层衣服。没有多久，风又打着漩涡扬起，天气变得凉爽柔和。半小时之内，我经历了清晰、分明的四季——这真是一个典型的巴塔哥尼亚的下午。

我走回到山谷，路过另一个冰川湖——安妮塔湖。我也路过一堆栗色羊驼死后残存的骨架。这是巴塔哥尼亚地区的一种南美洲驼，而这只羊驼可能是被美洲狮扑杀后暴晒在太阳之下的遗体。被秃鹰啄食干净的骨架旁，堆着一团团灰毛。它那瘦小的白色头骨在阳光下闪着亮光，这只栗色羊驼一定还很年轻——牙齿还很齐全。几英尺以外，它那完好无损的肋骨架向着天空突起，像是一只伸出的手指，正不顾一切地要祈求着什么。一块股骨和髋骨则被丢在近旁。

克里斯蒂娜的黄色楼房在下方的山谷平地上缩成了小点。临窗眺望时，在我这个异乡人眼中曾显得广袤无垠、难以捉摸的山谷，却在我下山的途中变成了熟悉的地带。

在凯瑟琳河畔，我看见一条三英尺长的大马哈鱼正徒劳无功地逆流而上，只有它尾巴的尖端勉强能来回摆动，帮着它坚持在那儿。我走过木桥，到河对岸接着仔细端详。这条大马哈鱼精疲力尽，垂死挣扎，它试图返回家乡去产卵，但是已不可能再继续逆流而上了；它的旅程眼看已行将结束。为了游回出生地，它已经游了多久？游过了几百几千英里，才如此接近目标却又终究不能再近一步？

吃晚餐时，我独自一人在餐厅里，只短暂地见了何塞一面。

"走得还不错吧？"他问我。

"走得不错。"我回答。

天黑之后，我走出户外，抬头望天寻找着南十字星。每当我看到它，便知道自己正远离家园，会感觉到一种孩子气的兴奋感。在湖畔原先剪羊毛的工场里，有一个埃斯坦西亚的"博物馆"。它的门敞开着，我进去打开了灯，牲畜的气味依然强烈。

在1914年，一对名叫约瑟夫和杰西·马斯特斯的年轻英国夫妻，在圣塔克鲁兹漂泊了将近十五年之后,一路航行到了阿根廷湖的北翼,冒着风险在这里登陆。他们和他们的儿子赫伯特,在接下来的八十年中便生活在这里。马斯特斯一家家庭生活中的一些物件被保存了下来,布满在工场之中,外观都已经变得模糊了。这对年轻夫妇在1900年拍摄的两张照片悬挂在靠近门口的皱巴巴的铁皮屋顶之下——丈夫留着一圈当年时髦男子常有的胡须,他的妻子看上去则像个配角。从这些照片中,并找不出什么线索,能够说明他们性格的坚强,坚强到足以让他们能够在一个世纪以前就生活在这样蛮荒的偏远之地。

夜风在木板条垒起的墙壁缝隙间呼啸而过。一台轧棉机立在长方形的木质餐桌旁。一张孤零零的、全家围坐餐桌的黑白照片搁在一旁。一份标记着60年代的《伦敦新闻画报》、牛奶瓶、一个捕捉美洲豹的陷阱夹,全都不带任何修饰地摆放着,并且没有一点介绍性的文字。我翻着一份无线电日志,停在1957年的某一页上。木制的牛轭和手扶犁被陈列在女士所用的皮包旁。

我对这对夫妻充满敬畏,羡慕他们之间亲密无间的关系。正是凭着这样的关系,他们在此处维生、存活,并且很明显是以旺盛的生命力生养、培育出自己的孩子们。他们最年轻的女儿,也就是埃斯坦西亚这个名字的由来,当年,在他们能够把她带出去寻找到救星之前便死于肺炎了。在那个时刻,他们对于自己的人生选择有些什么样的感受呢?我自己的女儿曾经两度染上肺炎,我对于两个孩子安全的恐惧总是在头顶盘旋,在无声的警告中,它们不曾间断地嗡嗡作响着。

我那时的感觉,并不是对自己从未曾了解的过去所充满着一种怀旧之情,而更像是一种积极的渴望,渴望了解这些人如何懂得经营自己的人生。他们一定掌握着我所需要的知识。我一遍又一遍地检视着每一件物品,寻找着其中的线索,并为活在一个世纪之前的人们感到神伤。

在绕着屋子走了一圈又一圈后,对于从中能够领悟到更多的信息的可能,我感到越来越绝望了。我探询着这些试金石,这些曾经的美满生活的遗迹。如果我可能把这些拿去给蒂看,也许它们自己会向她去解释些什么,会比我一直以来所做的都更好。那里面藏着一种勇气,一种我所钦慕的斯多葛式[1]的和谐;也许,她会从这些我无从解释的遗迹中看到这所有一切。

---

1 斯多葛学派,主张恬淡寡欲,控制强烈情感,苦修。古希腊哲学派别之一。

自由与爱

第二天一早，我骑着一匹叫作潘特里斯特的马驹，踏上埃斯坦西亚之上的山峰。马匹是属于一个名叫米盖伊·冈萨雷斯·古瑞可的年轻牛仔。他穿着一套黑色的皮制护腿套裤，头戴一顶黑色的礼帽，帽沿儿压得低低的，几乎盖住了整个左前额。就像他们的北美同侪们一样，巴塔哥尼亚的牛仔也有着无动于衷、保守隔绝以及硬汉作风的倾向。米盖伊便具有所有这一切特质。

整个上午，我们都在山里不断地攀高，马匹自己挑着上山的路。我们好不容易到达了一处可以俯瞰全地的观景点，米盖伊在此处下了马。他坐在一根圆木上，剥着树皮上的一根细刺。当一只秃鹫在头顶上飞掠盘旋时，米盖伊悄无声息地用手指了指天空，好让我不要错过这一景象。我不知道他是怎么看见秃鹫的；他的眼睛其实一直没有离开过手中那块树皮上的细刺。骑回到马鞍上后，当我为着这趟旅程向他表示感谢时，他只是点了点头。

又是另一个早晨，我们同样在马背上度过，向着另一处景观攀登。在我们停下来歇脚时，米盖伊先是照料了一下他的马匹，然后便在远处自顾自地坐下了。我扭过肩去看马斯特斯峰上悬浮的冰川。皮尔森湖那温润的松绿色就弥漫在我们脚下。

此时，米盖伊说了两天以来的第一句话，"真安静啊，"他说，"简直是鸦雀无声。"一面说，一面还嘟起下巴，对我向着深谷的方向示意着。

我想要笑，却忍住了。我在猜想，蒂对于米盖伊轻描淡写的社交方式将会如何回应。

之后，我在午后的阳光下静坐于埃斯坦西亚，沿着河边拍照，看着鸟儿在草原上叼着虫子。我可以想象自己如何在这世界的尽头之处消磨那悠长的时光，独自一人自得其乐。

我已经发现，在自己的旅行中，曾经到过几个地方，让我产生过与此相似的感受——爱尔兰西部荒野上赤露嶙峋的巴伦、巴西北部湾的遥远地带、怀俄明的中部、还有夏威夷的某处并不完全相似的地点。在这些我感觉自己被接纳的地方中，我对于世界的感知和我自己在其间的定位产生了共鸣。我能在一瞬间就触摸到这样的归属感。

在童年时光里，我无法从我在新泽西市郊的家里找到这样的感觉，这其实并非是任何人的过错。我到处旅行，终于在到达过的其中几处寻找到它，它们已经使我得到了生命中最大的启迪。

太阳自山脊后缓缓下沉，空气里顿时添了凉意。风大了起来，我离开河岸，向着主楼返回。烟囱里冒出了缕缕青烟。我屈身以待，直到群星取代了阳光。我在独处中享受到了如此丰富的满足和安慰——还有独处带来的旧日的熟悉感、安全感——让我对自己是否能心甘情愿放弃这样与世隔绝的自由而将自己的心怀向着蒂全然敞开产生了疑虑。我怀疑，那是否能够取代一丁点此刻的满足？或者，甚至是否可能在两者间找到某种调和？

次日一早，我在用早餐时有意拖延了时间，怔怔地向着山谷望了好久好久。我重新去了趟博物馆，看了马厩，看了小河。我也重新走回群山环抱着的山脚下，在那里，我能望见回程的游船已经逶迤在温润如玉的冰川湖上。

一上了船，我便站上船尾处，望着克里斯蒂娜渐渐向后退去。直到过了许久后，我才走进船舱里坐下。不过在顷刻之间，我又回到了栏杆旁。直到过了好久，当房屋自视线里消失，高大的树林已经难以从占据我心灵世界的陆地和群山中辨识时，所剩下的，便唯有白雪覆盖顶端的峰峦中那几处崎岖、嶙峋的山崖了。我感觉自己被一股力量催逼着在观望着这一切，直到船只驶出了阿根廷湖的北角，直到克里斯蒂娜完全消失。灯火一律都熄灭了，脚下的湖水、头上的天空都已变成黧黑一片，而风也刮得更猛、更冷了。我觉得自己像是从什么捆锁中被解开，似乎已将今生再也无从寻见的、至重至贵的一切远远抛在了身后。

3

|亚马逊|

感受更深的爱与悲伤

"你只是因为远离我而爱我。"
"不,并不是这样的。"

家庭旅行计划破产

"没有,你根本没有告诉我。"

"我告诉过你,宝贝。"

"我想,如果你告诉过我,我应该会记得你星期一一早就要去亚马逊的。"在出租车的后座,蒂将她的手从我的手中抽了出来。近来,我们有过许多次关于时间协调的对话,这件事情有可能便在那些对话的缝隙间被错过了。

"你今天早上才刚刚从巴塔哥尼亚回来。"蒂嚷嚷着,把头扭向了窗外。那一刻,我们身陷在第八大道上交通堵塞的混乱之中。

★ ★ ★

事情的起因是一个家庭旅行计划——蒂、两个孩子、我自己,要去亚马逊一趟。那是蒂的主意,或者说得更准确一些,是我们女儿的主意。当我看着别人寄给我的图片——一座典雅豪华的、由原木与钢铁混合制造的亚马逊河江轮在蓝天之下向着下游缓缓行驶,沿途又有粉红色的河豚游动,硕大的紫色蝴蝶翩翩飞舞时——我的女儿正巧坐在我的腿上。

"我想要去坐那条船,爹地,"她对我撒着娇,"我想要去看那些河豚。"

蒂走过来随意看了一眼:"我也想去。"

第二天当我回家时,母女二人正在重看那些照片。之后,等我儿子看到它们时,

The amazon 63

他也说："哦，是啊，爹地，我也要去。"我知道，亚马逊之行一定要安排在我们未来的计划中了。

等我申请到一个有关亚马逊流域的写作方案时，旅行计划也就同时开始启动了。我们安排了在学校放假时出发，也订好了机票。这时，有朋友向我们提到了那里的蚊子，又有人提到了疟疾。在一阵紧张的网络搜寻之后，蒂终于查明，在我们即将前往的秘鲁就是亚马逊流域疟疾高发区。"我不要给孩子们吃那种药。"她严正声明，"这些药毒性太强，会让人发疯。"

家庭的旅行计划就此宣告流产——但是我已经承诺了写作方案。向着运河上游进发，和孩子们一起深入到亚马逊流域，这与原本蒂与我想要在世上抚养孩子们舒舒服服长大的计划并无冲突。船上的其他旅行者们可能不会那么在乎这一切，但我却能轻易地想象着一家人在船上营造出自己的一个小世界。原本期望独自出行，却和十几个素昧平生的同行者一起陷身于某条小船，是我一辈子都想要避开的一种旅行，一种境况。

那一个星期在家中，我都一直在处理着因为人在巴塔哥尼亚而无法应付的事情。蒂常在晚间和友人们外出——"你不在的时候，我必须得成日窝在家里。现在，我一定要出去透透气，否则，我会发疯。"

第三天的下午，在我走过卧室看到她人在其中时，走进去在她背上给她搔痒。蒂转过身，我们对看了彼此一眼。她的眼睛闪烁了一下，把手圈在我的肩膀上，手指在我颈后交错成团。

"我知道你必须得走，你是一个旅行作家，那是你的工作，但是像这样频繁地在外面奔波，确实太多了一些。我们都需要你。"

蒂很愿意在别人身上投资情感，为此可以把自己塑造成小鸟依人的脆弱膜样，这让她可以将自己的本性在某种程度上得以隐藏，但却让我觉得困惑。为什么一个如此固执己见、如此过度自信的人，会愿意在别人面前把自己弄得这般脆弱呢？蒂可能会说，生活中最重要的事情是家庭，是彼此联络的纽带，是社交群体。她也会说，爱一个人，是唯一真正值得去做的事，值得为此付上放弃控制权的代价。

"生活总是在玩弄着卑鄙的鬼花招，"我曾经对她说，"爱一个人就是这样。那是一种可怕的感觉，一个人会那么在乎另一个人，它会让你变得脆弱极了。我为了那么爱你而恨我自己。"

"哦，谢谢，亲爱的。可那种感觉让我觉得棒极了。"

"对孩子们也是一样——什么事情都有可能会发生……如此爱着他们真是荒唐。我恨这种感觉。"

"你应该不会想要对他们去提这些事情吧。"

"我跟你说，这就是生活玩的鬼花招。你一旦陷进去，就再也出不来了。"

我们在床边坐下，蒂对我讲起了已在她脑中渐渐成型的婚礼计划。

"我觉得野餐的主意很棒。只要在达特茅斯广场上举行，一切状况都可以应付得来，谁想来的话都可以来。"她很自信地说。

如果要相信任何一件蒂参与筹划的社交活动会是如此简单，那可真是故意把自己弄得太幼稚了。她是在一个以开旅馆为业的家庭中长大的，他们每周都要帮人筹划、完成各种精美的宴会、婚礼和其它大型活动。身在一大群喧闹嘈杂的人群中，蒂可能觉得最舒服。她自己的婚礼会想要弄成一个简单的野餐？这主意很受我的欢迎，可是也令我疑虑重重。

"那下雨怎么办呢？"蒂瞪着我。

我耸耸肩："我意思是说，那是爱尔兰。"

"不会下雨的。"

"真的吗？"

"你要是积极一点的话，就不会。"

"所以，下不下雨，是由我决定的咯？"

"某种程度上，是的。"她回应我的诘问。

"那从纽约去的人该怎么办呢？我们又该如何来安排他们？对他们来说，带着三明治去爱尔兰，路好象太长了些。"

"我会给他们每个人都安排一个爱尔兰伙伴，负责照顾他们。"

"所以，你的两个世界最终要融合在一起了。"

"说得太对了。"她靠过来，亲了我一下，"你觉得由雪莉来为我们主婚怎么样？"

雪莉是蒂在爱尔兰的朋友。她是个非常有趣的女人，有着典型的爱尔兰人冷嘲热讽的风趣和机智，但是不应该是跳进我们脑海里的主婚人人选，甚至对我来说，想都不可能会这样想。

"雪莉？她是一个牧师，还是一个传道人？或是其他什么神职人员吗？"

"不是啊。"

"那么，她怎么能帮我们主婚？"我问。

"噢，那只是个心灵式的婚礼。"

"你什么意思？"

"你看，我们反正要在政府的婚姻注册处登记，才算是合法结婚。"

"是吗？"

"因为你离过婚，我们没办法在教堂结婚——不是我不想——并且，在爱尔兰，你是不能在教堂或市政厅以外的地方正式结婚的。"

我感觉到有什么事情要开场了。也许，我们只需要简单地在几位见证人面前公证结婚，然后离开去一起享用一个小型庆祝午餐便好。"那么，我们为什么要讨论在广场上结婚的事情，还要找那么多的人，如果那种婚礼根本就不算数的话？"

"别那么说，那当然还是算数的。"

"但是，你刚才不是还在说——"

蒂瞪着我："你是在故意捣乱吗？"

"我在捣什么乱？"

蒂开始将语速放得极慢极慢，发音也变得异常清晰："因为，我想要一个心灵式的婚礼，有我的家人和朋友在，来庆祝我们的婚姻。这样做有问题吗？"

这是一场我不可能会赢的战争。"那在广场上，大家如果想上厕所，该怎么办，亲爱的？"

其实不想走

我的旅行包就搁在门口，蒂还在讲电话，我正坐在客厅里一张宽大的、堆满了东西的手扶椅中。这是我们家里最舒服的一把椅子，每个客人来访时都会想要去坐一坐。我儿子喜欢在一大早绊手绊脚从床上爬起来后便蜷伏在它宽大的坐垫之中。我女儿则将她的玩具成行地排列在上面。我是在好多年前买的这把椅子，远远早于和蒂认识以前。我们走到一起后，蒂将它原先丑陋的红色坐垫换成了现在松软、淡绿色的软垫。但她还是从心里厌恶这把椅子，几年来总是试着想把它扔掉。我无法真正理解其中的原委，除非它代表了我那个在她介入之前就已经存在了的世界。还有一些家具，也陪伴我们超过七年的时间，但是随着时日推进，也都已经越来越少了。

等蒂放下了电话，她在我身旁吱嘎作响地也挤进了这张椅子，这是她常做的事情。这张椅子其实并没有大到能让我们两人都舒服地坐进来，我只好将半边身子夹紧了挪开。

"你看，如果我们丢了这张椅子，就不可能这么舒服地挤在一起了。"我说。

蒂不情愿地嗯着。她刚刚知悉她的一个朋友正在办理离婚；那天的早些时候，我们还知道了另一个熟人发生了一段婚外情。

"你确定想要结婚吗？"我问。

"我们跟他们不一样。"她回应我。

"每个人都不一样。"

蒂没把我的话当回事："我今天下午刚告诉我父母。他们想要明天打电话来跟你祝贺，但是我告诉他们，你今晚就要动身出发了。"

我点点头。

"妈说：'他不是刚刚回来吗？'"又来了，偏偏又在我马上要出门的时候。蒂却自顾自地接着说下去，"我只想说，明天我跟你讲话的时候，我最好是听见蚊子在你身边绕来绕去、嗡嗡作响。哎，疟疾会传染吗？如果你把疟疾传染给了我……"

我们就这么一起坐了一会儿，看着屋外的天色完全转黑。家里还没有打开任何灯，只有街道上的亮光充满了整个屋子。"等你回来后，我们可以开始告诉别人了。"蒂的声音安静下来，像是抽离开了似的。

我又点点头。

"我已经跟路易丝和凯伦讲了。"路易斯和凯伦算是蒂最长久的朋友了。

"噢，那么他们怎么说呀？"

蒂耸了耸肩膀："路易丝很兴奋，凯伦还好。"

"那么，你为什么听起来这么垂头丧气？"

"我不想让你走。"

"我也不想走。"

"别骗人了。我能看出你脸上的坏笑。这一趟，会是一次神奇的旅行。"

"应该是挺不错的。"我坦承地说。

"别说了，"蒂接上来，"我们别再谈这个话题了。我真的很嫉妒。我通常不会嫉妒你的旅行，但是这一次，噢，我要开始反胃了。"

"我也在反胃了，"我接上她的话，"但是我想，我是因为吃了预防疟疾的药。"

一见钟情于伊基托斯

当我十二小时后在利马着陆时,收到了一封蒂的电邮。她附上了一张照片,拍的是我们在纽约寓所床单上的一只死蚊子。这只蚊子叮了她一整夜。这是四月份的早些时候;六个月来在纽约还没有看见过蚊子呢。蒂将这只蚊子的神秘现身视为一个标志,表示她没有将孩子们带去亚马逊是一个正确的决定。在其他人看来可能只是一件好奇巧合的事情,但蒂往往会有她自己的深度解读。

我常常为了要不要跟上她思绪的连贯性而得出同她一样的结论这件事情而挣扎,但我还是常常努力去支持她的推理,哪怕它与我所生活的现实之间只有虚无缥缈的某些联系。但是有关大自然把蚊子送到她的面前,来验证她不要来亚马逊这一决定的想法——还是立刻就被我看穿了。早上六点半钟,在利马机场的快餐部,我一边吃着"约翰老爹"的起司皮萨饼,一边给她打了一通电话。

"感谢上帝,你留在家里了。"当她接起电话时,我立刻对着听筒夸张地大喊起来,起司还挂在我的嘴边。

"你能相信吗?我半夜里听到那嗡嗡嗡的声音,还以为是自己在做梦呢。"在蒂看来,在帮助理解生活的方向上,解读梦境和搞清醒时的一些事件的喻意,比如"蚊子出现"事件,具有同等重要性。

"天呐,毋庸置疑,那真的是一个前兆⋯⋯"我继续作出一副大惊小怪的腔调。

"哦,你闭嘴吧。"她大笑起来。

我能感觉到自己放松了许多。我开始对自己缺乏睡眠,并且食物正慢慢进入到

The amazon 69

肠胃有了直观的感受，我的精神又变得愉快起来。在这个时刻，我对蒂的爱也变得更深，并且，我也这么对她说了。

"你只是因为远离我而爱我。"

"不，并不是这样的。"

"起码，离开我，你会爱得容易一些。"她坚持着。我能听出，她的笑声和音调中有的并非一直都存在着的接纳感。

我们四岁的女儿刚刚醒来，电话里传来她的尖叫声。当我告诉她自己正吃着皮萨当早餐时，她告诉我她想要搬到秘鲁来。

飞往秘鲁境内亚马逊河流域的心脏地带伊基托斯大约需要一个小时。在颠簸的飞行中，我努力将自己的注意力集中在一本精美画册上，那里面有我将要搭乘的那条游船的介绍。这艘豪华旅行游船是由一条旧江轮改造而成的；在12个高级船舱隔间里，将住上最多24位乘客，舱里备有特大床，还有硕大的窗户，从这些窗口可以回望船只一路航行的流段。24个服务人员悉心照料着客人们。手册里，还有一大块雅致的用餐区域，一律铺上了浆洗过的、洁白的亚麻布桌巾，此外，还有玻璃隔层、松软的长沙发、附设酒吧的候船室等等。在一张照片里，一位身着白色制服的船长正站立着与一位客人交谈，旁边的一位吧台酒保则肯定在调配着一种皮斯科白兰地的酒，那可是秘鲁给全世界嗜酒者的大贡献。所有游船一律都有闪亮的金属外壳和贵重的红木内室。

我专注于画册有两个目的：第一，它能有助于让我从滚滚的湍流中稍稍分过神来；第二，我要找一个电话号码。如此奢华的景观弄得我像个傻瓜一般，因为我知道，我就只是单纯地想要搭上一条船溯流而上，并且，对于旅行，我从来都是过一天做一天的决定，从来不去做任何常规性的预备、安排。我甚至直到此时，还连秘鲁的货币该如何称呼也搞不清楚。一个念头不断滑过我的脑海，如果游船安排去机场接我的车子到不了的话，我该怎么办呢？我没有任何概念，自己该去哪里或者向谁求救。我将是——说得文雅一些——一路上险境重重。手册上唯一的号码是供客人预订游船用的——那是一个在美国境内的号码。也许，我事先该预备得稍稍充分些，再向着亚马逊河进发的。

"你要搭那条船吗？"走道对面的男人问我。他是一位瘦削、黝黑皮肤、装扮休闲文雅的绅士，留着一头黑发，也流露出一副自信的态度。

"是啊。"我回答他。在我旅行时，常有这样的情形，我的弱点——譬如像是不知道我在到了机场后到底该怎么办——可能会逼着让我和外界的互动比在家里时更为开放。我觉得，那么做会让我更加明白该怎么应付棘手的事情。只有在路上，我的生活里才会为机缘巧合留出空间。

"那是我的船。"他轻描淡写地介绍。

"哦，是吗？"我问着，举起了手中那本画册。

他点了点头。

"那太好了，也许你可以带我一程。"

"很荣幸啊。"他说着，伸出了手并且微笑着。他的满口白牙整齐地排列着，绿色的眼珠旁布满了鱼尾纹。

弗朗西斯科·加利·祖加洛是一个属于全世界的公民。母亲是美国人，父亲是意大利人，他在瑞士成长，又在美国受教育，并同一个父母原籍为厄瓜多尔的秘鲁女人结了婚，在加拉帕戈斯群岛跑了六年船后，现在住在利马。他正要去伊基托斯检查自己的第二条亚马逊河游船——他计划在几周后就要让这条船下水。

"跟我一起去看看吧，"弗朗西斯科说，"然后，在你的船晚上启程之前，也许我们还可以一起吃个午餐。"

伊基托斯基本上被封锁在丛林之中。有一条直通到雨林的路延伸了60英里后，渐渐在一个小村落里变窄，直至消失。如果不走这条路，你就需要溯流而上走三天，才能碰上一条通向其他地方的道路。大多数人都是搭机到达、离开。当我们下机时，正看见一架老旧的DC-8停在唯一一条飞机跑道上。它锈迹斑斑，一看就很容易让人联想起那许多不怕麻烦进到亚马逊流域却一去无回的人。

弗朗西斯科的司机在令人昏滞的热浪和潮湿中等着我们。在进城的路上，我看见其它寥寥几部车子在何塞·阿贝拉尔多·奇尼奥内斯大道上行驶。事实上，在伊基托斯城里根本就找不到几辆车子。但是，依靠发动机带动的交通运输却并不短缺。一种被称为"摩托三轮车"的奇异混合体——拙劣的、由摩托车和三轮车合并改装的交通工具，在街道上随处可见。它的后座有一排板凳，可挤下三人，头上顶起一面塑料布帐篷，可供乘客们遮挡下午的阵雨。摩托三轮车发出高声、尖利的噪音，让整个伊基托斯在由热浪引发的一面倒的狂乱氛围中，以一种固定的状态发散着共鸣。和敞篷的公共汽车一起，他们是这座拥有50万人口的临河城市中的主要交通工具。

我们在格罗大道上穿行，陷入一大片见缝插针的摩托三轮车汇集而成的混乱、嘈杂之中。按下喇叭，传出的却是尖细的"咪咪"之声，像极了"乐一通"卡通片里"跑路者"发出的声音。弗朗西斯科以连珠炮似的西班牙文向着司机说了些什么——我什么也没听懂——然后，我们转上了普图马约街。

一座废弃的八层建筑遮挡了一大片天空。"那应该是伊基托斯最高的楼了，是社会安全管理局的大楼，但是由于土壤的沙化，它快要站立不住了。"弗朗西斯科向我解释。目前，还没有要夷平这座废弃大楼的计划。伊基托斯的其他地方也到处充斥着相似的、无法给人留下深刻印象的外观；大多数的新建筑似乎都是用粗煤渣砖和生水泥修建的。

接着，我们开到一个开放式的绿色广场附近，这里的建筑开始有了一种永恒的感觉，也有着一种已经褪了色的魅力。破旧豪宅的正面上装饰着蓝白相间的葡萄牙瓷砖。"这就是阿马斯广场，"弗朗西斯科转过身来，在摩托三轮车持续不断掀起的喧嚣声中，向我大声嚷嚷着，"这真的就是我们在伊基托斯能够看到的唯一景观了。"然后，他指向一栋两层、而二楼几乎全部被铸铁阳台占满了位置的银色建筑。这座建筑有一种奇怪的熟悉感。

"它来自巴黎，"弗朗西斯科说，"是由古斯塔夫·埃菲尔建造的。"

原来，在1889年巴黎万国博览会期间，橡胶大亨安塞尔墨·代尔·阿奎拉看中了两座由这位法国建筑家建造的杰作——一座高高的铁塔和一幢两层楼的铁皮房子。铁塔太高，搬不了，但是他买下了这座小一些的建筑，将它一片片地拆开，运过大西洋，由蒸汽机车运送了2200英里到达亚马逊。然后，再由几百个男人抬着扛着穿过整个丛林，最终在阿马斯广场旁重新拼建起来。它至今还矗立着，成了伊基托斯在19世纪末、20世纪初尽享短暂、荣耀的全球瞩目的一种见证。那时，正是近处热带雨林里的橡胶被大量掠夺，以满足因为查尔斯·古德伊尔所发明的橡胶硫化技术而掀起的全世界橡胶风潮的年月。在橡胶树的种子被悄悄地带出国外并大量、有计划地种植在马来亚地区以后，伊基托斯那艳阳下的短暂美好时光也消失得与它的开始一样迅疾。它让城市重新陷入了亚马逊流域的昏睡之中，并且一直延续至今。

"我们现在的工业就只有石油、非法伐木、伐木和旅游业这几种了，而且，还是顺着这么个排列次序。"当我们谈起曾经引领风潮、将河段延展成两个街区的马雷贡塔拉帕卡滨海大道时,弗朗西斯科这样向我解释着。

伊基托斯在光荣岁月中遗留下的其他遗迹还包括了普罗斯珀罗街,但若是要立刻再举出些其他例子来,便是乏善可陈了。尽管如此,除了居高不下的气温和一波又一波的湿气之外,伊基托斯还是有着一些独特的魅力。在这里,没有什么可以让我回忆起远方我自己家里的生活——没有一处乏味的商铺、过时的广告、或是餐馆,存在着哪怕仅仅是些许的相似之处,甚至都无从依稀辨识出远方的那种感觉。这样一种陌生的氛围,在这个全世界都趋向大同的世代里已经愈显稀少了。这样的环境中,唯一熟悉的事物便是我自己。因此,我能非常敏锐地意识到我自己的思想,在某些时刻中,它就像此刻这样,领着我向着一种可能性的感觉奔跑。我希望我能在这里待得久一些,如果可能,待上很久很久。

"我很高兴你看到了它,"在我表达自己对于伊基托斯的一见钟情时,弗朗西斯科这么说,"虽然不是一直都很明显,但我自己也的确很喜欢它。"

之后,我们坐回到吉普车里,去胡里奥大街28号参观他的游船。

在车子启动后的短短一程中,路面上已经满是水坑了,很快地,水越积越多。每一年中,亚马逊河水位的波动都会达到30英尺上下,这取决于当年的雨量。今年的雨季中,已经有一些地区被沿河的支流淹没了。我们跳下车子,沿着在涨起的潮水上铺设的木板继续向前走。

"去年,河水水位在有记载的历史上达到了最高纪录。今年到现在为止,水位已经超过了去年,可雨季还没有完全结束呢。"弗朗西斯科告诉我。几个小贩们在水边铺设着他们的摊位。一个老太婆在升起的火上烤着什么用铁签穿起来的东西。弗朗西斯科举起搁在烤炉上的一根细签子,上面有六只大大的蛆虫。他把细签子递给我:"全都是蛋白质。"

我们爬进一条细长的小划艇中,穿过水面向着船坞的方向划去。一架庞大的钢铁外壳中聚集了一大堆人。这艘船在一个月之后的处女航已经满员预订,但还有许多工作需尽快完成。弗朗西斯科带着我巡视了整艘尚在加工之中的船只。

"抽水马桶是从肯塔基运来的。为了赶时间,我不得不用快递将引擎从中国寄过来。运输费用比引擎本身还贵呢,但是我必须要预备齐全。"

游船下水需要100个人力用3条拖船花上12天的时间才能完成。

"如果你在十二年前告诉我,有一天我会在亚马逊河里跑船,我会把你笑个够的。"弗朗西斯科边说边摇头。

他的话让我想起自己在过去的十二年中所走过的人生路。十二年前,我还在四处漂游,还在断断续续地尝试着要抓住一个流行明星所处的地位,从再早十年前接到电影邀约开始,我便一直追逐着这样的名利场。偶然间拥有的、使我再度开启自我崭新人生轨迹的第二职业——旅游作家,那时在这个世界上还不存在呢。十二年前,我也没有一个孩子。当然,也还没有经历过离婚——虽然它是一种更为心平气和的婚姻解除方式,我还是为此感到悲痛万分。

将近八年前我第一段婚姻的失败,远远比我自己所承认的(甚至对自己承认的)要更加长久地盘桓、打击着我。当我已经深陷入另一段关系却依旧还为着这逝去的一段而痛感伤悲,这或许并不是一件恰当的事情。一种悲伤的感受弥漫在与蒂刚刚邂逅时,那时,我从她身上发现了许多特质,并且为之感觉兴奋;很遗憾,我让她共同分担了这令人难熬的一切,虽然她是一个足够宽厚的人,也愿意与我共同投入新的人生。

当我走上甲板下层,看着曝露在外的管道系统时,这些感受却为何在此刻又回到了我的心里?我不知道。但是旅行真的会有这样的效应:它营造出某种空间,让思绪和记忆侵入并确保自身免于受到惩罚。气味和景象,光线的质量,喇叭的轰鸣——这所有一切都能在心里最不设防时成为一种试金石。

弗朗西斯科带着我在亚马逊河中的一个浮岛上用了午餐,从那里,可以看见伊基托斯邋遢、脏乱的河岸。河面上漂满了各种大小、形状的船只,运输着各种形状和种类的货物。有长条和粗矮形的船,有敞篷的驳船和独木舟,大多数都挤满了人。有一条取名为"泰坦尼克号"、漆成红色的船,在吃力地溯河而上时,吃水尤其深,狭小的、没有玻璃的船窗上,满是挤得变了形的人脸。另一条破旧不堪的木船载着立在甲板上的羊,其他十几条船则满满地运着香蕉、棕榈叶或是木材,浮动着漂过身边。

"河上没有正式的运输条例可以遵循,人们会运上任何东西,去任何地方。"弗朗西斯科告诉我。

我很少有时间去为一个人可以这么快地远离家门而感到惊奇，但是这一刻，我还没有忘记，就在前一天的晚上，我还在依旧寒意袭人的纽约市里吃着起司汉堡当晚餐，但是现在，我已经坐在湿气腾腾的亚马逊河中间，吃着剑鱼当午餐了。

弗朗西斯科必须要赶回去工作了，他建议我去海牛营救中心看看。

"我想去集市上转转。"

"贝伦市场吗？"

"对。"

"我不会向游客们推荐那里的。不是说那里不够安全，而是你必须要十二分的小心谨慎。"

我向他微笑着。我一直都在各处被警告着不要去当地的集市。然而，只有在那里，才会一览无余地看到这个城镇真正的风貌，才会领略那不设防的贪婪；只有在那里，才会找到当地人羞于见人的一切真相。

"撑破你的内裤"

在"一二·九"大街上一处货摊云集的地方,一个小个子女人榨着新鲜的果汁,有棕果和木瓜,有卡姆果和芒果,还有其他我认不出来的当地水果。搅拌器传出的高声轰鸣抗衡着路过的摩托三轮车那更为持久的嗡嗡噪音。

我转到一处角落,看到了犰狳,被切成一片片地排列在桌上,旁边还有十几只宰杀过的海龟。远一点的地方,堆着香蕉、胡萝卜、豆类和马铃薯,还有猴子的脑壳和鸡,十几只长长的大砍刀像风中的风铃一般排成了一排。一张美洲豹的豹皮被绷紧了张开来——只卖20元美金。桌子上排列着各种鱼,包括剑鱼、水虎鱼、苏尼鱼、大巨骨舌鱼等等。有一整条街专卖木炭,布满了灰尘,稍远处则是柚子大小的蜗牛;一个个挂满血淋淋肉块的生肉摊子;松松得捆成一团的烟叶垒成了高高的一堆;木桶里则装满了橄榄、滑溜溜的猪杂一类的东西;还有可卡因的叶子和蟒蛇皮;玻璃瓶里则是装着凯门鳄的尾巴和一种丛林地带特产的啤酒;此外,还看得到用蔓藤泡制成的一种致幻饮料,装在塑料袋里,丝兰则更是随处可见了。每个人不论卖什么东西,都到这个地方来卖。

集市在城市里的十多条街道上伸展,慢慢顺着地势直延伸到河边,再继续延伸到小船上。我被簇拥在一堆自造的木制摊位之间,从一边挤到另一边。大雨开始落下,头顶上在久远年代之前以防水油布搭起的屋顶兜起了雨水,积满后又全部垮下来。雨来得迅猛,停得也快,太阳重新冒出了头,地上升腾起了水汽。之后,又下起了雨,然后太阳又再次现身。什么都没有改变,集市的热闹程度也并没有因天气的变化而有丝毫减弱。

我转向右侧的一条小径,那里比大多数地方都安静一些。小摊位一个延续一个地排列着,摊位上的小包或瓶子里都放满了各式草药。有些木碗里盛放着树根和细枝,其中,有专治女性痛经的阿卜他树皮,有据说可以用来治疗癌症的葡萄藤,有治疗肾炎的棕榈根茎,有治疗肝炎的肉桂,有治疗脱发的广藿香水,还有一罐用来治疗肌肉酸痛的蟒蛇油膏,以及可在水中烧滚后制成茶的玛卡春药。"很有效的!"坐在一旁板凳上满脸皱纹的女人向我保证着。

再走得远一些时,我碰到了一个男人,站在满架子装满了金褐色糖浆的瓶子一旁。瓶子上的商标上写着"撑破你的内裤"。

"对来度蜜月的人最合适了。"长着一把小胡子的小个子男人信誓旦旦地保证着。

我拿起一瓶,抓得紧紧的,先向一边,再向另一边倾斜。里面黏黏糊糊的东西从一侧慢慢倒向另一侧。小个子男人对我微笑着,他一边点头,一边咧开了嘴,眼神好像跳起了舞。他似乎知道什么我还没有搞明白的事情。他想要让我买一瓶尝尝,他想让我高兴。我放下瓶子,向他致谢。他举起一根手指。

"等一下。"他说。

他从架子上拿起一个快要见底的瓶子,倒了大约半英寸在一个脏兮兮的塑料杯里,递给了我。

我曾经在加勒比海的蒙特塞拉特喝过鲨鱼肝油,那味道很像我想象中的机油。但是这一种,尽管质地不是那么令人熟悉,却有一股深深的酒香,有一种软泥般的、黏性十足的、气味刺鼻的质地。我无从知道里面到底是什么,只知道放下了空杯子后,我还想要喝。

"唔。"我出了声。现在,我们两人都上上下下地点起了头,并且都咧嘴而笑了。

我的脑子里掠过了将如何向肯尼迪国际机场的安检人员去解释"撑破你的内裤"到底是什么东西的念头。我告诉我那位新朋友,我是一个人来的——"一个人。"我解释着,并且耸了耸肩膀。他点头点得更猛了,这一次像是表示理解。他有点悲伤地握住了我的手,并且,头还是点个不停。他拍了拍我的后背,把我送离开他的摊位。

我不知道是不是出于安慰剂效应,或是在那圣水中真的有什么神乎其神的东西,我的知觉现在变得高度警觉,视力更加敏锐,每样东西都变得尖锐、激烈了起来。周绕在我身旁的气味变得更浓，色彩更加鲜艳，噪音也在加强。当看着排列在桌子上的鱼，我看到的不仅是鱼头、鱼鳍和鱼尾，甚至还能感知到这些鱼一路游到此处时在路上是个什么样子。我的感觉变得毫无道理，但是整个人却陷在其中。我居然还想要伸出手去抚摸这些鱼。路过处堆满了水果，它们似乎都是如此饱满、丰腴。我想要爱抚一只肿胀的橘子，结果还真的这么做了。我想象着橘汁自果皮中渗出到我的手指之上，从我的指缝间滴下，一直流到手臂上。我想要这种感觉。

我走过了一个身穿黑色坎肩，细腰上系着一条红色围裙的女人。她慢慢地将水从一个蓝色的塑料水桶倒入清理鱼的台面上，使台面变得闪闪发亮。在我昂首阔步走过时，她抬起眼来凝视着我，而我居然没有将目光转移开去。稍远处之外，另一个将头发紧紧盘在脑后的丰盈女子正在量着一条银光闪闪的鱼，鱼身大约有6英寸长，盘在她的手掌之上。她有节奏地用力将刀刺入鱼身，来来回回，一遍又一遍。鱼和她的手上都是一滩子血；她的乳尖在低领的灰色汗衫下挺立着。大串的汗珠顺着她丰满的胸脯滴下。不管是什么原因，我从未在任何时间里感受过这种不必道歉的性潜力。

十几岁时，当我想当女孩的男朋友时，却总是变成人家的亲密好友。几年过去，我在电影上的突然成功给了我曾经渴望的性的本钱。我那毫不隐瞒的敏感，从前对于异性来说并非是一种高效的诱饵，此刻却突然显示出一种吸引力，在我体内渐渐注入一种为我所向往的动力。看起来，如果我没有现身在那些年轻姑娘所看过的电影中，她们应该是不会想要跟我走进公共盥洗室的，但是，不管原因是什么，我吸引女人的本事成了我成为一个男人的核心部分，成了我身份识别的一个强有力的要素。它在我身上灌输了自尊。即使当我开始了只有一个配偶的日子以后，我还是维持着一种和每一个遇到的女人调情在先的交往态度。只有在步入第一段婚姻之后，我才开始积极努力着去改变我当时似乎是本能的反应。

当一个老头子向我主动开口要我坐他的独木舟去水上市场时，我马上上了船，一个念头开始在我思绪的边缘地带跳动起来。我对性需求的沉溺一直被联系到我对年轻时代的成功难以释怀的心理上来。从远处看，它们是彼此不相干的两件事，似乎毫无关联，但是在我的经验中，二者是密不可分的。毕竟，因为我的成功，我在性这件事情上变得充满了活力。所以，如果我不再寻求那种在性上的肯定，也许我也会放弃那种对成功的依附感——那是一种决定了我成年以后大半生活的成功。结婚将是一种对

"现在之我"的承认，而不是让我紧抓过去不放。但另一方面，我是自己全部过往的累积，如果因为结婚而能将它们抛在脑后，我不知道要带着什么东西向前走。假如我放弃了自己的过去，我不知道自己还有什么可拿得出手。如果我不是那个人，那么，我是谁呢？

在脑子里纠结着这些想法的时候，我的背后突然被人捅了一下。我转回头，老头子正直直地指向我们的正前方。我立刻旋转身去，在趴下身子的瞬间，刚刚好躲过了一块非常低矮的木板，那是横卧在涨起的河水上，被当作桥板使用的。随处可以看见，一排排简陋的棚屋已经被河水淹没了第一层，只要是能找得到的木板，都被拿来充当临时的人行走道和浮桥。我们漂流而过的时候，寻常的日子在这个简陋的，第三世界的威尼斯继续着。

在前方，一条独木舟上翻卷着烟雾。我们摇摇晃晃地划向它。此时，我在伊基托斯见到的一个最美丽的女人坐在她的船里，面前的碗中生着一堆小小的炭火，她在卖着一种叫做胡安尼的食物——是一种将鸡肉和米饭混合后包在香蕉叶子里的东西。在她舀入一勺米饭，正要捆扎起胡安尼的时候，我居然傻乎乎地冲着她笑了起来。当我递给她10索尔时，我们的手指还触碰到了一起。我把香蕉叶子递给老头，他则递过来一个小塑料杯。直到那时，我才意识到自己的脚已经全部都湿了。原来，我们的小船里进了水。我朝着美丽的女人耸耸肩，在我开始用杯子把船舱底部和横木间的水一勺一勺地舀出去时，她对着我大笑了起来。

社交恐惧症

那天稍晚的时候，我离开了伊基托斯，搭上一辆车子，沿着唯一一条出城的道路，开到了60英里外一个繁忙的河滨小镇瑙塔。小镇中，沿马拉尼翁北岸，有几条带着深深辙印的土路。这条河是秘鲁亚逊上游盆地的主要支流。一天就这么飞快地过去了。弗朗西斯科那艘130英尺长的江轮就抛锚在下游几百码之外河对岸的芦苇中间。与河岸那原始、粗陋的轮廓相比较，它那清晰、光亮的线条显得格外跳脱。船上宽大的窗户里透出来的灯光在暮色中投下金黄一片，倒映在水中，在褪色的光线里让大船的外观变得就像是盘旋在空中的太空飞船。

河边站着的一个个子矮小的安静男人向着船比着手势，当我点头时，他用手指向固定在流水中的、摇摇晃晃的小划艇。我们开着嘎嘎作响的25马力小汽艇，直接横穿那棕色的水面。湍急的水流狠狠地将我们往下游冲。小个子男人调整船向，对水流的急缓判断完美，没有多久之后，我们便减缓了速度，并行着靠向大船。他一句话也没说，只是把我的包递给了我。我带着谢意伸出手去，给了他几个索尔的小费，便爬上了大船。当我上船时，也并没有人在那里欢迎我。江轮就像是被抛弃在了此处一般。

夜色很快降临了，正如同在赤道地带常见的那样。瑙塔的河水中央，只有几束光微弱地投射着，其中还有一道是隐隐约约的移动电话信号塔所投下的红光。它时明时暗，来自高天之上——一个在现代生活中令人不悦的图腾，映照在原始的荒僻逆水中。如果没有它，天空几乎在刹那间便昏暗了下来。

天上并没有星星，空气闷热而凝滞。很快，又下起雨来，下得很猛烈。河水在雨水的袭击下像是沸腾了起来。砸向丛林的大雨如同瓢泼盆倾一般。暴雨的感觉恣肆狂放,仿佛一定会造成什么破坏似的,虽然我知道它并不会。

我走下船舷,迎面走来一个正在清扫的年轻人。我告诉他自己的名字后,他一转眼便不见了踪影,几分钟后却又拿着钥匙折返回来,指着我的船舱,那是延伸成整条船长的走道两侧的各三个船舱中的一间。一打开门,我便迎面撞见一扇几乎从天花板直落到地板的窗子。我对着窗玻璃上反射出的自己的影像大笑起来。身着一身深色的城市装束,我看起来是那么滑稽可笑、格格不入。我的脸上有一种茫然困惑的、兴奋的、像是刚刚才稍稍缓过神来的表情。我脱了衣服,跳进浴室冲了一个温水澡。船正对港口,浴盆右侧就是排水管,水在我的脚边积了起来。在我刚擦干身体时,便听见有人上了船。

引擎开始启动了。船滑入到水流中,预备着在轧轧声中溯流而上。我很快穿好了衣服。我想要冲上甲板去看船行的进程,但是在听到过道中的声响之后,我还是选择独自一人待在屋里;对我来说,这早已不是自己的第一次了。从窗子向外,我什么都看不见,只有我自己那张充满了自我意识的面容,在暗夜中的玻璃窗上反射回来。

在船航行至手机信号区域之前,我给蒂打电话道了晚安。

"看到蚊子了吗?"她满心希望地问。

"还没有,但是现在正在下雨,也许雨停了之后就会有的。"

"其他人都是什么样子?我敢打赌,那一定是种有趣的混合。"

"我还没有看到他们。"我嘟哝着,"等不及想要见到呢。"

我能听见其他游客在我的门外来来回回地一路小跑着。甲板的黑板上写着一条短信,是以卷曲的手写体书写的,字母i上的那一点还画了一张笑脸代替,说是欢迎游客们在甲板上的休息室里饮酒。共享餐点、集体冒险、如厕间歇——我意识到,这种带着强迫性亲热的经验分享,正要在我们交谈时在我的周围尘埃落定下来。

"宝贝,那不正是你的梦想吗?"她大笑起来,"被陌生人团团围住,连出口都找不到。"

"是啊。只顾着跟你聊蚊子了,有点忘了还有这么回事呢。"

对于每一种社交情形,我的第一反应几乎都是尽可能回避。但是到了后来,我还是常常会摆脱这种反应,被社交中某些我一直都无法很快领悟的事情激发出兴趣和兴奋来。最终留给我的，便总是被焦虑、疲惫搅得乱七八糟的心情，我内心的独白和外面世界的每一串议论在同步进行。

除此以外，还有我对于羞耻感的敏锐的晴雨表——既有我自己的，也有我察觉到别人心里的：每当我看到别人的所作所为泄露了他的不安全感，又用一种虚张声势来掩饰自己时，我总是替他们感到难为情。我总是为他们不懂羞耻而感到震惊。我严厉地裁决着别人，以此来作为自己的退路。

二十岁出头时，我因为演员的身份而在突然之间变得很容易被辨识时，完全没有意识过该怎样去面对别人向我投射来的注意力（除非是在性方面的注意力）。一个孩子养成了一种定性的个人特征，并且是带着防范心而选择了离群索居，在这个过程中，我渐渐戴上了一张漫不经心的冷漠面具。

成功带来的矛盾并没有帮助我养成对它应该有的反应。毫无疑问，我过去总是戴着焦虑和没有安全感的面具——而一部分的我很肯定地相信我当下的好运气很可能只是昙花一现的事情，因此我让自己信服，我并不真正想要得到它。我的矛盾心态护卫着我不至于失望——那是一个影响了一切的平衡位置，那也是一个我现在挣扎着想要闪避开的位置。

还有，作为第一段婚姻失败带来的后果，我心里总有一种挥之不去的疑虑。我的前妻是一个深爱孩子的母亲，也是一个满有爱心的女人，她全身心地投入到这段婚姻中，有权利期待从婚姻中也得到相同的回报。她没有从我这里得到她应得的，这说明了我自己的有限，以及当时对于自身缺乏足够的认识，但对于她，我却是了解的。这一部分是出于因为我而造成她痛苦后所该有的尊重态度，我努力去发现并且克服自己性格上的局限，这种局限可能也同样会阻碍我将自己全然交托给蒂。雨突然停住了，就像是突然开始落下一样没有任何预警，我最终迈出了步子，走上甲板向休息室走去。大多数与我同行的乘客们都已经聚集在那里了。

一个上了年纪的、操着一口无可救药的路易斯安那口音的男人立刻向我迎了上来。

"我是肯。我想，你一定是从巴吞鲁日来的吧。"他断言着，并且伸出了手来。

"啊，不是的，肯。其实，我还从未去过巴吞鲁日呢。"

"你肯定吗？你看起来可真面熟。"

82　The longest way home

两个女人，一个身材肥壮，留着满头金发；另一个瘦高，头发则是棕栗色，也都走了上来。他们是来自英国康沃尔的一对表姐妹。高的那位叫斯特拉，是一位图书馆员；金发的叫凯瑟琳，在金融业工作，她很快便告诉我，之所以把自己放逐到由男人控制的荒岛上，"全是为了税的原因"。这时候，斯特拉扬起了她的眉毛。

"噢。"这是我想得起来要说的全部话了。

在路上，我频繁地听到刚刚遇过的那些人暴露出他们最令人捉摸不透的真相，可是，我连他们的姓名都还常常搞不清楚呢。就在几周前，在巴塔哥尼亚，我在埃尔卡拉法特的一个餐馆里遇到了一对夫妇——当男的去上厕所时，他的妻子向我坦白，自己遇到了另一个男人，她将要弃她的丈夫而去了。她说，她没有告诉过其他任何人。也许，她只是在脑中闪过了这样的念头，想要知道当把它大声说出来后会有一种怎样的感觉；或者，她也许真的会照着自己所断言的那样去行动。在我还没有机会发现其中端倪之前，她的丈夫便从厕所返回了。这天外飞来的一段话，并没有让我思绪中关于婚姻的主题得到任何放松，但是却有助于提醒我，当独自远离家在外旅行时，会有许多不可预见的事情发生，从中便能窥探到许多以不同方式表现出来的秘密。

这对英国表姐妹常常一起旅行，她们不喜欢待在家里浪费时间。"我们在九天里就走遍了中国，全看到了。"凯瑟琳说，她们花了一个星期的时间去了非洲，又花了六天时间走遍了澳大利亚。"歌剧院，大堡礁，中间全是岩石，全部都是。"凯瑟琳向我一再确认。

两对同样来自加拿大的伴侣选择一起旅行，另有一对德国女士也在队列中，她们都是旅行代理，还有一个三口之家，其中那个十几岁的男孩身材瘦长。"我们住在旧金山北面的酒乡。"脸色红润的男孩子告诉我。

此外，还有一对来自俄国的伴侣，在道完一声有些唐突的"你好"之后，便离群而去，不再跟任何人说话，直到旅程的终了一直如此。

一个黑头发、皮肤黝黑的大个子男人，身穿一套白色制服，肩膀上有三条杠杠，向我们宣布旅行开始。他名叫伊曼纽尔，将负责我们在整个航行中的所需。"我会顾好所有事情，确保你们有一个舒适、愉快的旅程。"他的英语带着浓重的口音，对于一个负责接待来宾的职员来说，他的态度显得有些直率、唐突，但是也或许是因为他的英语说得不够好，才给人留下这样的印象吧。他向我们解释了关于这条船的几件事情，在这之前，他先把我们介绍给了三位导游，这些导游将负责带领我们每天搭乘小船作沿河的短途旅行，去观赏野生动物。伊曼纽尔问我们是不是有任何问题。

"我的牙膏用完了，"肯发出了求助，"我在哪里能买得到？"

"我们没有那种东西，"伊曼纽尔回答说，"我找一些杀虫剂给你吧。"

在肯想要抗议之前，一个加拿大妇女先开了口："肯，我有一些，你可以借去用。"

我们退到船尾去用晚餐。玻璃墙外，亚马逊河在我们身后一路延展开去。在一个短暂的时间里，人们有些手忙脚乱地搬动着椅子，直到全都按图索骥地找到自己事先划定的椅子就座。我坐在康沃尔表姐妹的后面，与一位名叫露丝的德国旅行代理交错而坐。菜过五巡，大家讨论的话题主要都集中在旅行之上，表姐妹和露丝则是来来去去地勾遍了她们列出的想要到达的每一个终点。

那个名叫"蒂"的人，可能会发现这种与时俱进的社交培养皿一般的用餐环境，是一种颇具吸引力的学习过程，值得花上几个小时去讨论、查究和分析。我却发现它实在有一点叫人紧张，并且，也妨碍了我更多享受独处的乐趣。一想起要和这些陌生人共进接下来的十八顿饭，便令我胆战心惊。所以，大家还吃着甜点时，我便悄无声息地溜回了自己的房间。

入夜的某个时分，我们驶出了马拉尼翁河，汇入乌卡亚利河，在引擎的突突声中一路溯流而上。我在黎明之前醒来，看着天光渐渐从褐色的水中亮起，热带雨林的浓绿在我的窗口外摇晃而过。这个早晨，我很紧张，紧张到睡不着觉。我在自己那狭窄的船舱里来回踱着步，打开包，对着镜子检查自己的牙齿。我想要坐直了，但是不行。明明知道没有互联网，可我还是想要查看自己的电子邮件。

观赏野生动物和女人

早餐过后,我们走到下船区,在那里,我们分成了三个小组,要匆匆搭上24英尺长、60马力引擎的小划艇,划艇要载着我们进到大河的黑水支流中去。来自纳帕谷的那一家人、康沃尔表姐妹和我跟着瑞卡多上了同一条船,瑞卡多是三个导游中的一个,他们三人一律是个子矮小、黑发、橄榄肤色,都长着一张无邪可爱的脸庞,举手投足间也都是同样的精力充沛。

在离开大河进入较窄的支流几分钟后,我们的划艇减慢了速度,在瑞卡多的大叫声中,我们盯住了一片浓密的丛林。他用手指着那里,差点要蹦出小划艇。

"快拍!快拍!快拍呀!"六只蜘蛛猴不停地从一棵树荡到另一棵树,弹跳的时候将树干压得弯弯的。"快举起相机拍呀!"每一个人都忙着掏出相机,开始对着猴子乱拍一通。

瑞卡多响亮地亲着自己的手背,发出吸吮、咬啮的声响。猴子们开始跟着叫回来。"他们在笑我们呢。哈哈哈,快拍,拍,快呀!"

最终,每个人都来了兴致,猴子们却消失在丛林深处。驾船者踩下油门,我们再度出发,去寻找更多的奇观。

同样的模式便这样一遍遍地重复下去了。我们一路向前;瑞卡多站在船尾,两眼从他的望远镜后紧紧盯住一路而过的雨林,当他看到什么新鲜东西时,无论是什么,就会对驾船者比出手势放慢船速,我们便试着去寻找那些被他相中的奇景——鲜红色的金刚鹦鹉;一个厚实、巨大的黄蜂窝;一只大而黑的鹰隼高高地栖息在一棵蚕蛾树上，翅膀垂挂着，身体因此看起来显得更大了；巨嘴鸟自头顶飞过；一棵刺槐的细枝上停着的一只冠毛暗红的啄木鸟。当看到一棵热带榕树上悬着的一只红色的、正咆哮着的猴子时，我猜瑞卡多可能要昏厥过去了。"噢，我的天哪，我要死掉了！"他大叫着。"这太难以置信了。拍呀！拍呀！快拍呀！"

在其他人忙着按下快门时，我转向瑞卡多，平静地问他："你上一次看到这种猴子是什么时候？"

他放下指向丛林的手，靠近我。"两天之前。"他轻嘘着对我说，而且还耸了耸肩。

如果那不是出自于一种与生俱来的天真无邪，瑞卡多艰难、牵强的推销可能会引人反感。他来自于"河流下游距此地5小时处"一个叫做印第安纳的村庄。"上世纪，有一个来自印第安纳州的传教士到过我们那里。他为自己的故乡感到非常骄傲。在他死后，人们就把那个村庄取名为'印第安纳'来纪念他。"

几小时之后，小划艇纷纷返航，向江轮靠拢。

"就在那儿了，"当我们重新汇入大河，看到江轮在阳光下熠熠闪光时，瑞卡多这么说，"真算是亚马逊河里最可爱的小船了。"我们登船时，伊曼纽尔神圣、严肃地欢迎着每一个人，当白昼的热浪散去后，我们又挤上了小划艇再次出游。

吃过晚餐，又吃过宵夜，肯走过来加入了我们一桌。露丝要肯解释一下"这个叫做'秋葵浓汤'的东西到底是什么"。当每一个人都还在那里固守着他们陈旧、刻板的形象时，我却能再一次溜开，不用花太多时间去计划如何避开众人。就在我以为自己可以顺利地溜之大吉时，听见凯瑟琳在我身后说："他又要走了。"

我一路走到了船头。这是我上了船以后第一次不用躲进船舱而可以享受到独处的乐趣。

作家保罗·塞洛克斯对我如何开始选择旅行产生过最初、最大的影响，他在"独自旅行"这件事上一直有着自己独到的见解。只有在他所谓的"孤身向前的清澈感"中，我们才能看到自己想要看到的东西，学到我们一路走到这个定点的过程中所要学到的一切。

船因为开动才掀起了一阵微风，否则风根本就不会存在，闷热的空气里已经开始透出凉意。河上的天空浩瀚旷远，即使在夜晚中也是如此。云层在地平线上堆积着，在那里，闪电像是一束闪光灯泡爆裂开来一般。另一处临河的岸边在我左侧的前方，清晰而又划着锯齿状的电光以固定的间歇频率无声地劈开天宇。南十字星低低地悬在我的右边,雨林的天篷则是一大团在我两侧延伸开去的黑暗。偶然间,从黑暗的河岸线上,能够看得见煤油灯那微小的、橘红色的光芒——那应该是我永远不得而知其名的村庄存在着的唯一凭证吧。当月光变得明朗清晰,亚马逊河在船底的一路伸展中正闪烁出微光。

★ ★ ★

接下来的数日便在相似的方式中度过了,每日两次在小艇上的短途旅行领着我们去参观了诸如大阿兹特克蚁窝、三趾树熊出没处和捕捉巨蟒点等地方。"记住,"瑞卡多警告我们,"如果有巨蟒袭击你,最好的防御方式便是回咬它。"在我们靠近另一条小划艇时,那条艇上的乘客们正在观看着一只4英尺长的鬣蜥蜴缠绕在一棵枯树的树干上晒着太阳。

"这个我以前看过。"肯在另一条船的船尾上这么说着。

"在哪里呀?"瑞卡多问,"是在哥斯达黎加吗?"

"我家后院里。"肯打了一个哈欠。

常常在夜晚里,我们外出捕捉食肉动物。

"有千百双眼睛正盯着我们,我们却看不见它们。"瑞卡多轻声低语着,他那有点戏剧化的感知力点亮了黑夜。他沿着黑夜的河边,以强光手电筒一路照亮各处。当我们看到一对闪闪发亮的红色石弹时,注意力全被吸引了过去。突然之间,瑞卡多向着小船的一侧折过身去,害得我们在水中摇摆不定了好一阵子,等他转回身来,手里已经抓了一条3英尺长的幼小凯门鳄。之后,我们向着树丛的更深处前进,直到发现一只巨大的毒蜘蛛,大小跟我的拳头相类似,紧紧抓着一棵伞树的树干不放。

一天晚上吃过晚餐,凯瑟琳为我总是先行离开而叱责起我来。因此,我便只好开始更加积极地和我的旅伴们联络起感情来。我向他们提起自己在铁路旁观测天象的地点,在饭桌上比以往逗留得更久了。在别人都散去之后,我和肯还闲聊了好久。

我因此而开始享受起肯的陪伴来。他是一个有着明确自我意识的人。他的妻子在几年前过世,从那以后,他开始更为广泛地在世界各地旅行。在生命中的头67年中,他从未离开过路易斯安那州。现在，肯已经踏足了所有七大洲，也到过所有七大洋。他孤独，但是满足。

"在迁移的过程中，往往隐藏着许多我很喜欢的东西，"他的话有些深奥，"你知道我指的是什么吗，安——德鲁？"

肯以慵懒的南方唱音念着我的名字，让它听来像是两个分开的单词。我知道他并不是真的要问我什么，但我还是回答着他："我懂的，肯。"

在肯回房睡觉以后，我走过休息室，走到自己在船尾固定的地点。突然之间，加拿大人中的一位，一个先前从未和我说过话的、名叫鲍勃的退休工程师，将我拉到一角聊起移民的事情来。他对一个有印第安血统的加拿大皇家骑警队员的所作所为感到失望。这个骑警队员向政府起诉，想要穿回自己故土上的传统服饰。

"如果他想要来加拿大生活，"我这位旅行同伴抱怨起来，"那么，他就该像一个加拿大人一样地活着。"

我满心疑惑，不懂他到底想要表达些什么。

"最终，他们让他包上了头巾，但是不可能会让他戴上佩刀。"

"嗯，"我漫应着，"至少，他总是得到了一些什么。"

"我想，我是不喜欢改变的。"鲍勃说着，走向吧台要了另一杯皮斯科鸡尾酒。

等我回到船尾自己惯常待着的地点时，女士们已经聚在那里了。我为在晚餐中提到她们现在争论的事情而诅咒了一下自己——这有助于让我看来更热衷于社交。露丝试着向凯瑟琳和史黛拉指出南十字星的方位。两人以前从未看到过它，在黑夜中，不确定该如何去寻找。

"在那里，看见了吗？"这个德国女人指着那仅仅高出地平线一点点的小点。因为月亮已经看不见了，星座并不如它们可能会显出的那般明亮，但是却依然清晰可见，在西边的天空中占据着清楚、明显的位置。

"看不见。"那对表姐妹异口同声地回应。

"就在那里呀。"露丝带着更明确的权威性用力地指向群星，"有三颗明亮的星，底端的那一颗黯淡一些。边上也有一颗。"表姐妹们仍然没有看见它。德国女人变得沮丧起来。"明明就在那里嘛。"她的手指再一次戳着空气。

最终，表姐妹中的一位尖叫了起来："噢，就是那颗。"

另一个也很快跟上:"哦,是的是的,就在那里。太棒了。"
旅行代理终于心满意足地踩着行军的步伐而去。

"你看到了吗?"图书馆员轻声耳语着。

"没有,我什么也没看见。"另一个也回应着她。

"原住民"的生活

没有跟蒂联络——没有那些整日里断断续续的、维系着我和家庭现实的电话、电子邮件或是短信——我失去了节奏感,而时间向前飞逝,穿越一个个空荡荡的时刻,它们本该充斥着由电话、网络传来的生活小戏码。我感到空虚;精神也变得萎靡涣散了。但是随着日子的缓慢推进,我意识到自己的思绪和观察力没有倾向于对交流的渴望。我的注意力全都集中在单独处理自己对于它们的反应了。我内在的世界因此变得更小,更加独来独往,更加无力自拔,我不禁回想起孩子出生以前的那些日子。

有天下午,我们前往帕卡亚河的一条支流。路途中,我们已经停下来看了必不可少的猴子和鸟。

"现在,我们要去看一个村落。"瑞卡多向大家宣布。小划艇上传来了喊喊喳喳的声音。来一趟村落之行,看一看"原住民"如何生活,向来是旅行高潮中的一个。三个小划艇靠在了一起。来自加拿大的两对伴侣准备了铅笔,是他们买来要沿途分送给当地的孩子们的。小船上的人都因为期待而兴致勃勃。我则希望自己能从船上跳入水中。

我们计划要去的村落大约有十到十五个木头搭起的简易棚舍,都是以棕榈叶当作屋顶,盖在河中的木桩子上。这里没有电力和自来水。河上方地板上的一个洞穴就是厕所。尽管这些棚舍盖在离河面15英尺高的木桩子上,但许多家还是被水淹了,已经空无一人。我们在河上漂浮着经过几个空寂无人的棚屋;肮脏不堪、破旧褴褛的衣衫在潮湿的微风中挂成了行。一条孤零零的白狗弓身在平台边缘上,看着我们一路行进。它的皮毛缠结、潮湿，紧绷绷地黏在它凸起的肋骨上。我们继续向前漂着，小划艇上全都是安静无声。我们来到一处露天平台边，那里距离还在不断上升的水位已经仅仅剩下一英尺距离了。全村落都已经聚到这里来避水。大约二十多个孩子和一半数目的成年妇女站在成排的珠子后方，那些珠子是拿来展示的，串在一起尽力想要做成珠宝的样子。几个孩子握着简单的雕刻品，在我们到达时向我们兜售。

向导们全都走上了村落的露天平台。他们笑闹着将孩子们驱入绑在近旁的独木舟里，邀请旅游者们走上近前来看个究竟，居然没有一个人挪动身体。出于自我意识的抗拒心理，以及与我同行的人们对于肮脏的害怕，都令我紧张万分，面对着来自平台上的那些谦恭的盼望或是挑衅的张望，我显得局促不安。我摇摇晃晃地立起身来，船忽前忽后地摆荡着。我在来自康沃尔的表姐妹之间踉跄了一下，很快便爬上了平台。我捡起最先看到的两串红白相间的项链，将20索尔塞入最靠近身旁的女人手里，又爬回到小划艇中。

很快，每一个人都上了平台，试着和当地人闲聊或是和他们做着交易，并将铅笔塞入那些并没有纸张的孩子们手中。众人皆大欢喜，不论是当地人还是游客都在大笑或微笑着。孩子们则在大人身边或腿旁绕着跑来跑去，笑着，闹着。我却独自停留在小划艇的后端。

在我右侧的独木舟里独坐着一个少女，脸背着其他人。她的个子和身量大约和我女儿的相仿，穿着一件脏兮兮的粉红色圆领衫和一条水绿色的短裤。她的头发梳到背后，结成两条辫子，就像我女儿也常打扮的那样。她侧过身来，看了一眼周遭的情形。有些什么东西黏在她的嘴边——她像是在吃着或是吸吮着什么。过了一会儿，她又再次转过身去，接着又再转回来。我这才注意到，她嘴里吸吮着的是一条香蕉大小的东西，但却是桃红色的，顶端泛着乌黑，而她的下巴已经张大到了最大的程度。直到那时，我才意识到，她伸到嘴边的原来是自己的舌头。顶端的黑色是舌头上正在腐烂着的感染部位。那条长着疥癣的白狗游了过来，爬进独木舟倚在她的身旁，跳上船时轻轻摇动起了她的船。女孩子频繁地吞咽着，她肿胀的舌头只能微微移入嘴里一点点，大半还是要伸出在嘴外，之后又只能再完全伸出来。女孩子背对着眼前发生着的所有一切。

我曾在非洲见识过贫穷和饥饿，也曾在亚洲的肮脏前静默无声，但是这一刻，突然之间，我躲在自己的墨镜之后痛哭起来。她罕见的羞辱感戳破了我的冷漠与超然。

与船同行的军医静静地寻找着女孩的母亲。他把几粒白色药丸递给了那个看来筋疲力尽的女人。她接过那些药丸，一句话也没说。

在我们回到江轮上以后，军医告诉我，那女孩流血的部位有个凝块，所以血不会很快流光。但她舌头的顶端已经开始腐烂了，就像冻疮一样。她再也不能正常地吃东西了。他告诉我，如果不赶快去做一个只需90分钟的手术，她很快就会死去的。

爱，一直都在

其他的旅客们回到他们各自的客舱更衣沐浴，以预备享用鸡尾酒，过了很久之后，我还在甲板上漫无目的地徘徊着。我听到一阵水花泼溅的声音，紧跟着是人的叫喊、斥责和呼救声。一位小划艇驾船员在爬回江轮时不慎跌入了河中。他不会游泳。这一段河域水流湍急，江轮艰难地逆流而上。不一会儿，驾船员和我们之间便拉开了好大一段距离。叫嚷声更密更响了，有人向他丢下一个救生圈，他幸好也抓住了。在爬回甲板上时，他的汗衫和牛仔裤紧紧地贴附在身体上，整个人已经晕头转向。有人递给他一条毛巾，是那种通常浸泡在有芳香剂的冷水中，由伊曼纽尔递给结束短程旅行回到船上的游客们的小毛巾。紧跟着传来了一阵紧张的大笑，之后是互相拍拍肩背的声音，再之后，几个男人都安静了下来。有些人看着水面，有些人盯着他们的鞋子。我在甲板上方看着他们，却没有被旁人觉察到，渐渐地，我意识到，河上的生命原来是那样廉价。

没有与蒂联络的事实不再像是个游戏了。我远离家园，而究竟何处才是尽头？当我远在千里之外，向着亚马逊的深处不断行进之时，我的儿子和女儿却在家里读着他们的枕边故事。我觉得自己既愚蠢又自私。

晚餐时，我向大家提到那个舌头被感染了的女孩，居然没有其他一个旅客注意到她。当话题转到下载和分享彼此的照片时，大伙儿都似乎松了一口气。后来，来自康沃尔的表姐妹中的一位，也就是那个叫做斯特拉的图书馆员，又一次问到了这个女孩子。开始时，我们安静地谈着自己的话，但是很快地，满桌子的人都觉察到了我们讲话的分量,大家都安静了下来。

我常常会将生命中重要的时刻留给自己,害怕它们会被当作不过是逸闻一类的东西,失去了对于我而言所有的重要意义。就如我第一次登台表演一样,我担心自己的经历会被稀释和减弱掉,它们对我的影响也会因此减低到最低程度。我不知道自己为什么会提及那个小姑娘。我为自己感到吃惊,但也在某种程度上为自己所做的感到放松。

回到我的船舱里,亚马逊河依旧在我的窗外一路奔腾。我在生命中的大半时光里都感到孤单,但是从未介意过。我一直将它视作为自己的自然状态。我渴望着那份疏离感,并且还百般寻找着它,并为失去它而感到悲痛,但那并不是我所选择的生活。我有两个令我深爱和想念的孩子,我还有一位唤醒自我灵魂的伴侣。他们给我的感动,是任何疏离的快感都做不到的,可我却依旧不断地离他们而去。在每一个决定的推拉之间,我都在扭曲着自己所创造的稳定感。

接下来的几天里,我的感受大同小异。我们张口瞠目地瞪着大约七英尺大小的睡莲和一只140磅重的老鼠。为了必须要向出版社交账,我记下了大量的笔记,却越来越觉得这一切与我无关。现在,我搭着小船去远行所能收获到的乐趣,仅仅止于享受风的呼啸和自耳边大声地刮过,而并非是那些人们总要停下来拍照的成群的猴子。只有当我们聚在一处看宁静的池塘里成团的粉红色河豚时,我才会从自己的思绪中被牵拉回来。它们那奇怪的弓起身子的形状、怪异的颜色与四处躲避的瞬间,都给我一种史前的景观和飘逸的感觉。我终于能理解我女儿为何如此被它们深深吸引。

"人们相信河豚能够变成人的模样,变成你母亲、你姐妹的样子。因为这个原因,人们不会去捕捉它们。"瑞卡多这样解释。

在亚纳帕河的某条支流上,我们绕了一大圈,碰到几个年轻人站在由倒落的红木树绑成一团的木筏之上顺流而下。在悄无声息地慢慢漂过我们身边时,他们都带着一种怀疑的眼神望向我们。

"那看起来好像并不合法。"在年轻人隐退不见后,我轻声地对瑞卡多说。

"他们顺着河流向下游漂得越远,就变得越是合法了。"

★　★　★

在船上的最后一夜里，晚宴那些滋味美妙的菜单都是精心设计过的，一道道端上来，让用餐时间长于平素。喝咖啡时，两个加拿大人和肯一起，将他们的椅子拉到了我身边。

每个人都给了我一张名片。"我们想为你看到的那个小姑娘做些事情。"其中的一个加拿大人鲍勃说。自从我在几天前提到那个女孩后，没有人再提到过她。

"你说，你见到过这条船的船主，是吗，安——德鲁？"肯说。

"是啊。"

"好吧，你就告诉他你都看到了什么。如果他能够安排、协调的话，我们很乐意相助。"鲍勃说着，指了指自己的名片，"你可以凭着它找到我们。"

突然之间，泪水从我的眼中夺眶而出。我很快便请他们原谅自己的失态。我不确定是他们的关切还是和这些陌生人无意间结下的联系，悄悄地占据了我的心头，令我如此不设防地流露了真性情。

等我回到餐厅，来自康沃尔的两位表姐妹也写下了她们的号码，在俄罗斯人起身离开餐厅时，那个男主人也在桌上丢了一张名片，指了指我，又点了点头。我甚至不知道，他们也注意到了我们的交谈。[1]

晚餐被打断了，我又走到船尾属于自己的那个位置，但是不过几分钟后，我意识到自己又走回到餐厅。肯还在那儿，一个人喝着他的咖啡。他告诉我，他要在伊基托斯待上几日。

"我听说，那里其实没什么可看的，"他说，"我真是生我旅游代理的气。"

我告诉他自己的经历，我相信，他也会领悟到伊基托斯某些更为微妙的魅力。

"我很高兴听你这么说，安——德鲁。现在，我变得向往它了。"

"还有，肯，你去贝伦市场时，可一定要记得买一瓶'撑破你的内裤'啊。"

---

[1] 见本书末第281页。

4

|奥萨|

挑战乌托邦式的幻想

穿过雨林看着下方的海面时,
我发现自己——虽然不是很确切地在想家——
但是至少我不再带着同样的放任心情,
不再抱着毫无负担的悠闲感在外旅行。

哥斯达黎加前戏

我从亚马逊回来的那一天，蒂用电子邮件寄给我一份她自己设计的我们婚礼的电子邀请函。两天之内，我都没有给她任何回复。

"你收到我的电子邮件了吗？"最终，蒂还是问了出来。

"电子邮件？"

她瞪着我。

"哦，是婚礼邀请函吗？"

"是的，安德鲁。就是婚礼邀请函。"

"是啊，我收到了。"

"还有什么要说的吗？"

"呃，我在读的时候摔了一跤，撞到了头，得了健忘症。直到现在，我才恢复过来，开始记得事情了。这就是为什么我还顾不上说些什么。"

"你真该庆幸自己还算好笑。"

"我们不会寄发正式的邀请卡吗？"

"是你说不想弄得太正式，不想把它弄成什么了不起的大事。"

"我知道，但是……"

"但是什么？"蒂说。

"你觉得，有人会把我们的电子邮件当成一回事吗？就凭那种'嗨，快来爱尔兰参加我们的婚礼，婚礼在公园里举行，顺便带上一份野餐'式的邀请？"

"对你来说，我们的婚礼不就是这么一回事吗？"

在蒂设计的邀请函上，两只粗笔画出的孔雀在屏幕上以侧面相连着。它们那五彩的尾巴垂下来，构成一个框架，里面是一首哈菲兹的诗歌。下方是布局很谨慎、写得也很恰当的一些事实。这是一份优雅、简单又有诗意的邀请函。

"美极了，宝贝。"我夸赞着，亲了亲她。

她回吻了我："你真的这么认为吗？"

"真的。"

"你喜欢这首诗吗？"

"我爱极了。"

"孔雀设计得怎么样呢？"

"爱死它们了。"

"有什么意见吗？"

我沉默了一会儿："不是只有雄孔雀才有漂亮的羽毛吗？"

"是啊，我也这么认为。"

"那你觉得，会有人注意到那是两只雄孔雀吗？"

★　★　★

在动身去哥斯达黎加的那个早晨，我和蒂，还有我们四岁的女儿一起吃着早餐。

"还好，这一次，你至少在家里待了快两个星期。"蒂说。

我们的女儿满嘴都是麦片，看着我说："爹地，你知道我什么时候最爱你吗？"

"什么时候呀，小南瓜？"

"在你不在机场住而是回家的时候。"

要学的功课

我常常觉得很疑惑，为什么某些表演工作总是来得正是时候。除了工作中明显的挑战之外，究竟还有什么功课值得我去学？

为什么我会这么说呢？举个例子吧，我在演一个鳏夫时，是不是也正好在忙着离婚？或者，我接下一档无聊的喜剧时，是不是身上刚好也散发着一种特别固执的夸张的个性？在旅行写作中，也是同样一回事。

在巴塔哥尼亚，我将自己的渴望沉湎于独处之中，在亚马逊河中的行船将我推入群体互动的中心地带——很显然，它们都不是我起先向编辑建议这些行程的原因。

通常，我的故事创意会和某个特殊的地方有关——那些地方或者是我深爱着的，或是长时间来一直渴望去参观的。我的基本理由是，假如我对要去的地方怀抱着一份热情或是一份好奇心，我就会有更多的话想说。但是哥斯达黎加却不同。当我的编辑要我写一篇有关它的故事时，我只是简单地说了声"好吧"。我从来没有任何渴望想要去那里，甚至从来不会想为了一个故事而去中美洲的任何地方。我对这个地区有种无知的成见，觉得它像一个烂泥塘，吸引了大批无耻之徒跑来为非作歹却不付什么代价。

去圣何塞的飞机比我预期的还要糟。飞机上满是粗脖子的矮个男人和他们的女人，都穿着丝绒的保暖外套。套着黄色开领套衫的高大、瘦削的男大学生，可能想要去哥斯达黎加捞大受欢迎的性交易之旅的油水，无精打采地挤在机舱走道上。我相信，"钓鱼之旅"是这些男人用来向自己家里的老婆和女朋友寻找外出借口的专用术语吧。

The osa 101

在胡安·圣玛丽亚国际机场，我路过一个真人尺寸的、用硬纸板刻出的纤细年轻女人的画板。画板撑靠在顾客服务台前，提醒着每个人，和未成年人发生性行为是非法的事情，会在当地的监狱中受到服刑的惩戒。我疑惑着，这算不算就是我被送到哥斯达黎加来要学的东西。

我走到主候机大厅旁的一间小飞机棚里，找到一位头发灰白且蓬乱、胡须下垂的老人。他在那里等着我。在他身边，站着一个十几岁的大孩子——年龄应该不会超过十五岁吧。他们两人都穿着白色、短袖的衬衣，肩膀上是蓝色与金色相间的横杠。他们站在一架双引擎、六座的螺旋桨飞机旁。

"是去希门尼斯港吗？"我问，手指着那架双翼薄如纸片的小飞机。

老人点了点头。

我要去的地方是奥萨半岛，它位于哥斯达黎加西南部的太平洋海岸线上。尚未开发的奥萨远离火山地带严重破坏了的生态圈，攀索游戏直穿云雾中的树林，冲浪学校遍布在北海岸线上，哥斯达黎加因此而闻名。

"就载我一个人吗？"——我是不是唯一的乘客？我指着自己。

那个看上去满面倦容的老人又点了点头。我靠近飞机，轻柔地拍打了一下看起来脆弱不堪的翅膀。整架飞机厉害地摇晃起来。老人举起一根手指，以示警告。

在爬进飞机之前，我查看了一下自己的电子邮件。蒂刚刚发了一封信。信件还没有全部下载完，只有邮件主题那一行得到，它写着"警告"。

我希望她没有在梦里捕捉到任何不祥之兆，但是为了争取时间将整篇邮件下载完，我问是否可以用一下洗手间。机长耸耸肩，手指着机库角落里的一扇门。我一路蹦跳着跑开，将自己锁在肮脏不堪的厕所里。信件一直没法传完，最终，那个年轻人敲起了门。我很勉强地走出满是气味的洗手间，拖着脚步走过热气升腾的柏油碎石路，爬上了飞机。飞机里令人憋闷，空气也不流通。老人最后以口音极重的英语开了腔："我是乔治。"他说。然后，便将门重重地关上，将我锁在了里面。

乔治迈着沉重的步子，绕进了驾驶舱，点着了引擎，螺旋桨高频尖利的嗡嗡声立刻钻入了我的耳膜。飞机开始振动起来——如果下巴不是已经牢牢地合上，我的牙齿一定会上下打架。我们挪出了机库，在主跑道上停了下来。乔治左顾右盼了一番。

"看见什么了吗？"他转头大叫了一声。他是在跟我说话吗？还没有等到一声回答，他已经向前踩下了油门。

飞机升空之后，我试着将自己的注意力聚集在机翼上的一个小铆钉上，以中止自己意识中对于灾难画面的胡思乱想。铆钉开始很剧烈地振动起来。它会松开吗？我移开目光，但是一分钟之后又将注意力集中在它之上。这颗铆钉以前是不是也会这样冒出头来呢？我应不应该警告机长？

我决定将注意力集中在其他事情上。我们被夹在两片云之间，在蓝天下飞翔在一条河流之上。很快，我们又飞越过了塔拉曼卡山脉，飞机开始上下颠簸起来。每一次它下坠时，我都会举起双脚，像是要跳过什么东西。其实，根本没有必要这么做，我不确定自己为何会有这样的反应，但就是停不下来。当我们撞上一团特别糟糕的乱流时，我的脑袋也猛撞到头顶以上6英寸的机舱顶棚。我决定系上安全带。就在此时，我们的左侧也飞着一架尺寸相仿的小飞机，正要穿出云层去。那架飞机擦着我们飞过，我甚至能轻松地看见它的呼号。飞机里有人在挥手吗？至少，我不再为乱流而担心了。

二十分钟后，乔治开始轻敲起仪表盘中央的一块圆形屏幕。他这么敲了好一会儿，摇了摇头后，停了下来。不消几分钟，他又一次敲起了屏幕。这一次敲击得重了一些。然后，他教坐在他身边座位上的年轻人，在他转动方向盘时也用力敲击那块仪表盘。我们掠过了深蓝一片的达尔斯海湾水域，飞机在一阵大弧度的俯冲之后，我们转回向浓绿遮蔽的地带。一片切入丛林之中的薄薄的开放地带在前方变得清晰起来，接着，一阵高声又刺耳的轰鸣塞满了整个机舱。乔治一巴掌将年轻人的手从控制盘上打开。他来回捅了一阵子按钮。我们飞快地下落着。乔治将控制闸用力地向后扳。下面的海已经非常接近了，我甚至都已经能看见此刻已变为松绿色一片的水面下的珊瑚。之后，我们在距离下面的树木几英寸的高度上一路颠簸着，终于毫无优雅可言地降落在一条狭窄的简易跑道上，那条跑道很便利地挤在一片宽阔但拥挤的坟场旁边。

我立刻就爱上了这个地方。

站在墓地旁边的一棵腰果树下，我数着它枝干上停着的猩红色的金刚鹦鹉，它们一共有26只，高声地发出刺耳的尖叫声。此时，我没有看到一个矮小、方肩、戴着厚厚眼镜片的男人走过来要跟我握手。汤姆·康纳住在着陆带旁一间简朴的房子里，每当有飞机降落，总要遛达上来打招呼，"就想看看是谁这么疯狂到会想来这里。"身为来自克利夫兰的一介侨民，汤姆已经在奥萨住了二十年以上。他告诉我，这条简易跑道几年前才刚铺好，打着转的飞机螺旋桨最近削掉了一个伙计的脑袋——不清楚他是不是就葬在旁边的坟场里。

"一块儿去吃午餐如何？"汤姆问我。我没有地方可去，也不知道除此以外我还可以做什么，因此，他的邀请就变得很容易接受了。

"想要先看看镇上是个什么样子吗？"他在我爬进他的小卡车后问我。我们在一条泥巴路上颠簸着，沿途经过稠密的蔬菜地，一路行在棕榈树、竹子和金合欢树下。不消两分钟，我们便开上了希门尼斯港的一条铺过柏油的马路。这个港口该是奥萨地区唯一可在旅行手册上找到有关讯息的小镇了。为了方便在雨季里排水，路上的排水沟一律修得很深，假如汤姆错误地判断了一个拐弯处，他的小卡车就有可能一头栽进其中一个，车轴便会因此有断裂的危险。三条街区的主干道都没有名字，也不见什么商业服务。

"我们这儿可没有肯德基炸鸡，也没有干洗店。"汤姆以一种揶揄的口吻说。一个男人踩着一辆生了锈的脚踏车超过了我们，他路过时，车把上还挂着一条3英尺长的鱼。我们路过了医疗门诊部；在缺了玻璃窗的窗口上，粘着不透光的塑料布。

"他们有一些医疗仪器，但是没有人知道该怎么用。我生过一次病，需要看医生，忙乱中只好来到这里。"

我们又路过了一间加油站。

"这是奥萨唯一的一间加油站。"

镇的尽头，坐落着一个哪儿都少不了的足球场，它和一间天主教教堂相对而立着。也有一些没有盖完的房子。

"我们这儿有好多地方都在施工，但是，都看不到什么进展。"

"这里的居民关系紧密吗？"我问。

"人们最主要的消遣就是议论别人的蜚短流长了。譬如谁和谁在约会啦。"

我们又下到一条泥巴路上。

"你准备住在哪里呢？"汤姆问我。

"还没有找地方。"我提及两处从旅行手册上看到的地方。

"那就住在小木屋里吧，他们比较干净。就在这儿。"他手指着窗外，指向一条短小的死胡同，"等你在这个'大城市'里待够了，就到丛林里来做我的客人。"

我们一路颠簸着开到更远处，突然之间，海湾出现在我们的左手边。没有铺过的小路环抱着海湾，直到我们来到一间简陋的棚屋前，一旁的阳台有一排由巨大的棕榈叶铺成的房顶。在我们爬出他的卡车时，我听见身后响起重重的一击。

"发生了不起的大事了，"汤姆慵懒地说，"一颗椰子落地。"

我不可能知道汤姆究竟怎样去看待他选的这间房子。他对这里，以及对所有事情的真实意见，似乎都被封锁在一种知情的、超然的冷嘲热讽之中。

我们搬过椅子，坐在炎热的阳光下，那阳光好像正要将整片薄云烧灼起来。潮湿的气息重重地垂悬在半空里，屋檐下没有一丝微风，汗珠大颗大颗地沿着我的后背落下。汤姆点了一瓶啤酒，我要了一杯苏打水。我的身体已经不听使唤了，我的意识也因为缺少睡眠和时差综合征而变得支离、涣散。

"那不是睡着了的状态，但肯定也不是清醒状态。"这是作家比科·伊耶对于过去半个世纪里折磨着旅行者的痼疾的描述。我经常处在时差综合征中，而且它似乎越来越严重，从未有过好转。我一直试着在到达时先睡上一觉，结果总是在24小时内一直醒着。我试过服用褪黑激素和维他命C，也试过光着脚站在一片绿地中看夕阳西下，我还试过灌自己几加仑的水，没有一种办法有用。我总是会有时差，而且是很糟糕的时差。

每当落入时差的魔咒，我常常感觉好像能辨清自己的思绪，那是一种我通常缺乏的清醒。那些洞见总是令我满怀孤寂和伤感，通常还有种吞没我的无奈的遗憾感觉。我曾试图拥抱这种状态，但是当时差过去后，我发现我的思考常常很没原则，甚至有时完全是错的。后来，在到达任何遥远目的地的头几日之内，我都试着不要太把自己当一回事。

但是在这样一种改变过的状态中，我在午餐时听到了汤姆的故事。他在60年代末作过和平部队的志愿者，也当过律师，为大公司辩护。十年后，他变得憎恶一切，于是换了辩护的对象，又花了十年时间专门为小人物打官司。

"但是，我从来都没有摆脱过和平部队的心态。所以，在1990年，我妻子和我来到了这里。我们想找的是第三世界的冒险，我们想为这里贡献一些什么，我们想看到一些快速改变和富有挑战性的事情。我们曾有过一个想法，想要开始做有关生态旅游的东西——那时候几乎没有什么人在做那种事情，在奥萨，更加找不到这种人了。事实上，人们都说，远避这个地方吧。我们被告知，这个地方遍布着美洲豹，还有蛇，就是没有人。当我们听说这些时，却马上就尽快来到了这里。"

汤姆和他的妻子造了他们的生态旅馆——算是奥萨最成功的一间了。那时，她返回了美国，但他却从未离开。解读汤姆对我说的这番话，很清楚，他们的婚姻已经走到了尽头。我们的目光越过了水面，凝视着它，好一会儿不发一语。他拿起了一瓶冒着泡沫的啤酒，灌了一大口，又再放下。他将鼻梁上厚厚的眼镜片向上推了推，绞起了双手。即使额头上已经布满了深深的皱褶，汤姆看起来依旧还像是一个律师。我陷入了他的故事之中。

他似乎对他的选择足够满意，虽然他的故事中有一些东西困扰着我。我羡慕那些和他相似的人，可以坚持走自己的路，但是在我现在的心境中，只想要静坐在此，在海边流着汗，吃酸橘汁腌鱼，喝温热的俱乐部苏打汁。汤姆的冒险故事就像堂吉诃德式的狂想一般，猛烈撞击着我，那是一种对根本得不到的自由的搜寻，只能激起一个身处遥远的荒僻之处、临时的飞机跑道旁一间小屋里的孤单老人向着风车发起进攻的斗志。

"你想家吗？"我问。

汤姆耸耸肩："家里不过设施方便而已。"

几张桌子之外，越过汤姆的肩膀，两个年轻女人和一个男人坐在一起，那个男人时不时地快速偷瞄着周遭的一切。其中一个女人背对着我，但是另外一个，留着一头长长的、披散开来的黑发，咖啡色皮肤，穿着红色、低领T恤和黑色短裤的，却正直接了当地盯着我看，并且看了整整一餐饭的时间。

"我知道我刚到贵地，但是看起来，这里还是有一些漂亮女人的。"我说。

汤姆左顾右盼了一番，看到了我们邻桌的两女一男。他笑了出来："是拜火教的。"

"什么是拜火教？"

"嗯，"汤姆耸耸肩膀，"他们不完全是卖淫者，但也不会完全免费让你做那档子事。我的理解是，你还是需要付一点点钱。"

"如果你'付了一点点钱'，怎么可能还不是卖淫呢？"

他扬起了眉毛，又举起杯子："这就是奥萨。"

汤姆把我送到他推荐的小木屋前。它们其实一点也不算是小木屋，只是水边的几间隔离式或半隔离式的平房。

一个瘦削、虚弱、留着稀疏的沙黄色头发的男人站在露天门廊的柜台后面迎接了我。约翰·普兰特原先来自新泽西的五月岬，九年前来奥萨度假。

"我从此就没离开过这里了。"他耸着肩膀说，"从来没有为了任何事情回去过。这里没有太多的新奇事情，但是却给我带来了许多好处。"

我丢下背包，约翰给了我一辆生了锈的脚踏车。我踩着它去到几条街道之外的镇上，除了汤姆带我看过的那些之外，确实没有太多可看的东西了。当夜幕低垂时，我停下脚踏车，在街上随意闲逛起来。

人们在主干道昏暗的街灯下游荡着。一群妇人聚在成衣店的橱窗外慵懒地闲聊，橱窗里陈列着橄榄球运动套衫、镶着亮晶晶的金属亮片的T恤和迷你短裤。胡安妮塔的酒吧是一个漆成黄色的水泥方块形建筑，几个青少年在里面猛敲一台旧式的弹子球机。角落中，有一间露天的台球房，三张球桌前围拢着几个男人。我和其中一个玩了一局八球，几只鸡就在大门口的泥巴路上趾高气扬地来回走动着。我有意让自己输掉了，再闲逛开去。除了倚在窗口的两个黑眼睛女人大剌剌地盯着我看，我在镇上游荡时，并没有什么人注意到我。在一片足球场上，我看到当地的三代人在一盏昏暗的橘黄色街灯下玩兴正浓地踢着一只皮球。我穿过街道，走到小图书馆旁的一间露天的餐馆去吃比萨。

这种漫无目的的闲逛向来是我旅行的中心。那是一种在一个陌生之处做一个陌生人的自由，不认识任何人，也不需要认识任何人，不带着任何责任和义务，能释放出自由的最深层感觉。在被无数人走过的路上走得越远，与任何我应该被人如何对待的想法相关联的感觉就被丢得越快——我所感激的，不过是自己的需要被满足。没有一个议程表或是什么公司在扰乱我，我就总能在漫无目的的时候感到某种希望。或许，那就是活着的简单快乐吧。

吃完了比萨，我看到一只猫压低了身子紧贴着图书馆的墙壁而行。我的思绪被一些东西塞满了。三两个刚才在对街踢足球的年轻人悄悄走上平台，在我桌旁的水池里洗他们的手。入夜时，我回到住处。

即使在宁静、孤绝的希门尼斯港的幻影中，我还是能感觉到有些东西在拖拽着我。常常在突然之间，一种和有责任回家相关联的记忆便会降临在我的头顶上，就如某种一直需要我的注意力却被我一直忽略的重担一样。负罪和钟爱、憎恶和爱慕的感觉，会常在我突然之间就糊涂起来的头脑里争锋，但是今夜，在如薄纱般垂落的星光笼罩之下的海边，寻回我的脚踏车，沿着泥巴路一路踩着车回到我的平房，有关需要我的人的想法，有关需要我照管的任务，只不过在温暖的夜风轻抚过时，带给我更多的心满意足而已。

淘金，淘金

在1980年代，淘金成了奥萨最大的商业活动，河道被疏浚，山脚被挖空。更严格的法律颁布下来，以保护土地不会受到更多不计后果的侵吞和掠夺，但是汤姆告诉我，山脚下仍然聚集着一些死硬的顽徒，偶尔间，他们还是会发一笔大财。

"淘金者的问题，"他以一贯简洁、揶揄的口吻说，"是他们总是会花光所有的钱。他们只要赚到一些，就会跑到镇上，喝得醉醺醺的，再给每一个人都买上酒，等到没钱花了，他们就连饭也不吃。去埃尔蒂格雷走一趟吧，试试你的运气。"

我想象着如高尔夫球一般大小的24K纯金块落入我的汰洗盘中。第二天一大早，我便在主干道上租了一辆吉普车，向镇外飞奔而去。就在开过了新近修建的——并且也是挪位得离谱的——水泥桥外后，我转了方向，开上了一条泥巴路，斜插过一片满是骨瘦如柴的牛犊的牧场，一路颠簸着，直到到达一片楼房聚集的地方，那便是埃尔蒂格雷了。在淘金的黄金年代里，有金子可挖之处便是七千个灵魂的家，但是那个数目现已缩小到百十来人了。

在泥路的对面，有一所学校，是个简单的小楼，屋顶用起皱的铁皮铺成。屋外有一个手绘的标志，写着"巨嘴鸟杂货店"几个字。一个身材矮小、名叫桑德拉的哥斯达黎加妇人站在杂货店的柜台后面，在瓶装机油和鱼饵旁，卖着用麻袋装的大米和一盒盒鸡蛋。

我问她，周围是否能找得到人，愿意带我去试试看淘金是怎么回事。

桑德拉耸了耸肩。然后，一个大约八岁的小女孩走进来，拿着一张已经揉成了纸团的清单递给了桑德拉。桑德拉不甘愿地从她坐的高椅子上立起身来，拖着步子走到凌乱的屋子里靠远处的一角。她走回来时，手里拿着一只用塑料袋包装好的母鸡、几颗马铃薯和一些已经软趴趴的芹菜。小女孩掏出一小块小指甲盖大小的金块放在柜台上。桑德拉从柜台下取出一只小小的塑料制台秤来。她称了称那一小块东西，用现金找了零，小女孩用力提起她的东西，预备要出门离开。

"那是金子吗？"

桑德拉斜睨着我，衡量着对这样一个愚蠢问题该用一种什么可能的方式作答。"是的。"她最终说了简单的两个字。

"我能看看吗？"我还从来没有见过一小块刚从地下挖出来的原产金子。

桑德拉慢慢举起那块小小的、形状不规则的金块，伸手交给了我。然后，她又再次伸手到柜台下面，手再伸出来时，居然握着一柄枪，是一柄六发式的左轮手枪。她一言不发地将枪按在柜台上，手垂放在一边。等我将那块小东西奉还之后，她用一只手接过来，又用另一只手收起了枪。

"我恨金子。"她说，接着伸手向我示意山上棚屋所在的位置，她相信那里可能有人愿意带我去河边。我谢过她，走了出来。但是就在屋外，我撞见了一个精壮的小伙子。

"埃德温。"我问他名字时，他回答说。他一只手的手套包裹住了我的手，并且答应带我抄近路去埃尔蒂格雷小试一下运气。

湍急的水流淹过了膝盖，弯下围着轮胎、系着铁铲的腰，埃德温将一块大石头撬开，猛力将它丢在一旁。我们造出一个小小的水流漩涡，他将一个金属制的洗矿槽埋在水流注入的地方。大雨毫无预警地下起来了。我们在几秒钟之内便被浇了个浑身透湿。埃德温什么也不说，也不抬头望一眼左右。他似乎并不在乎周遭发生了什么事情。

我们继续挖着河床，再将挖起的石块丢在一边。然后，他用一柄圆形的、看起来很有可能是毂盖的锡盘，探究着我们刚刚垒起的侧槽，开始将大一些的石块慢慢筛去。他在自己粗大的手掌上做着细致的加工。

雨在突然之间又停下了，就如突然开始下起来一般。最终，盘中的泥沙细粒变得精细起来。沉淀物打起了漩涡，细小的、闪着光亮的微粒开始在泥沙的混合物中出现。埃德温的手指头在托盘中上下飞舞，一小撮上好的金沙便在盘底沉积了下来。自我们到达此处后，埃德温第一次抬眼看我。他点点头，显得很高兴。

他将金沙装进一个从口袋里掏出的小瓶子里，塞入我的手中。当我试着想要将金子归还给他时，能看出他像是受到了冒犯一般，我连忙将小瓶子拿开了。在要跟他告别时，我将一万科郎——大约合二十元美金——塞入了他的手中。他无声地接受了，并且唐突地连连点头。

我回到车里，又穿过田野，路过那些瘦弱的牛犊。回到镇上时，居然发现时间过得很慢。我在主干道上的一间店铺里卖掉了金子，大约赚进十美元，又遇见了一个皮肤干裂、长着一头乱蓬蓬的金发、漫步走在凹凸不平的主干道上的爱尔兰男人。他的名字叫做派特·墨菲，从90年代中开始便一直住在奥萨。

"来这里就像是踏上了一条不归路。"他说。

我想，派特大约是看多了《鳄鱼邓迪》，当他提出要带我进到雨林里近距离地看一只短吻鳄时，他不明白我其实非常抗拒这个念头。

"哦，对了，短吻鳄是他的把戏，"不一会儿我偶遇汤姆，他告诉我，"你可能需要离那家伙远一些。"

另一方面，希门尼斯港的生活还是挺闲散、慵懒。我看过其他人在"最高纪录"鞋店里用金子付账。在店前的餐馆里，我坐在塑料椅中吃着米饭和红豆，听到有一个人问另一个人他的猪是不是已经生了。

"还得要等上几个礼拜呢。"朋友回答他。

第一个伙计考虑了一下，顿了一下便说："真是头好猪呀！"

我走到下一间店家去买冰淇淋。

一个白色的塑料冰柜上有一排手书的英文标志，用七彩的颜色写成，罗列了一大堆各种风味，门前的阳台上还留了一个医生的姓名。四下无人，也无处可去，我只有干等着。

最后，一个高大、宽肩、留着长长的棕褐色头发的女人从我身后走过来，走向冰柜。她穿着印花的嬉皮式短衫。她有一双淡褐色的眼睛，皮肤晒得很黑。

"嗨。"她并没有解释自己为何离开得这么久。

"芒果味道怎么样？"

"很甜。"

"那我拿一份吧。"

"好的，没问题。"女人以一种慵懒的坦率说着，就像一个失去了言语尖锐锋芒的泽西姑娘。凯伦·布朗其实正是这样一个女人。

凯伦十年前自新泽西来到奥萨，遇到了一个当地的男人，和他一起有了孩子，现在则独自一人靠卖自产的冰淇淋抚养着她的女儿。芒果冰淇淋根本不算太甜，也没有任何真实的味道，但这是镇上唯一一间可以买得着冰淇淋的地方，似乎也不见其他人来买它。因为凯伦是个很平易的朋友，我已经养成习惯在每天午后过来停一下。

"这是世界上最大的露天收容所，"她说，"但是，嗨，如果你可以写一封信给'希门尼斯港的凯伦'的话，我一定会收到的。回到花园州（指新泽西）后，你可就没办法这么做了。"

凯伦和汤姆、派特一样，都是那种怀抱追求更好生活的梦想而将过去一切抛在脑后的人。当然，至于他们找到没有，那便是另外一个问题了。

很多年来，我在心中也怀有类似的逃避念头，远远离开，绝不回头。现在，这已是不合时宜的空想了。有两个孩子要抚养大，我不可能再去任何地方。他们的生活，在很大程度上，是我至少在以后十年之内要尽的责任，而非一些我愿意错过的事情。至于我和蒂要一起迎接的那些日子——也是同样重要。

然而，那份隐秘的渴望总是流连在每一种肩负责任的行动之后，精神上的想象之旅、对于异地的渴望、在性本能上的幻想，都能开出花来，渐渐侵蚀了任何真实的亲密，以及关于飞行的简单梦想。这些几乎像实际离开一样，会给亲密关系造成致命伤害。你不可能在同一时间里出现在两个地方——即使在精神上或情绪上也不可能。

因此，或许这就是我此刻在奥萨所做的事情——好好看一看那些真的选择了逃离的人，来挑战我自己乌托邦式幻想的倾向，那些幻想能够侵蚀掉任何现实中的幸福。

不断上映的"尘俗画面"

　　几天之后，当"鳄鱼邓迪"再一次在主干道上和我打照面时，我决定了此刻应该是接受汤姆邀约的时候了。我沿着进入到奥萨更深之地的唯一道路，越过挤满了道路的南美轻木和无花果树，向着汤姆的生态旅馆而去。在到达之前，我看到防波板泥巴路一侧的一辆租来的车子。因为此行中还未见过其他任何车辆，我便停了下来。一对年轻的伴侣，应该是旅行者，从雨林中冒出头来。他们走得很快。

　　"一切都好吗？"我问。

　　"是啊……"男的漫应着，但是我没听到他句子中其他的部分，因为他们已经急急忙忙地钻进车子，一溜烟似的扬长而去。

　　我停了车子。在道路的几英尺以外，雨林稠密壅塞；再向里走了10英里之后，我便完全看不见道路了。我没有发现任何异常的状况。但是也不能确定，这是不是就是我想看到的一切。又走了几步之后，我停了下来，意识到有些什么东西在我左方移动着。我转过身来。两英尺以外，在视线所及之处，一条15英尺长的大蟒蛇紧紧盘在一棵树的枯枝上。它的头自树干上高扬起来，又拱起着向后缩回。它一直在注视着我，已经看了好一会儿了。

　　"喔唔唔唔。"我脱口而出，又跳了回来。蟒蛇和我相互对望了一会儿。我倒抽了一口凉气，说出了一些更有用的词语，譬如"老天爷啊"和"真是该死"，之后，又说了一句"你怎么不说一声这里有一条该死的蟒蛇"。最终，蟒蛇对我失去了兴趣，再将头低垂缩回。我拿出手机打开视频，在杀人的蟒蛇前向在家里的孩子炫耀自己的胆量，然后继续前行。

　　再向前走上五分钟便是汤姆的旅馆了。那是个颇有品位的经营，站在山巅上能远望雨林，向下又可看到拍打着的浪花。大厅和用餐区有一片50英尺的拱形、由茅草覆盖的屋顶，在那里我找到了汤姆。他悠闲地向我走来，带着他那副招牌式的简炼的慎重。

　　我提及自己和大蟒蛇的交会。

　　"噢，是吗？"他耸了耸肩，"想吃些什么吗？"

　　他的经理，一个叫做卡洛斯的、敦实的年轻哥斯达黎加人，加入了我们。他有着汤姆看来很缺乏的、所有对于雨林的热情。"我会在夜间带你出去散个步，"卡洛斯说，"并且真的让你见识一些东西。"没想到等天黑时，他真的这么做了。

　　夜晚闷热潮湿，天空需要下一场雨舒缓一下紧绷的气压。我们沿着一段可怕的泥巴路开车走了一程，然后将车停在路边。这个特别的地点在十足的黑夜中究竟和其他地方有何不同，我连问也没问。

　　"穿上这个，"卡洛斯说着话，递过来一双高筒的防雨靴子，"再带上这个。"他又拿出一个头灯给我。他的一只手里握着一根长长的、可以延伸的棍子，棍子的尾端还有一个钩子，另一只手则握了一把长刀。头灯自他的前额中心照射出光来。

　　"带棍子干吗？"我问。

　　"蛇。"

　　我们嘎吱嘎吱地踩着枯叶和浓密的下层灌木丛。每听到一点声响，我就会惊得跳一下。树丛重重地垂悬着，在我们的头灯照过它们时，投下怪异的、令人生畏的阴影。

　　"所以，到底这里有没有带着剧毒的蛇？"我问。

　　"我们唯一需要担心的是矛头蛇，"卡洛斯说，"要是被它咬了，也不会死掉，但是被咬上一口总是不太妙。"

　　"它们有多大？"

　　"其实，它们很小。"

　　"那就好。"我说。

　　"并非如此。"卡洛斯耸耸肩，"尺寸小让它们更不易被察觉，并且，它们都伪装得很好。"

"那我们干嘛要来这里，卡洛斯？"

地上有青蛙和蜘蛛，也有成排的大蚂蚁背着重负列队而行。我们走入一条小溪，找到一只好大的淡水螯虾。卡洛斯为发现了一些明显是很罕见类型的蝌蚪而兴奋。雨林是生动的，也带着刺激性和诱惑，但我却奇怪地感到和它的疏离，不带一丝对于奇异之事所该有的真正的好奇意识。取而代之的，是有关家的尘俗画面不断闪掠过我的脑海——我女儿画的一张色彩鲜艳、细节丰富的有关房子和大树的涂鸦；我儿子在起居室里终于练得纯熟的一个空手道动作；一幅蒂在用她最爱的蓝色马克杯轻啜清茶的画面。

暗夜中，一团大大的东西移到了我们的右手边。我跳了起来，我们将亮光向着发出声响的地方照射过去，但是那东西已经消失不见了。我们看见一只小鸟，栖息在一根细枝上，动也不动地睡着了。我靠过去，离鸟嘴仅有几英寸远。我从未看过睡着的鸟——我连想也不曾想过鸟儿也会入眠。

我们离开走道已经很远，我所知道的全部事情，便是我们可能在绕圈而行。

"关掉你的手电。"卡洛斯说。

"对不起，你什么意思？"

"关掉它。"

当我关了手电时，黑夜变得全然纯粹了。我把手举到脸前方6英寸之处，却无法看得见它。我抬起头，却只能从浓密的树荫遮蔽之间看得见头顶正上方的一小片夜空，仅有的一颗星星闪烁着亮光。

"你知道吗？卡洛斯，"我说，"如果你心脏病发作死在这里，我会在这里迷失好久好久。"

从几英尺远以外的地方，我听见他爽朗的大笑声。最终，我们走回到停车的地方。

"我真是觉得遗憾，我们连一条蛇也没碰上。"他说。

生命中需要承载的"重量"

　　无所畏惧的旅行家芙瑞雅·史塔克曾经说过:"在一个陌生的城镇里独自醒来,是世界上最令人愉悦的感觉中的一种。"忘记过往,没有计划,世界上无人知晓我在何方,像这样迎接崭新的一天,是一种简单、率真的愉悦,唯有当我还是个孩子时在圣诞节的一早醒来堪与此相比。那是我最接近于理解"自由"一词含义的时候。

　　我从来不会想家,至少从我十岁时离家在外露营开始。然而,今天早上,站在我屋外的阳台上,穿过雨林看着下方的海面时,我发现自己——虽然不是很确切地在想家——但是至少我不再带着同样的放任心情,不再抱着毫无负担的悠闲感在外旅行。这种放任和悠闲的感觉,直到最近我去巴塔哥尼亚的旅程中还是在经历着。

　　我花了一天的时间在搜索马塔帕罗的冲浪社团,试着激起对于周遭环境更多一些的兴趣。天色一黑,我便在一个没有墙壁、锡皮屋顶的酒吧里与卡洛斯和他的妻子阿德里安娜会面,那里距离汤姆的旅馆不远,就在雨林的中间。在悬挂着彩色的中国纸灯笼和一个旋转着的迪斯科球的屋檐下,西藏的祈祷旗就悬挂在固定着的冲浪板之下。

　　"基本上,每个人都会在周五晚间来到这里找'格丽塔'。"卡洛斯解释。当我看到"鳄鱼邓迪"就在一张野餐桌旁轻啜着啤酒,专注地同一对年轻伴侣交谈时,连忙低下了头。凯伦在酒吧的一角卖着她白色冰柜里的冰淇淋,那时屋顶下的白昼刚尽,黑夜初始。有几张桌子在卖着手工制作的珠宝,我认出了从镇上来的两个叫卖者。一位戴着棒球帽的年轻、邋遢的伙计——是一位著名饶舌歌手的原经理人——带着领出来的所有现金于三年前搬到奥萨作起了DJ。小孩子们围着舞池里的两张沙发在翻着筋

在秘鲁伊基托斯贝伦市场,刚刚喝下"圣水"

亚马逊"原住民"

在苏丹

在洛基山脉

斗。屋顶的更远处，在设有座椅的大麻区里，一群白人和哥斯达黎加人正分享着一些气味强烈的大麻。十几个年轻的女人伴着电子舞曲的节奏跳着舞，音乐喧嚣吵闹，一直延伸到丛林里。

"谁是格丽塔？"我问。

卡洛斯扭过肩膀："你觉得是谁啊？"

我跟着他的视线望向酒吧。在那里，正啜饮着啤酒，眼睛盯着我看的人，是一个浑身刺青、一根接着一根抽着烟的半老徐娘。她留着一头长长的、披散的金发，穿着一件无袖的黑色礼服，一侧还开着叉。我朝着她的方向点点头。

"就是她了，"卡洛斯说，"当心一点，她要么爱死你，要么恨死你。你永远都不知道会是哪一样。"

我走过去，向她介绍了我自己。

"你是新来的。"她在我走近吧台前先开了腔。因为抽了太多烟，喝了太多威士忌，她的声音听起来是粗哑的。她的肤色晒得很黑，一双黑眼睛木然呆滞。她光着的膀臂在刺青之下充满了肉感，身体在贴身的衣饰之下显得粗放笨重。她很镇静沉着。这是她的地盘。我却立刻喜欢起她来。

"你从哪里来呀？"

"纽约。"

她点点头："好吧，欢迎你来这里。"她毫不掩饰地上下打量着我。我很吃惊，她居然没有要我在她面前转圈子，那样的话，她便能好好地打量一下我的臀部。我们闲聊着，音乐声嘈杂刺耳。格丽塔在差不多二十年前来自于德国的慕尼黑。"我来这里就是为了冲浪，想试试运气。后来猜想此处需要一间酒吧。"她耸耸肩，"就是这样。"

她抽出另一根烟，将火柴递给我，示意我点着它。我已经不记得上一次为女人点烟是在什么时候了，那是我在混酒吧的日子里常在夜间要做的事情。从一个人为另一个人点烟的方式中，可以看出很多有关这个人的端倪。而一个人接受旁人为其点烟的态度，也许可以看出更多。格丽塔很不错。在我将火苗触碰到她香烟头时，我向上看了看她的眼睛，而她已经在望着我了，准确地说，是在略略地瞄着我看，那种注目保持着一定的距离。紧接着，她又冲着我眨了眨眼睛。再之后，我们两人都进出了大笑之声。她在我肩上重重地拍了一记，走到吧台后方，消失在厨房里。

电子舞曲在突然之间停了下来，马文·盖伊走到了麦克风前。我希望自己能够无拘无束、简简单单地走进舞池，特别是想到那里已经有十来个女人，互相在旋转、扭动、摆荡着。但是取而代之的，我却从凯伦那里买了一个冰淇淋，并且遇到了她的女儿，一个胖乎乎的快乐孩子。

当卡洛斯和他的妻子离开时，我坐在野餐桌前，与那对稍早前曾和鳄鱼邓迪交谈的年轻夫妻相对而坐。这对叫做托尼和凯特的夫妻也在这一地区开了一间小小的生态旅馆。托尼于二十多年前从佛蒙特来到这里，而凯特是在自科罗拉多前来度假时遇到托尼的。他们有两个小孩，一个在家里自己教学，另一个还包着尿片。凯特曾经是个会计，她说她很高兴放弃了那份苦差事。在托尼去洗手间的空档里，凯特将身体靠向了我。

"你怎么样呀？"她暧昧地问着，还将手放在我的前臂上，并且停在了那里。

"啊，什么我怎么样呀？"

"我是说，你的故事是个什么样子的呢？"当只剩下我们两人闲聊时，凯特抚摩起我的后背来。我并没有放任自己的想象力信马由缰，谋算着什么暗中的行动或约会——在过去，我可能会这么做——我只是单纯地为他的丈夫而不值，并且疑惑着他们到底在这里做些什么，住在丛林中自找麻烦。

等托尼返回时，凯特坐回身去，又对她的丈夫表示起关爱来。我问自己，是不是我自己造成了那全部的性紧张；或许，她只是为了表达友善而已。我原谅了自己，将头转回向吧台。

又过了些时候，就在我将要离开时，在舞池里忙乎了一整夜的某个不那么年轻的女人又靠了过来。她是来奥萨参加静修的瑜伽小组的一员。

"你看来年纪正合适，"她说，"想跳舞吗？"

我礼貌地回绝了，并非是因为她的年纪，而是她很明显是喝醉了。

"哦，算了吧，你就这样一直站在吧台前装酷？"

"不是，我只是正准备要离开了。下一次吧。谢谢你的邀请。"我回应她。

"嘿，你知道吗？"瑜伽女子抗议起来，"我正在招呼你出去。我正为了你那非常不酷的行为招呼你出去。"她转过身，向她的几个朋友挥手求助。

她的朋友中，有一个女人很有吸引力，早些时候我在舞池里就注意到了她。这些女士们护送着她们的朋友离开，只是在离去之前，她还是一遍遍地重复着说我的举止和行为表现得有多么不酷。

也许是和同一个女人在一起太久了，我对于如何玩这种把戏已经变得迟钝。也或许，我在这里总是错解了别人投射过来的信号。又或许，我已经太老了，在过去，我从未感到过在这种短暂邂逅中有什么被禁止的或是不正当的吸引力。此刻，我只想睡觉休息。

第二天早上，我沿着唯一的路，向着雨林的更深处行进。无花果树垂挂在泥巴路之上，野生的棉花一丛丛地生长着。偶然间，雨林会张开怀抱，草地明显地适合于放牧，髋部突起的牛群匍匐在金合欢树下。我涉过里奥比科——卡洛斯告诉过我，他的吉普车曾在这里被卷入了河水，向着下游漂流了1英里，最后搁浅在海边，而他人还留在车里。"我就是不想丢下我的车子。"他如此解释自己的坚持。

没有下雨，河水水位很低；我穿过里奥比科时车况良好。道路在进入克拉提区域后很快便传来咝咝的声音。这里什么也没有，除了一个留着胡须、性情古怪偏执的美洲人在一间水泥小棚屋里经营着一个日用杂货铺子之外，也不见人迹。我曾经被警告过，最好离他远一些。

"我发现他在路边走着，脸颊上突起着一把长刀，全都是血。我让他上了车，把他送到医院里，"卡洛斯告诉过我，"他弄得我的吉普车里到处是血。下一次看到他时，他居然威胁我说，如果我再走近些，他就要向我开枪了。"

欢迎来到科尔科瓦多国家公园

　　我在那位乖戾的店主处买了一瓶水，想试着跟他交谈几句，回复却是含混不清的咕哝声。我丢下车子，继续向着丛林里走。在走道下不远处，我看到了一处标志，写着欢迎我来到科尔科瓦多国家公园这样的字眼。小道引着我走入一片稠密的植被区，头上是芒果树，身边是成串的竹林。我爬过四处蔓延的、结实粗大得仿佛能扼死一切的无花果树。

　　最终，小径把我丢在昏热阳光下空寂无人的海滩延伸地带。就在离岸处，一条背鳍清晰可见的巨型鲨鱼步调平稳地游动着。一只哈比鹰高高地停在一棵大树上。总是成双结对的美洲鹦鹉在啄食着杏仁树上的果实。我看见了巨嘴鸟，也看见黑白相间的秃鹫。

　　我沿着小径走回丛林，在停下来观看一只食蚁兽享用它的午餐时，我受到了一群无刺蜜蜂的袭击。我来回跳动着，用力抖动、拉扯自己的头发，两只脚交互跳跃，拍打着，诅咒着，旋转着。头顶上的树枝开始摇动了。我弯身躲闪。一班蜘蛛猴正从我的头顶上向我丢掷着坚果。我连忙拔腿逃开。一只啄木鸟在不知什么地方叩击着树干。蜂鸟嗖嗖嗖地快速飞离我的身边。我抓起一颗落在地上的椰子，用刀子劈开，将其中的甜水一饮而尽。我又从树上拔下一根香蕉吃了起来。稍远处，一只巨大的、外形界于马和巨型食蚁兽之间的哺乳动物，挡住了我的去路。显然，这就是一种被称为中美貘的动物——卡洛斯曾经告诉我，我很可能会在半路看到。而他没有告诉我的是，这种动物是否会向我进攻。我在自己所立的小道上站了十五分钟，耐心等待着它啃完正在吃着的什么东西后扬长而去。

在走了差不多六个小时后，我来到一条河边，这里是里奥克拉罗。它宽约30码，而我身在仅100码的内陆地带，并且靠近大海。它是一条受着潮汐影响的河流，水位正在上升着。我曾被警告过，要小心科尔科瓦多河里的短吻鳄，还有鲨鱼，就像我刚刚在海里看到的那一只，除此以外，对于河里常出现的咸水也要提防。但是此刻已经是下午了，如果不穿越河流，我想要前往的护林站就是再走上一个小时也走不到。那样的话，我便更加不可能在天黑之前走回启程之处了。

河床光滑清溜。很快地，我在里奥克拉罗河中已经走到了齐腰深处。我无法看穿浑浊的黑水。我以自己敢于尝试的最快速度，拣着脚下的路径穿越着河流，不敢向左也不敢向右张望。我知道，如果看到一条背鳍或是一双亮晶晶的圆眼珠瞪着我时，我什么也做不了。《国家地理杂志》曾将科尔科瓦多河称为"地球上最有生物紧张感的地方"。

最后，我终于浑身潮湿、酸痛却又无比满足地走到了拉锡雷纳护林站。

学会观照自己

奥萨半岛的大部分地区都在输电网之外。希门尼斯港以外的绝大多数地区都需靠发电机供电，或是以太阳能或水力供电，也有混合了三种方式的供电办法。自从到达后，我一直没有办法连上手机信号，互联网的服务也是偶尔才能用到。我从蒂那里收到过一封电邮信件，告诉我必须为了我们在爱尔兰的婚礼填写一份表格。表格中需要提供我父母的姓名和年龄，我证人的名字，先前婚姻的开始日期以及离婚的日期等等。表格上需要有我自己的签名。在这些表格填写完毕之前，任何事情都不可能有什么进展。因为在爱尔兰，类似这种事情的文件处理需要花上几个月的时间，因此，所需的这一切都需要在当下立刻完成。再说一次，现在就要去完成。

这便是蒂的说话方式："别忘了回到这里来，带上所有行李。有事情需要你自己去完成。你是快要结婚的人了，这一点，你应该很清楚。"

在科尔科瓦多国家公园正中央的拉锡雷纳护林站里，在这个距离能够连上正常互联网甚至电话服务好几英里以外的地方，她到底指望我能做些什么呢？我真的想不明白。

护林站像一块潮湿的绿洲，这里有一排低矮的、种植园风格的小房子，全部漆成绿色。要到这里来的话，需要走上一天，我就是这么过来的。如有紧急情况，可以搭小型飞机过来——这解释了为什么护林站大门口有两块长长的修剪得极短的草坪。在宿舍里，有上下铺床位和公共卫生间。淋浴所用的，仅是一根从墙壁上突伸出来的开口水管。徒步者们的衣服在屋后挂成一行，但在接近100%的湿度条件下，想晾干衣服只是种徒劳的尝试罢了。这里也没有电力。天一黑，你便只能上床睡觉。但是，30位来到这里的旅行者之间，有种"幸存者联谊会"一般的气氛。某个人在某个地方以某种程度在扮演着埃迪·维德。

坐在阳台上的一张阿第伦达克椅中，我揉着自己肿胀的脚，然后将它们伸到栏杆上。我和一个来自加拿大的女人做了一会儿走过场式的交谈。之后，一个深发色的西班牙家庭——一位母亲、一位父亲和他们那两个十几岁的孩子，坐到了我近旁的椅子上。我观察着他们毫不掩饰地互相惹恼和家庭成员间才有的放松感。

在我成长的过程中，我的全家从来没有去过离家太远的地方。在我年纪还小的那些夏天里，我父亲可能会带上我的两个哥哥和我，沿着花园州高速公路开上一个小时去到海滨，在那里我们会跟我叔叔的全家在他们位于长滩岛上的房子里待上几天。

我父亲的弟弟让我感到害怕——他有一种我父亲所不具备的粗蛮气质。有一条深深的伤疤，一直从他的右眼延伸到脸颊边。他的头发显得桀骜不驯，举止粗鲁、直接。他那位嗜烟如命却好心好意的妻子在双眼下有一对深深的、乌黑的眼圈，在屋里来回走动时就像个幽灵。他们有好几个孩子，总是疯跑并故意打我。距离他们的房子仅有两个街区的海边常常会聚集着水母，沙滩下面也总是坑洼不平的，所以，我从来都无法确定，当我迈出下一步时，我的步子会陷得有多深。

我母亲不喜欢海滩，也不喜欢我叔叔，从来不会和我们一起加入这样的行程，但是每年一次，当我们横穿新泽西去邻近的宾夕法尼亚州的波科诺山时，她却会参加。每年冬天，我们会全家出动去坐从前乡绅们乘坐的那种复合板装配成的四轮马车，我的兄弟们和我会试着找到各州的车牌，来消磨这似乎漫长无比的2小时车程。我们总是会去山顶上的同一间旅店。那是一个什么都包括在内的场所——在杂乱无章的餐室里吃一天里的三餐。每一年，只要领班还记得起我父亲的名字时，我都会看到他的胸脯兴奋得起伏。

晚上用餐前，我母亲喜欢去滑冰。她是个独来独往的人，只有在滑冰时，才会展现出我从别处很少看到的一种勃勃生气。看出了她那隐藏的一面，让我也想去学滑冰。她告诉我，我天生就是个好手，但我从来都滑得不够好——虽然我很骄傲。她想

The osa 123

要让我和她一起滑。她在我身上看到一种和她非常相似的孤僻，这种特质让我们两人之间产生了一种无法言喻的连结感。那是一种在我家独一无二的亲密——这种亲密没有逃过我父亲的注意。

我的弟弟贾斯廷是在我八岁时出生的，之后不久，我母亲就开始病了。这一点再加上新出生的婴孩，是我们结束了花费并不昂贵的全家旅行的主要原因。除了有一次，我父亲带着我的两个哥哥和我去了趟百慕大——这趟旅行其实是为了让我母亲能够好好休息一下。那一年，我九岁。我们没有人曾经离开家里那么远，我父亲之前也从未独自一人照顾过我们三兄弟。他耍着花招来对付我们各式各样的愿望。以他照顾孩子的有限经验，他已经做得很能满足期望了。

史蒂芬被安排每天早上去参加高尔夫球的课程，之后直到晚饭时间才能再见到他。彼得想要去深海潜水，因为我父亲没法丢下我一个人，他就对教练撒谎说我已经十岁。在去大海实地潜水之前，我们在旅馆的游泳池里上了课。

"跳下水去，在船底等着。"教练对我哥说，一边帮我戴好我因为不够强壮而无法负荷的氧气瓶。

"在船底等着？"我哥重复着，眼睛睁得大大的。

然后，在半小时间，我们潜入阴郁的水里，我听到自己的呼吸声，前所未有的清晰。只有一次，我因为恐慌而快速浮到水面上。

但是，最能占据我对于那次旅行记忆的，却是坐在我父亲租来的摩托自行车车后的经历。我的年纪还不够大，没法自己独坐一辆，但是我的年纪却已经大到感觉在街上行驶时抓住我父亲的上腹部并不是一种舒服的经验。偶然间，他会在微风中转过头来对我说："我爱你，伙计。"只有到了成年以后，我才慢慢意识到那正是我对于我父亲的声明感到不自在的原因所在。我听到的，不是他对于我的喜爱的一种简单描述，而是在他话语后需要我表达感激的孤注一掷的绝望需求。我不想让我父亲变得绝望而孤注一掷。

有时候，当我告诉我自己的儿子自己有多么爱他时，也能够感受到一种相似的、想要确认什么似的渴望。将支撑情绪的重担丢在一个孩子的肩膀上，既不合理，又会使他陷入糊涂和混乱，但我的儿子对于他自我的感知力以及在这个世界上的定位，似乎比我在同样年纪时要更好。当我因着这种需要向他表达自己对他的爱时，他只是很简单地忽略我，或者以一声"好吧"来止息我的劝说。

在百慕大的某个下午，我父亲拦住一艘停在港口的滑行艇，我们遇见一个高个子、留着浓密黑胡须的人，他说他是个舰长。我父亲那时是，其实现在依然是，一个有着亲和力的、很合群的家伙。他很容易让人马上喜欢起他来，而岁月也在不断地软化他。但是在我小时候时，他那暴躁的、可怕的愤怒却在我的家里蔓延恣肆——平日里，它会潜伏在某个角落、隐藏于任何瞬间，但为了我们所未曾察觉的某件小事，便能突如其来地、经常性地爆发出来。只有当很久以后，我才渐渐明白，他的愤怒其实来自于他的害怕——害怕他无法很好地照顾好全家，害怕他身为一个男人，却永远不能成为他觉得自己应该成为的那种人，那是我现在完全懂了的害怕。但是，他那并非由于某些暗昧或隐秘而造成的愤怒，并不会因此而变得比较不会令人感觉到恐惧。

我父亲和那位舰长在港口上闲聊了很久，就像他和那么多人曾经闲聊过的一样，不管我怎样表示自己的不愿意，他还是坚持要我和那个大胡子男人合影。

那是我所记得的他为我所做的唯一一次拍照。我真是感到难为情极了——为我自己，也为我父亲。他为我拍照时显得那般脆弱，那更让我觉得气馁。在照片中，一个矮小、瘦弱的男孩穿着一件明黄色的、印着"百慕大"字样的汗衫，他站立得就像一根木棍，手臂笔直地下垂着，面无表情地瞪着相机，身旁还蹲着一个满脸胡须、咧开嘴大笑着的男人。

我此刻坐在这里，揉着脚，听着两个十几岁的西班牙孩子对他们的父母说着一些我因为不够精通而无法搞懂的西班牙语，但我却完全能理解他们话里的意思，在他们摇着头、弓着背、跺着脚离身而去时想要表达的是什么。我靠过身去，向那对父母再次确认，孩子们此刻在做着的，该是一件如何值得记住的事情。

"唉，它差点儿毁了我们全家。"西班牙母亲叹息着，听不出有一丝编造的痕迹。但是，稍晚些时，在众人共享的晚餐上，他们却又笑成一团，是整间房中声音最响、显得最快乐的一群人。我疑惑着，在我的全家能够像这样一起外出旅行之前，还需要等待多久的时间。太阳下山之前，蚊虫又不请自来，一个来自科罗拉多的女孩子给了我她的驱蚊剂。我喷了一身，却并没什么用。

走下草坪，一行10个年轻男子正带着一群人所富有的随意的自信心，向着一栋附属建筑物大步走去。我之前并未见过他们。他们跟在一位很明显是领队的人身后，呈扇形列队而行，排成了一个近乎完美的金字塔队形。有几个人还赤着上身，也有人仓促、随意地绑起发辫，大多数的身上都刺着刺青，几乎所有人都在有意炫耀着皮革制成的脚镯或项链。很多人身上还垂挂着小型的图腾，很显然是一种收获到的战利品，证明了他们经过艰苦跋涉终于到达了某些遥远的目的地，或许，正如同到达此地一样遥远而不易吧。

我立刻便被这一群人搅乱了心神。他们都至少比我年轻十岁以上，但是在他们现身时，我却觉得自己充满了孩子气，是如此缺乏与不足。我从未在旅行中加入队列或成为其中一员——甚至从未在孩提时代时和小孩子们一起绕着城郊的社区奔跑。

在我的演艺生涯中，曾被非常明晰地定位为"80年代后起之秀"中的一员，对我而言，这也是我人生中一件极具讽刺意味的事情。其实，现实中没有这样一种硬绑在一起的演员组合，并不是关键所在。毕竟那是一个俏皮的绰号，它抓住了人们对一帮幸运的年轻演员抱有的两种感觉——既有欣赏迷恋，也有评头论足。但是任何演员都不想被塑造成某种刻板形象或是被简单地类别化。这件事连同当时由这个专有名词所引出的贬抑层面，使它成为我唯恐躲避不及的一种绰号。

但是，随着时日的推进，这个标签和它所代表的演员们都在我的喜爱中渐渐成长。（虽然"80年代后起之秀"中有某些成员，我尽管标榜过曾和他们一起共度了许多狂欢的夜晚，但实际上却从未谋面。）他们中的多数都拥有着长久、各异、在某种程度上相当有趣的职业生涯。这是一种见证，见证了一群有天赋的演员们在将近三十年前创造出的电影，至今还在几代人中生发着如此强烈的共鸣。或许，因为我知道标签所带来的感觉是什么，我们又是如何以自己的方式在其中做着挣扎，如今，当我在电影或电视中见到其他"后起之秀"成员的现身，都会有一种在其他演员身上所无从感受到的亲密关联。或许，我们最终还是联结成了一个整体。

但是，是不是因为我从未在这样的群体中受到过欢迎而成为一个自我依靠的孤独者？还是我很早以前就意识到，我的渴望无法在一个群体的节奏中得到满足？答案不可能从我在生活中经历的无数调整中得以辨明。可以肯定的是，当这群年轻男人大步流星地走过时——没有察觉到我独自一人的注目，但却充分意识到他们身为一个群体时的吸引力——我肩胛骨之间积聚起的脆弱感几乎和我本人一样苍老。

和我年轻时不一样,这种不安全的感觉在当年可能会在我的意识中渗透几天、甚至几周之久,我过去的这些幻觉如今很快便会被抛诸脑后,不再有任何具有伤害性的力量。我已经会以稍作抽离的角度来观察自己。我的念头又突然转向我那九岁的儿子最近刚对我说过的一些话上,那时,我正在夜间他的床头边为他掖被角。

"爹地,我觉得在我和世界其他部分之间,存在着一种距离。"他清晰的领悟和简单的表达令我震惊,又让我觉得伤感,使我对他的早熟生发出一种惊恐。当这句话同样照映出我的感觉后,我觉得放松了,便向他确认。

"我一直有着这种感觉,"我不知道还能说些什么,"但是,这就是让我成为我的一个部分,所以,没事的。你知道我在说些什么吗?"我问。

我的儿子安静了一会儿。"我知道。"他说着,从被窝里爬起身,紧紧地抱住我,这让我大吃一惊。

这种突然之间的情绪转换,这种当我看着一群年轻男人走过时经历着的隔离和不充分感,很快便被这种和我儿子之间的亲密联结所取替了,它并非是在不经意之间悄悄溜走的。我向着一只蚊子拍下去,血溅在了我的小腿之上。

"为什么非要结婚呢？"

天亮前，尖声咆哮的猴子将我从梦中吵醒，我有了新的问题。我原本想要顺着来时的路向回走，但我接收不到半岛对岸的手机信号。今天是母亲节，我需要打一通电话。

早餐之后，我硬是挤上一只向北去的送货小船。我被告知，一旦我们到达进入德雷克海湾的某个定点处，可能会有手机信号出现，那里是奥萨地区另一个可以通手机信号的港口。我两个孩子可能会在看到海豚跃出水面、弓着身子比赛游水时欣喜若狂。我的脑中盘踞着其他一些事情。在我安排这次行程时，我没有意识到母亲节恰好落在我离家的时段里。等我意识到这一点，再告诉蒂时，我只是得到一句冷若冰霜的回复："哦，真的吗？"

从海上看去，海岸线是一列崎岖不平的、遍布植被的小山丘，通向偶尔间向着空寂海滩延伸的、凹凸不平的峭壁。开始起风了，水面上变得波浪起伏。小船的弧线在白色的浪尖上沉浮。当我们到达一个定点，将要进入一片大海湾之时，风止息了下来，水面变得平滑如镜，倒映着上方的群峰。几栋房子在棕榈叶间露出了脸，几条船停泊在离岸不远之处。这里有了生命的迹象。

如果说希门尼斯港是一片将就的荒僻之处，德雷克海湾的阿古希塔斯则是一派"香蕉共和国"类型的田园风采，泥土小径、重重蕉林，顺着半月形的海滩向山峰攀延（海滩上爬满了红色的叮人小蚂蚁，第一眼之间并不会很清楚地看到）。

我下了船，向着峰顶行进，边走边寻找着手机信号。走到半路时，两格接收信号在我的电话上闪烁起来。我拨了号码,听见铃声响起,进入蒂的留言状态。我努力用一种随意又欢快的语调承诺会再打过去。

我打给我母亲,也给她留了话。

突然之间,有一个合唱团的歌声响起,我顺着声响走到一个露天的教堂前,里面挤满了几百个人。当歌声止息下来时,讲道者开始对着麦克风咆哮起来。他离麦克风太近了,扩音装置有些损坏,电流噪音和反馈啸音让他的声音完全失真。每当他的音调放低下来,一种沉闷的嗡嗡声响便回射过来。偶然之间,在他的讲道中,夹杂传来会众的"阿门"声。

走到山峰更高处时,我找到一间开张着的餐厅,点了一份比萨——但却被告知,村子里现在没有奶酪。

当我最终在电话里联络上蒂时,她并不快乐。并非是因为我在母亲节里离家远行,而是因为我儿子令她觉得沮丧。

"我试着想为我妈的七十大寿制作一个视频,想找人一起为她唱一首歌。他在这件事上表现得可真是粗鲁。"

"他说了些什么吗?"

"没什么,没事啦,他最后还是唱了。没事的。"

孩子和继父母之间的关系是一出伸缩、平衡的戏码,能让每个人都感觉进退维谷,并且常常无能为力,尤其是孩子的一方。但是这并没有让我停止在这么老远的地方生着我儿子的气。"他到底说了些什么?"我又问了一遍。

"当我问他想不想在视频里露脸时,他说:'我又不是你们家的人。'"

想到我的儿子是那么喜欢蒂的父母(他一直要去爱尔兰看望他们),以及他们对他的疼爱,又想到蒂对于家庭的情感和投入,我知道,大约没有什么比他说那样的话更会伤害到蒂的情绪了。

我儿子的这个举动让我想到他在听说蒂和我就要结婚时的反应。

"为什么?"在我告诉他有关婚礼的事情时,他想要知道,"现在这样子,一切不都是挺好的吗?你们为什么非要结婚呢?"

"所有事情都还和以前一样,没有什么会改变的。"我解释着。

"如果没有什么会改变,那为什么还要这么做呢?"

"嗯，那样做会让我们更加亲近。"

"不，并不会，"他大声抗议，"我不会来参加的。"

最后，在许多次交谈后，事情变得比较清楚了，我儿子害怕，从此以后，他会从家庭中被疏离出去了——毕竟，他的妹妹是蒂和我共同的孩子，而他却只是我的儿子——尽管蒂对于他的爱是明确、清楚的。（"我一直都觉得，我能走进你的生活，是因为你儿子的缘故。"她曾经对我这样说过。）不管我如何试着去安慰他，向他保证他绝不可能从这个家庭中被隔离出去，他的怀疑还是很清楚地存留着。

电话中的信号时断时续，让我和蒂的对话显得更加紧张。最终，电话中断了。

我原本应在十分钟前便上船返回，船上的人们都还在等着，但电话却再也打不通了。我爬到山峰上的不同点，试了一遍又一遍。最后，总算连线成功。

很幸运的是，我拍下的、并在几天前传给我女儿的一张椰子树的照片，总算在我一遍遍试着打通电话时下载成功。我女儿很高兴看到它，蒂也松了一口气。很快，我们便闲聊起来，她也开始有了笑声。我问起自己在离家之前记得预定的兰花是否已经送递到家。

"送到了。很可爱，谢谢你。"蒂说，"你很清楚，今天最好来通电话，是吧？"她笑着说。

"是呀。"

"我在想，'他最好快打一通电话来。'我不管你现在在多远的地方，你最好找个时间赶快打来。"

在我开始向山下停着的船走去的途中，我们还谈了一些其他事情。蒂重新提及试着要订购一趟快递而遭遇的挫折。她最近比较固定地重新参加了瑜伽课程，这让她的外观恢复了生气。"每天锻炼瑜伽的最大好处是，它真的让你有重新接起地气的感觉。它让你一片片地清理掉许多残渣。你不会再去受到旁人许多废话的干扰，"她解释着，又笑出了声来。"你自然就能做到这一点，真好！"

"我不确定我是不是有这个本事，"我说，"我只是多多外出逃开罢了。"

"此言甚是。"

一个叫霍莉的女人

我要搭的那条回到半岛另一侧的船没有等我,我却帮自己在山顶上一处能远眺整个海湾的乡村小旅店里找到了一个房间。对于孤身旅行者而言,预计之外、即兴而来的计划是一种豪奢。我躺下时,听见铁皮屋顶上雷声隆隆。猴子在屋外的顶上来回爬动,很久以后,睡意才姗姗而来。过了一会儿,我又被重重敲击屋顶的狂暴雨声惊醒。我起身望向窗外的黑暗,能清楚辨别出大雨无休无止的袭击下的那些棕榈叶和香蕉叶。大雨沉重的敲击仿佛是机器枪扫射般决绝地拍打着叶子。但第二天一早,却晴空万里,我跳上一辆驶向希门尼斯港附近的供货船。船长在克拉提附近让我下船去取回我的车子,我一路开回镇上。

在里奥奥洛,我看见一条与河并行的路,一路通向雨林。我在自己外出的路上看见过它——那是从主干道上分出去的唯一岔道——于是,没有任何原因的,我就开了上去。

泥巴路的路况比崎岖不平的主干道还要糟糕,中间有深深的沟壑,是大雨中被地表径流冲刷出来的。几个不要命的淘金人住在、也工作在河边,几根棍子撑起一块绿塑料布就是他们的栖身处。在塑料制的屋檐下,帆布吊床清晰可见,也看得着堆成一堆的衣物。一间巨大的、由塑料包裹起来的房子近旁,一团炊煮食物的火苗正在闷闷地燃烧着。两个瘦得如绳索般的、衣衫褴褛的人将腰弯下到大腿间,在河边忙着。道路险峻地向上攀升,忽而又急转直下,然后再度攀升。雨林厚重,空气也厚重,雾气在树顶间缭绕着。我的车子很艰难地对付着道路的险峻,有个地方倾斜得似乎会让车

The osa   131

子一路向后滑落下去。

一段路程后，看到钉在树干上的一块手书木制标记，写的是"就快要到了"。它用英语写成，是所有沿着这条道路到达此地的人的第一条标示。

突然之间，道路变得平整，一条经过仔细护理过的环形汽车道欢迎我来到一间雅致的乡村生态旅馆。梁柱以硬木加工而成，宽敞的露天长廊和用餐区的屋顶上铺着棕榈树叶。

"这里怎么可能会有这样的旅馆？"我大声叫着。

一个与我年龄相仿、或许比我略年长几岁的金发女人向我走来，胸部丰满，蓝色的眼珠锐利逼人。她穿着一套淡蓝色的、合体的棉制衣衫，身体被包裹得紧紧的。在她向着我微笑时，牙齿白得耀眼，她的皮肤也晒成了完美的棕褐色。

"哇！"我不经意地说出了口。

霍莉·埃文斯从科罗拉多的波德来到奥萨，第一次来时是在80年代的早期，之后，她于1994年买下了这一片雨林，在2000年开张了她的八间平房的生态旅馆。"这一直是我的梦想。"她告诉我，深深地看进我的眼中。

"也是我的。"我在想。

餐桌上摆着一盏清茶，远眺着雨林，霍莉告诉我："为了造这个旅馆，我四次摔断了腿，两次摔断鼻梁，但是还是要将它完成。你懂吗？"她一直深深凝望着我，此刻又伸出手来，碰触到我的上臂。

"唔，是的，"我说，"我懂。"

她的情人去圣何塞几日。"他年轻多了，有时候还是需要城市。"她微笑着看我，"你想要转一转吗？"

我笨拙地点点头。

她带我看了最钟爱的套房，里面的一张大床俯瞰着丛林的天篷。"很棒，难道不是吗？"

"嗯。"

回到屋外，霍莉走在我前面，爬了好长一段梯子进到山里。她走动时，蓝色棉制衣裙的后摆在我的眼前舞动着。我们站在她瑜伽平台的边缘上，透过丛林，一直望到海边。

"每当我被什么事情搅得糊涂起来,我就来到这里倒立,所有一切也就清楚了。"

开始下雨了,雨声很响,带着强迫力。我们站立着,静静地望向远处。云朵和雾气在我们眼前争相舞动,围绕着我们的空气也变得充满了气氛。

在过去,我在这一旅程中遇到的几个场面让我有理由暂停,这次我却对它们毫无反应。这让我疑惑,我的人生是不是已经过了无法抗拒诱惑的阶段。但是在突然之间,我的感知又变得敏锐起来,让我以一种近来不曾有过的方式重新对于诱惑产生了有兴趣的反应。我很疑惑,这一切是为了什么。然后,随着雨落下来,我意识到,那并非是因为霍莉的美丽将我吸引向她——虽然这也是事实——而是因为她那完全为自己而活的人生态度。她有着一个知道自己想要什么的人所具备的自信,有勇气选择向达到目标而不断进发,并且为自己的成就而感到满足。当她转过脸来向着我微笑时,我能做的,只是同样微笑着向她。

等到雨势减弱,我们慢慢地顺着滑溜的台阶下了山,我疑惑着自己的车子停在何处。我从衣袋里摸出钥匙,我们又站了一会儿;霍莉那蓝色的眼珠再度在我的眼里燃烧起来。近旁香蕉树的叶子重重地滴下水珠,鸟儿重新鸣叫起来,流连的雾气很快散开了,空气已经又变得蒸腾起来。霍莉点点头,然后伸出手来。我们握了握手。我在握手时微笑起来,她也一样。然后,我进了车,重重地踩下车闸,不让车子从这条湿滑的路上倒退回去。

我能想象自己在此处短暂时间里停留的画面,那些画面可能会加剧、深化,那些画面无关现实,但是不管如何却能确定自身,影响、改变着已经存在的现实。现实就是,我回家去,和蒂在一起。

当我顺着来时的路又颠簸着向回走时,我发现自己不再在雨林中想着感官上的倒立,或是那张能俯瞰雾气迷蒙的日出的柔软大床,而是鹅卵石街道上的朦胧灯光与雾气腾腾的咖啡馆的画面,是大教堂外一大片广场的画面——那是有关维也纳的画面,是一次同蒂和她的家人在更早时共同经历的旅程的画面。在维也纳发生的一切,是否取代了我在过去的动荡生活中曾经理解、培养、坚持并且实践的那种幻象?

维也纳。就在那次旅程之后不久,蒂和我便决定走入婚姻。它意味着什么?发生过一些什么?在我疲惫地走在哈布斯堡皇宫外的小道上时错过的印记又是什么?

5
|维也纳|
重要的决定

我看着蒂，她正向我微笑着，
仿佛在说："看到了吗？
真是太值得了！此时此刻的感觉，
很值得，不是吗？"

期盼重逢

    生活中总是有岔道。遇到岔道之时便成为规划我们时间的一种机缘。它们是我们生命中的路标。在演戏前，我有自己的人生——发现演戏的乐趣之后，我也有自己的人生。我曾经酗酒——而在我戒酒后，也有了不同的人生。这样的例子可以越讲越多，在我们最终决定走入婚姻之前，我也有过我的人生——现在，当然是要决定结婚之后的另一种人生了。

    在所有这些事情之前，巴塔哥尼亚之前，亚马逊和哥斯达黎加之前，在我们决定迈出这最终一步之前——其实还有一趟维也纳之行。当时看来，这次旅行仅仅像是一次冒险，一次庞大、笨拙的家庭出游，并没有什么改变人生的功用，当时我的想法就是这样。

★ ★ ★

    莫伊带我在公寓里走了个遍——主卧房和卫浴间，大办公房按照我们的意图已经被改造为第二间卧室。公寓一层这套铺着宽木板条地板的厢房不仅是蒂和我临时的家，也是我们的女儿和蒂父母的。那时正是维也纳冰冷的二月早晨，但莫伊还是竭力向我指点着花园，他认为那是这套由丝绸工厂改建的公寓里的一处主要的附加资产。他向我示意如何将钥匙插进锁孔。他递给我一个文件夹，里面装满了有关的资讯、地图和电话号码。他是个和蔼、宽厚的人，也很热心挂念着别人的需要。

"你可以像这样点着火炉。"莫伊向我解释。他捡起一块单独分开的、带磁性的旋钮，放在光滑的黑色电炉上，恰与一圈选定的圆形炉盘相密合，然后再转到想要的温度。对我而言，这样的操作简直有些不可思议。

"所有需要的东西都在文件夹中了吗？"我问他。我知道，我不可能记得住他在带我巡视公寓里里外外的十五分钟内对我所说的任何事情。我刚刚飞行了十个小时，而且是夜航，并且在飞机上完全没有入睡（如果我睡了，机长若是向我求援，该怎么办啊？）这是我第一次到维也纳来，我完全陷在时差中，完全昏头转向。现在，我只想一个人单独待一会儿。

莫伊看起来毫无结束交谈的迹象，我只好打断他，向他表达了谢意后再急匆匆地将他送到门口。在走去门口的路上，我开始担心起来，担心自己的鲁莽可能会令他猜疑，是不是我要在这间他刚刚租给我的公寓里从事一些什么阴暗的勾当。为了表现得随意、从容一些，也因为他带着中东口音，我便问起他来自何处。

"噢，你已经注意到了，"他带着骄傲说，"我从伊朗来，但是，我在维也纳也已经有十年了。"

"你喜欢这里吗？"这是我想得起来要问的所有问题。

"我很爱这个城市。"他认真地告诉我。我点点头，他再告诉我，他的一个朋友有架摄像机，如果我需要安排一次私人旅行，我可以用它记录下自己在这座城市里的经历。

"让我想一想这个主意再告诉你吧，"我说，"谢谢啦，莫伊。"

"你家里的其他人在哪里呀？"他在迈出门槛的时候问起。

我在本能中想要纠正他——严格来说，蒂的父母还并不算是我的家人，在那个时候，也不存在一种即将发生的可能性让他们成为我的家人——但是，我宁愿不让莫伊为了我的个人疑虑和不安全感而背上包袱，在说出这些话时，我觉得喉咙发紧："哦，他们今天晚上到。"然后便在他面前关上了门。

在所有人到来之前，我有大半天的时间。我不知道自己想要做些什么，也不知道如果做了，又能完成多少。我冲了个澡，溜达上了街。一辆红白相间的有轨电车停在拐角处，要去的方向在我看来是市中心。我便上了车。十分钟之后，有轨电车穿过了环城大道，我看见一些威严宏大的建筑，后来才发现，它们正是霍夫堡皇宫。我步行走上一个高高的尖塔,在那个最高点处,我能看到旧城里有什么东西最为清晰。空气透着刺骨的凛冽,但是街道上却满是人潮。我越靠近塔尖,越是发现街道变得繁忙而狭窄。稀里糊涂的精神状态和不知自己身在何处的迷茫相耦合着——我居然糊涂到忘记带上莫伊留给我的旅游地图——但这反倒让我有了一种平素所缺乏的、期待已久的自由。也或许,蒂不怎么讲究条理的放任态度也传染给了我吧。

街道变得只允许行人通过了,并且慢慢汇入了一个巨大的广场,它包围了罗马式和哥特式的圣斯特凡大教堂。在1147年,大教堂行了神圣的奉献礼,之后又于几个世纪间,经过数度重修和扩展,维也纳式的生生不息至今仍从它高约445英尺、从1英里外都可望见的塔楼顶端向外辐射着。但是,塔楼原是大教堂的陡峭屋顶,覆盖着华美的瓷砖,构成了一幅双头鹰的镶嵌图案。双头鹰是哈布斯堡王朝的象征,恰是王朝最为世人传诵的特征。

里面的空气是冰冷的,却又不同于户外那种冷的感觉。这是一种古老的冷,是几个世纪间困于石头中的那种冷的感觉。我看到一个身披桔黄色袈裟的和尚正将相机对准那高高的圣坛。我仰视着我天主教教养背景中的那些象征物,就像一直以来无法确定,自己对于他们的感受到底是些什么。这些都是深深影响着我家庭信仰的雕像,曾经支配了我们许许多多的行为和活动,我在年幼时曾被迫花了相当可观的时间在他们之上,然而我对于他们却还是一点儿也不了解。自从我上一次和他们有了实质的接触后,人生至今已经改变了很多,但是他们却依旧是一成不变。他们是我深深熟悉着的陌生人。我在圣坛前点燃了一根蜡烛,想到的却是我的孩子们。

回到大教堂的外面,我看到一个写着"莫扎特故居"的小小标记,灰色的连栋屋在穿过拱门后,沿着一条狭窄的、鹅卵石铺成的街道延伸到走得到的地方便是了。我买了一张票,爬了好大一段阶梯才走进他的公寓里。音乐天才曾经在此愉快而短暂地住过一阵子,并写下《费加罗的婚礼》等著名乐章。

我在公寓里来回游荡时,并没有发现有什么回忆能够唤起我的想象力,来想象出此地在他住过的年日里曾经是个什么样子。只有窗外的风光,还有楼下那条叫做"血街"的鹅卵石街道,以及一盏煤气灯紧贴在近旁建筑墙壁上的景象,还能给予我一些想象的空间。雾夜、由马牵拉着的四轮马车、彷徨在阴影中并且身披长斗篷的男人,这些画面都突然在我被剥夺了睡眠的意识中具化起来。

我摸索着走到"新文艺复兴歌剧院",莫扎特的许多音乐作品都是在这里首演的。几天内就要在此处上演的一出著名歌剧正在做最后的预备工作——我因此被拒绝入内参观。我望向街道对面,看到了另一处曾考虑要租借并且也希望能够租得下来的公寓。此处正是城市最繁忙的中心地带,不像我从莫伊那里所租公寓的所在地区,那个地区是远避闹市的邻街陋巷。

歌剧院街道对面是"萨赫酒店",是维也纳最为著名的借宿之地。蒂的双亲,尤其是她的父亲科尔姆,是忠实的甜点嗜好者,他最近曾对我说起有关于著名的"萨赫奶油巧克力水果大蛋糕"的一切。

"你一定会爱上它,安德鲁,"我在纽约整理行装时,他在电话那头对我大声嚷嚷着,"单单只是为了它,就值得去一趟维也纳。"

填充了一层杏仁酱的巧克力蛋糕,显然是久负盛名,以至于它的食谱都要闹到在法庭上打官司的地步。我走进酒店,想看看是否能买一片带走,那样的话,就可以在等着科尔姆到达时享用了。

穿着很保守的男人们,在小门廊华丽的枝形吊灯下的红色花缎沙发上低声耳语地交谈着。墙上挂着镀金镶边的镜子。梳着硬挺挺发式的女士们身穿貂皮大衣,如同帝王贵胄般地阔步走过。想到它处处流露出的优雅、古典、含蓄的感觉,我很怀疑萨赫酒店是否会迁就美国人如此粗鄙的"外食"作风。但我想错了。

专门指定销售"外食"的餐厅每年会卖出36万块小巧克力蛋糕,每一块的定价在20至35欧元不等。

"小块、中块还是大块?"在我有机会张口之前,柜台后的肥壮女人已经用英语先问起我来。她刷了我的信用卡,在我手中按入一个木制的盒子。我甚至还没有机会将目光投射在著名的奶油巧克力水果大蛋糕上,她便已经向我叮了过来——"小块、中块还是大块呀?"

在我步出维也纳火车西站的地铁时——我真希望那里距离我的新公寓仅有几个街区之遥——一天已经几乎要过完了。天空晕染上一层粉色和紫色相间的光泽,有一团烟雾缭绕般的氤氲围绕在我身上,我曾经一直觉得,维也纳的灯光一定就该是这个样子。其实,我并没有意识到自己会有这种先入之见,直到抬头望见一间小小的当地教堂的钟楼,被一层轻似薄纱的黯淡光芒所覆盖。那一时刻,这个画面开始深深驻扎在我的心里。大脑选择画面究竟是怎么回事？为什么会随机的，紧紧把握着某个画面并且赋予了它某种重要性？我在维也纳也曾见过更美丽的教堂和更动人的冬季日落，但是这一幕稍纵即逝的画面，却决然如大脑中的明信片一般，留住了我在那里的每时每刻。

我需要找到几家食品杂货店，以便于大伙儿到达以后都能吃上些东西。角落近旁的"有机食品市场"已经关门了，"欧洲之星"也关了，"慕尼黑"也是。很明显，在维也纳的礼拜天下午，所有被旅行者包围的中心地带以外的地方全都是大门紧锁的。看来，我有麻烦了。我为没能在市中心找到公寓而再次咒骂自己。我为没有在那一天的早些时候先搞定这些琐事而咒骂自己。现在，一切都晚了。所有人都会在一个多小时内到达，而我什么都没有预备好。我能很容易地想象到蒂疲乏地抱着我们那又冷又累的女儿，而她的双亲，则是艰难地拖拽着一大堆行李箱跟随在后。

我因此而慌乱起来。我在自己明明知道已经去过的几个街区之间来回转着圈子。在每一间紧闭的、上了锁的商店门上，那些无法发音的德国店名都会激怒我。我考虑回到市中心去买回些什么，但是我只记得时装精品店、大多数贩卖莫扎特纪念品的商店以及小餐馆。不得不为这群人提供所需一切的重担，开始在我心里不断地膨胀，那一刻，我多么希望我是独自一人来到那里。我居然为蒂和她的双亲需要我的照顾而生起他们的气来。

这不是第一次我在心里做出裁决了，家庭的负累对我而言实在太过沉重，那是一些我不知道该如何去应付的事情，我甚至根本不想应付它们。我真希望自己没有什么需要联络的人或是有任何牵累。我爱我的孩子们，但是他们其余的一切——却真是要了我的命！我已经到了怒气一发而不可收拾的边缘。

而蒂却很可能会轻易就想出一个什么好主意，在一个陌生的城市里找到食品来供应她所爱的人所需的营养，那是她表达自己对于家人之爱的一种愉悦的方式，但我却对它充满了怨愤。我觉得自己陷入了圈套，觉得自己被人利用了，并且（先发制人地）觉得自己没有受到尊重和感激。

在奥式小食亭里，我看到火车西站的明亮灯光——那里是地铁站的对面，正是我在一个小时前开始搜寻一切时走出站台的地方。因为错看了行人的交通指示灯，我急匆匆地穿越了纽堡古泰尔的四线道大街，并且差一点因此而被汽车撞到。车站里挤满了在生活边缘线上挣扎的人群，他们是非常典型的出没在大都市交通枢纽之间的一群人。

向下走一层，在远远的角落里，我找到一家还开着的小型便利商店。里面挤满了维也纳的一些不是很受人待见的居民，他们全都在已经几乎是空了的货架上挑拣着东西。我找到一些鸡蛋、一条白面包和一些黄油。我也为我们的女儿买了一些奶酪。真的很难能凑成一顿像样的饭菜，但是每个人起码都能有些吃的东西了，他们会理解我在一个礼拜天许多店家都关门歇业的古老城市里购物的艰难——他们也会为了我的足智多谋和慷慨大方而欢呼。

亲密的欢聚

　　一行人在大声喧嚷和紧紧拥抱的嘈杂声中到达了。我已经有一个星期没有见到我们的女儿了，她又长大了一些。当我从纽约动身来这里时，蒂带着我们的女儿还在都柏林探望她的双亲，这也是为什么他们一群人一起到达的原因。我儿子因为无法向学校请假与我们同行，只好同他的母亲一起留在了纽约。正如同我所预料的，蒂的父母必须雇请第二辆出租车来装载他们的行李。

　　我带着每个人参观了公寓。蒂的母亲玛戈特，一个举止风度透着王室风范的爱尔兰魅力女人，带着半是恶作剧的眼神，仔细审慎地观察着周遭一切，并坚持着蒂和我应该住在主卧房里，虽然我已经将我们安排在了办公房，也就是第二间卧室里。最后，她终于应承了我的安排。于是，关于食物的话题又被提及。我拿出了自己收获来的物品。

　　"哦，好吧⋯⋯"玛戈特有点不知道该如何说下去，看到鸡蛋和白面包孤零零地摆放在厨房的桌上时，她的音调突然上扬了一个八度，"也许我们就去外面走走吧，留下你们三个人弥补一下天伦之乐。"

　　蒂已经向我保证，每个人在长途跋涉后一定都累了，不会想要去外面找餐馆吃一顿大餐。结果是，我一天之内都没有外出搜寻。对于和蒂的父母相处，我多多少少还是感觉很放松的——七年前，他们动作很迅捷地欢迎了我的出现，对于我进入他们的世界也没有什么问题——但是，我一直是他们的客人，而招待这类一辈子都在招待别人和满足别人需求的人，显然是我难以承受的重担。听着她的话，我僵在那里不知

Vienna　143

所措。

"算了算了，安德鲁，"科尔姆大声嚷嚷着，"你今天出去转了一天，一定看到了一些餐馆。"蒂的父亲是一个典型的爱尔兰人，来自爱尔兰的西部。他大半辈子都在经营旅馆，所以了解人，也了解食物。"我们应该去这附近的什么地方好好吃上一顿啊？"他喊着——他也有些耳背。

"唔，我想，我注意到有一间餐厅还开着，沿着这条街向左一直走就到了，在我们这一侧。"

"好极了！"还在玛戈特说着话的工夫里，两人便已经出了门。

我紧紧抱着我们的女儿。她的身体不太舒服，蒂和我把她放在床上。我们坐下来，喝起了茶。

不管我们的关系中发生了一些什么事情，相隔一段日子后再见到对方总是会给我们一个崭新的开始——我们常常需要这种开始。这一次也不例外。我们为了常常在闹的那些别扭而争执不休，虽然不再像以前那样糟糕，但还是会糟到一个地步，让她连回一趟都柏林都像是会因此过上了一段好日子。

第二天便是蒂的生日，那也是我们这次旅行最初的原因。蒂在维也纳出生，也在维也纳度过了她生命中最初的六个月，那会儿她父亲正在这里经营着城里一家最大的旅馆。以后，她从来没有再回来过，却一直梦想着有朝一日能重返自己的出生地。她的期待给了我一份灵感，我将它给了杂志社，题目就是：以一个"当地人"的角度去发掘维也纳。

再后来，她邀请了自己的父母与我们同往。

此刻坐在沙发里，我们已经想不起来，一周前见到彼此时究竟曾为了什么事情争吵。就在这时候，我们听见了前门开启的声音。

"餐馆怎么样呀，妈？"蒂问道。

"哼，"玛戈特回答，"太气派了。"

"我问你，安德鲁，我不知道你在纽约是怎么定义餐厅的……"科尔姆嚷着。

"哦，不。"蒂站了起来，"发生什么事了？"

原来，我把玛戈特和科尔姆送到了油腻、脏乱的越南快餐油炸店。

"来一点巧克力蛋糕如何？"我连忙问道，并迅速请出了我的王牌，就是那块奶油巧克力水果蛋糕。

"哈，安德鲁，你总算救了自己。"科尔姆大笑起来，拉了张椅子坐到桌前。我以一番煞费苦心的仪式，将那块奶油巧克力水果蛋糕呈现在了众人面前。科尔姆举起叉子开始品尝起来。我们所有人都看着，四周鸦雀无声。

"不对，"他摇起头来，"这一块太干了。"

然后，玛戈特也尝了一些。"哦，我的天哪。"

蒂也尝了一下。"是有点干，亲爱的。"

"这一点儿也不是我记忆中的维也纳奶油巧克力水果蛋糕。"蒂的父亲摇着他的头，作了最后裁决，干脆将盘子推到了一边。

但愿，明天的一切会顺遂些吧。

露天市场的收获

我在蒂的身边留下一份小小的生日礼物，是一只装在盒中的手镯，等着她醒来时，便能一眼就看到它。

"太美了。"她叹了口气，再将手镯拿给父母看，正在啜着咖啡的他们传来一阵大惊小怪的议论声。

"我去街道对面买一些牛角面包回来。"我趁机对他们说，期待能有几分钟属于自己的时间。

就在我披上外衣时，科尔姆在我身后叫住了我，"我跟你一块儿去，安德鲁。我正好可以透一透气。"

我一天里五分钟的自由时间就这样又不翼而飞了。

早饭后，蒂转向我，"亲爱的，你和妈、爸出去吧。我们上午就待在公寓里了。"我们的女儿还是没有完全康复。

"你确定吗？我很高兴留在家里。"

"去吧去吧，快做你该做的事去。"

玛戈特、科尔姆和我去到一家维也纳当地最流行的露天纳旭市场，想要备足所需的日用杂货。因为我应该以一个当地人的角度来写这一段旅行故事，我坚持我们应该尽可能地或坐地铁、或搭有轨电车去，而不是简简单单地跳进出租车里。我们换了两次地铁，还是迷了路，不得已走了十五分钟的路，连续问了四个人，才搞清楚方向。我们前前后后差不多花了将近一个小时，直到我们终于找到了市场，才发现那里居然有几百个货摊，一个挨着一个地塞满整个集市，卖着新鲜的鱼和香肠、热面包、鲜榨果汁、冷藏肉制品和热咖啡、鲜花、奶酪、还有药草。有几千种油橄榄陈列着，和大蒜、奶酪或是胡椒粉挤作一堆。矮小的亚裔女人站立着卖寿司，身旁的大个子男人则在兜售着果酱馅薄煎饼———种奥地利特产的类似可丽饼的甜点。来自土耳其的移民将整块羊肉一片片地从烤肉的铁叉上切下来，而身穿冬季外套的男男女女则是成群结队、摩肩接踵地在户外的桌子上喝着啤酒，啧啧作响地大啖着牡蛎。沿着宽阔的步行大道，在一个接一个的街区中，这样的场景真是连绵不息。

"哦，科尔姆，快看这个。"玛戈特在一个鱼贩子前停下脚步。

"玛戈特，试试看这个。"科尔姆尝着一片免费赠送的意大利蒜味香肠。

蒂的双亲花了很长的时间和一个名叫丹尼拉的女人攀谈，她在一个摊位上卖醋，是她和自己的丈夫合作酿制的。蒂的父母一边滴着眼药水，一边品尝着、试喝着将近七十种的果醋，直到最终选定一种无核小葡萄干的口味。玛戈特热心得简直能叫一块石头都唱起歌来，她了解了丹尼拉的历史以及她是如何邂逅自己丈夫的全部经过。"我曾是他一个非常热心的顾客，"丹尼拉吐露着她的秘密，"非常热心。"两个女人大笑着，就像是一对女生联谊会里的姐妹花。"但是，"她悲叹了起来，"最后我才明白，醋才是欧文的命根子。"

"哦，我知道，"玛戈特附和着她，并且心领神会地轻轻拍着丹尼拉的手臂，"我都知道。"

稍远一些的地方，一个名叫玛丽亚的非常肥壮的女人正操着一把长长的砍刀，削下一些些乳酪，用长长的刀尖挑着，塞到科尔姆的鼻子下面。在她蓝色的眼中，闪烁着微微光芒，她狂野地咯咯笑个不停。在我们买了一些法式楔状乳酪后正准备要离开时，玛丽亚突然将目光转向了一旁的我——我只是从旁观察着他们漫长的交易过程，令人吃惊的是，她居然意识到我们是一起来到这里的——在整个过程中，她还一直不停地操弄着自己手中的那柄砍刀。玛戈特快速地介入到我们当中，买下了一块瑞士原产的传统乳酪。

最终，我们一共买下了四种不同的酱料，六种意大利蒜味香肠和三种面包——买下它们每一样之前，都和店家有过一段长长的闲聊时间。最后，我们来到了贩卖德国泡菜的店主利奥·斯屈米斯卡的摊位前。他立在两个大大的、装满正在发酵的腌白菜的木桶后，像个狂欢节的拉客者。蒂的父亲和他陷入一场有关制作腌白菜技术细节的交谈（诸如"你必须先把它煮到透明，直到那时才要加入腌肉"等等），然后他们话锋一转，又讨论起银行家们的贪得无厌来，接着，交谈又转回到利奥的童年时代和战争。在我们终于要离开时，利奥递给我一个透明的塑料袋，里面装着一磅腌白菜。"记住，"他以严峻的声调警告着，手中依然紧紧地抓着那只袋子，"发酵是永远不会停止的，等你回到家后，马上要把它从袋子里取出来。"

我点了点头，但很显然，态度并没有表现出他所期待的、适当的庄重。

"你需要把这些注意事项记下来吗？要注意我提醒的要点，现在就要注意。"

"我们会顾好它的，利奥。"玛戈特终于过来帮我解围，手挽着我的臂膀离开了摊位。

我们坐下来喝了一杯户外的咖啡，身上穿的冬装全都拉起到密不透风的程度。然后，在我们穿过街道走回地铁站时，路过了一个出租车招呼站。玛戈特问也没问便打开车门，一溜烟地钻进了出租车的后座。

"我的脚累坏了，安德鲁，我亲爱的。"

回家只花了我们五分钟的时间。

等我们回到公寓时，蒂在并不熟悉的橱柜里四处翻寻着浅盘和碗具，我们买的所有东西都只能摊放在桌上。我有一个念头，从某种程度上来说，我们似乎不应该这样。"我们刚刚才买回这些东西来，"我想提醒大家，"我们为此花了几个小时的时间，难道不应该好好保存住它们吗？"这是一个愚蠢的念头，我并没有说出口，只是在心里告诉与生俱来缺乏对于收成的理解，也不懂得通过饮食来建立人际关系的自己。

在我的原生家庭里，我们每天花在饭食上所累积起的时间，并不是用在感官的享受之上，而更像是一种例行公事般的潦草仪式。我们的家庭晚餐并没有什么做错的地方，但它们很明显的并不是一种分享食物和亲密的仪式。在大部分时间里，餐桌上的相聚是乏善可陈的。大多数的夜里，当我父亲没有出差在外时，我们会围坐在一张大餐桌旁（当年，在我还是个孩子时，它看起来真的很大很大）。我哥彼得和我坐在一侧，斯蒂芬一人独坐在另一边——后来，他则是与贾斯汀同坐。我母亲坐在桌子尾端靠近厨房的地方，我父亲则坐在相对的一侧。从这样的坐法便可清楚看出，他是桌子上的"头"。当有客人来访时（其实这种情形非常偶然），桌子会被从两端拉开，中间会再加上一片。我们的头顶上，则是一盏大型的、雕花玻璃的枝形吊灯。

在我童年时代的记忆中，只有两餐给我留下深刻印象。一次是我母亲告诉我们，我们很快将有一个小弟弟来报到了。我知道他们想要我们为这个消息而雀跃，所以带着一种过了头的装腔作势大叫起来："是真的吗？又来了一个咕咕、嘎嘎？是一个咕咕、嘎嘎吗？"我一直重复着这句话，一遍又一遍，并且是大声喧嚷着，直到我父亲最终被激怒起来。另外一次则是，当我父亲告诉彼得，他非得等到吃光自己盘中所有的芦笋后，才能从座位上站起来。那一次，他快速地吃掉了一根，然后趁我父亲没有注意，将盘中所有的芦笋全部倒掉。

对我们来说，吃是为了活，但是活着却一点儿也不是为了吃。这种特点一直伴随着我迈入成年时代——它也是我和蒂之间的另一种差异。不管她的家庭何时坐下来吃东西，他们总是会兴致勃勃地享受着整个吃的过程，这一次当然也不例外。每一样东西都被尝过，也都被附加了一些评论。"这种意大利蒜味香肠真是太美味了。""帮我传一片过来。""噢，我的天哪，真是太不一般了。""哦，你一定要尝一尝这种酱料。来舀上满满一勺吧。""这些油橄榄简直令人难以置信。""喔，那个很辣哟！""你能闻到那块乳酪的味道吗？"叉子在桌子旁来回飞舞。我看了一眼蒂，我们那面孔涨得潮红的女儿快乐地坐在她的大腿上。蒂看起来非常放松、自信，就像她每一次被家人环绕时一样。看到她这个样子，我总是既高兴又紧张。难道，我被这种时刻所见到的她的安详和自信吓到了吗？或者，我不过是感到了一种不安全感，以为自己永远无法为她提供她所渴望的为了过一种完整的人生所必需的伴侣关系？

午餐后，我们走在古老的鹅卵石路上，向市中心而去。在圣斯特凡大教堂的俯瞰之下，我们路过了"ZARA服饰店"和"麦当劳"。"似乎一切都很熟悉，是不是，玛戈特？"我问道。

"事实上并非如此，安德鲁，还是不一样的。"她摇着头。在走入教堂后，我们全都肃立缄默。"直到现在，关于这里的一切，我都还历历在目，"过了一会儿，玛戈特柔声地开了口。蒂是在这里接受婴儿洗礼的。"就在这些副堂中的某一间里。你还记得是哪一间吗，科尔姆？"她问着丈夫，眼神却偏离开去，好像是一眼望进到过去的岁月之中。

科尔姆也在左右环顾着，"我不是很确定，派格。"他用自己偏爱的昵称称呼着妻子。

享受二人世界

在靠近我们公寓的一间试营业餐厅里吃了一顿乏味的生日晚餐后——我们这么做是为了让我们的女儿尽可能离家近一些——我们走回公寓,大家都脱了鞋子。

"你们要干什么呀?"玛戈特说着,将两只脚搁了起来,"你们俩应该接着出去找找乐子,赶快走,我们要自己待着。"然后她指向蒂的平板电脑。"你只要帮我们把那个机器给设定好就行了,你们俩出去喝一杯,我的小天使要和我一起看《音乐之声》。我真希望我们家的小男生也能在这里跟我们一起看。"

在家中,由离了婚的父母所营造的相聚或缺席的模式,总是能令人比较容易接受,但是在像这样的一趟家庭旅行中,随着家庭某一成员的缺席,偶尔出现一些难以预料的伤感时刻,就易于解释了。在这趟旅行中,有很多次,在我看到一些事情时,总是被它们提醒着想起了我儿子,想象着他会如何来回应这些事情。我们在离行前,多次向他轻描淡写有关这趟旅行的大小事情,也答应会为他预备另一趟特别的行程,但这些承诺并没有缓和太多在每个人心里盘踞的失望感。

蒂和我溜出了门,消失在夜色中。我们坐上一辆旧的红白相间的有轨电车,还是那种装着木椅的古老的有轨电车,喀哒喀哒地一路向城里而去。我们进了一间摩登的餐厅,吧台前的每个人都是一副"书呆子妞"装扮。所有的家具都是出售的;我坐着的椅子后面便挂着一块533欧元的标签。我们年轻的女招待穿着一件橘红色的迷你装,高筒袜还是白色的。她戴着一副厚镜片、黑镜框的眼镜,我们和她闲聊了很久,话题从食物转到性又转到弗洛伊德。

接着，我们又去了豪华堂皇的"人民剧院"旁的"洛特酒吧"。"人民剧院"1889年建成，是为了对抗国家剧院——"伯格剧院"的局限性，后者坐落在环城大道上。在那里，一位身着垂顺晚礼服的女子，在巨大的枝形吊灯下和红色的天鹅绒帷幕前弹奏着三角钢琴。大理石的地面在我们的脚底反射着亮光。我们坐在鸡尾酒餐桌前，在不断滴落烛油的蜡烛前，听我们的服务生介绍着另一间餐厅。

"只要跟着有轨电车的轨道走，它们转弯时，你们还是笔直地向前走。你们会看到一个金属制的、没有标记的门，敲三下就行了。"

我们如法炮制。就这样被带进了一个灰色、幽暗的洞穴，四周满是拱门和柱子，墙壁和天花板的每一寸上，都投射着类似散沫花的花纹模式。一位DJ播放着电子音乐，拥挤的屋子内烟雾弥漫，吧台后方的墙上投射着一行字——"英文是骗子们的语言"。女酒保留着一头黑发，涂着很重的黑色眼影，穿的也是一身全黑。她脖子上的项链垂挂着一只细小的银色鸟笼。

"我很喜欢你的项链。"蒂告诉她。

"我自己就是一只笼中的鸟儿。"她喃喃自语。

我们还去了另一间小酒馆，那里的烟味更重了。蒂向人讨了一根烟来，快活地大口吸着。

"如果你不把他们比下去……"她耸着肩膀说。这又是我们两人的另一个不同之处。我的意思是，我可能会偶尔抽上一根烟，而她抽烟的频率和方式对我来说简直是难以想象。我过去曾经是个一天一包烟的烟鬼，但是在多年以前就戒掉了，并且，我也下了从此再不去碰它的决心。

我们手臂挽着手臂地走回到街上，寻找着下一家低级小酒馆。蒂和我在日常生活里从未像这样从这间酒吧跳到那间饭馆。我们从未像这样互相招引。我们的约会从未有过如此戏耍的情趣，从未手牵着手同握着一杯深夜的卡布奇诺，也从未互相说过情人间的傻话。我们从未在一起看过一场电影后一路溜达回家，或是在互道晚安之前彼此亲吻爱抚，只会在分手十分钟后再次致电对方互道一声晚安。我们能走到一起、成为一对，都是如此突然——只在见面三次以后——却又是如此完满，我们已经住在了同一个屋檐下，过上了同一种日子，甚至在对这些事情还没有任何真实的想法之前便开始了。

七年前，蒂离开她在都柏林的家，搬来纽约与我同住，也立即投入一个继母的角色。我那个当年还只有两岁半大的儿子一直疑惑着我这位"特殊友人"到底是谁。我一直为先前对她所做的、为自己过往生活中所犯下的错而心存焦虑。我们所做的一切，都没有经过深思熟虑或接受过别人的劝告。我曾试着将发生在自己身上的、突然改变的生活方式，告诉给几个朋友。他们却都回应我，我一定是"疯了"。他们对我所告诫的"放慢一点脚步"，在实际状况中根本没有用，也令人难以接受。从此以后，我便不再向他们提及这些事情了。"爱情会牵引着日子一天天过下去"是我们的信条——也许，这个信条应该改成"只有傻瓜才会铤而走险"才更为合适吧。

　　然而，在这里，在维也纳，在我们相识数年之后，我们却能在每天晚上一起出门吃过晚餐后，将女儿留在家中，留在自己也渴望着还想要继续外出的玛戈特和科尔姆身边——继续享受着我们自己的两人世界。我们曾去过那些老旧的、由越南人经营的咖啡馆，那里的服务生乖戾粗暴，我们也去过很带劲的烤肉餐厅，还去过国家美术馆。我们不在乎去哪里，只要能在一起，就会不断地大笑、戏耍，一夜又一夜，好像以前从未体验过这样的日子一般。我们发现彼此都那么兴奋于身边有对方的陪伴，就仿佛我们在爱尔兰的郊外相逢时那最初度过的几天。

霍夫堡宫之行

"我没法到了维也纳却不去霍夫堡宫。"科尔姆已经发出了声明。所以,几天后,等我们的女儿完全康复时,我们全都搭上有轨电车进城。

13世纪以降,这座设计得足以使全国各地的来访者们都感到震撼、敬畏的宫殿,便是奥匈帝国的统治者哈布斯堡王朝的冬宫。霍夫堡宫是一片占地广大的建筑群,其中有各种风格的建筑,历经几个世纪修建而成。楼群间由巨大、严整的花园和广场连接,喷泉和各代皇帝的骑马雕像随处可见。宫殿经受住了三度大规模的围攻、一次火灾,以及几代皇室品味各异的改建或装饰。它是今日奥地利总统的家园,拥有2600间房间,很难令人过其门而不入。

我搞错了下有轨电车的站台,我们远远地还是能看到皇宫建筑的屋顶。我不断地向大家道着歉,但是玛戈特却制止了我。

"这样才更完美,刚好给我们一个机会呼吸一下新鲜空气。"她带着浓重的爱尔兰口音说。

我们走了又走,最终来到了一处边门,引着我们进入了一个广大而庄严的花园。虽然那些正在过冬的植物经过修剪后被紧紧地绑缚在一起搁在帆布袋子下,其他一切已足以使蒂的父母感到震惊了,毕竟,他们都是热心的园艺匠。

最后,我们总算走进了第一座楼房。我急匆匆地走在前头买好了票。

"你知道这里是什么地方吗,亲爱的?"蒂问我。

"别担心,一定会很棒的。"我回答她,心里却没有任何概念自己身在何处。我将所有的票都递给女儿，让她再交给门卫。

里面像是一个迷宫，房间套着房间，装满了银具，摆放餐巾的托架，还有烛台，全都陈列在高高的玻璃箱之内。

"噢，不会吧。"我轻声嘀咕着，不禁倒抽了一口凉气。我试着想要带领大家走去出口处，结果却只是将众人引到了更深处的、犹如蜂巢一般的房间里。

我知道玛戈特对于博物馆有些无法容忍，而我们的女儿也已经在那里扭动着身体了。科尔姆试着想要表现出一些兴趣来，但是也无法坚持太久，然而蒂却开始沿着楼梯拾阶而上了。

"快来呀，亲爱的。"她说。

"不，不，我们不想走去那里了。"我跟在她身后大声叫着，同时还在找寻着出口处。在跟着所有人身后沿着大理石台阶向上走时，我能觉察到，自己已经在厚厚的外套中汗流浃背了。

我们进了一间展示晚礼服的房间，又进了另一间摆放着无头人体模型的房间。模特身着一袭巨大的舞会晚装，女人们看了，开始发出了惊叹声。

我们已经置身于皇家宫苑中，这里正是弗朗兹·约瑟夫一世和他的妻子伊丽莎白皇后——也就是著名的茜茜公主曾经生活过的一处地方。茜茜公主的人生故事情节变幻复杂，她有着一种超前于时代的自由精神，是一个时髦女性。她在君主政治中努力挣扎着，想要得到自己的一席之地，就像一个多世纪以后的戴安娜王妃，深受她所处时代人民的热爱。在瑞士日内瓦湖边的大道上散步时，她不幸死于暗杀，也从此将自己的命运定格在了悲剧女主角之上。

"这一定会让你感兴趣的，安德鲁，"科尔姆说，他专注在对于茜茜生平的阅读之中，"她也是个旅行的热衷者呢。"

我追逐着我们那突然之间变得兴高采烈起来的女儿，穿过了茜茜的卧室，进入到她的私人健身房中。大家都为了茜茜的御用马桶而大笑起来。最后，我们走下楼来，重新淹没在好不容易才变得亮堂起来的一天里。

"你看，并没有那么糟糕吧。"蒂耸了耸肩，抓住了我的臂膀。

午餐之后，我又给每个人预备了一个惊喜——一个我在到达维也纳之前就已经预订好了的活动。作为既是当地机构又是维也纳皇家的象征，西班牙花式骑术学校里著名的利比扎马，此刻正在皇宫近旁的地区为他们每周两次的表演作着预备练习。表演的门票早已售罄，但是我安排了让大家观看它们每日练习的课程——这是向大众开放的——我想要投机取巧地弄来本来是预留给特别宾客和达官贵人的台边区的门票，这些座位在练习中很少被占满。我相信，我的女儿应该会为如此接近于真实的练习而高兴，蒂的父母也会为身处在优雅的环境、传统和排场中而感到惬意万分，大家都不会对这场特别的安排持有异议。蒂也一定会为了我以家庭为中心的动机而感到高兴。

我翻寻着自己的通讯录，找到了德拉巴涅克女士的名字。她是一个一本正经的女人，留着一头直直的金发，态度直接、坦率。她告诉我们，这一段训练期已经开始了，通往这个特别区域的进场和出场的入口在训练中都被禁止通行。蒂的母亲看来一脸茫然，她的父亲则把手更深地插进自己的衣袋里。蒂试着安抚我们的女儿，女儿也已经有了一些概念，知道我们发生了一些预料之外的状况。

我将德拉巴涅克女士拉到一旁。

"拜托你了，"我哀求着，"真是很抱歉，我们迟到了，但是我女儿想要看赛马已经想得快疯掉了，我们到了维也纳以后，她说的全是这个话题。"事实上，我们在几分钟之前才刚刚告诉她赛马的事情——但是她马上就变得兴高采烈起来。"还有我的岳父母，"我继续巧舌如簧着——舌头甚至都没有打结——"来看赛马也是他们多年来的梦想了。"在这一点上，我说的也不是事实，只是他们也很高兴能一起来看马而已。

她看着我哀求的眼神，然后视线越过我的肩膀，我的全家都在演着他们的戏码，每个人看起来都是恰如其分地流露着失落感。

"来吧。"她一边说，一边已经走向了入场的门口。

"谢谢您。"在我们溜进空寂的过道口时，我轻声低语着。我甚至可能说了句"愿上帝保佑您"，不过我记得不是很确切了。

我们在水晶吊灯和科林斯圆柱下落座。在直挺挺的、身穿棕色外套、手握榛木开关的骑手的指导之下，六匹雄伟的白色骏马正在练习并精心打扮着，一旁播放的竟是肖邦的曲子。

我们静悄悄地溜进第一排中，离那些马匹仅有几英尺之遥，是贵宾席上唯一的一群人。我向德拉巴涅克女士投去一个大大的笑容，她也简短而兴奋地点头回礼。

也许，这些表演将马术之美做了令人眼花缭乱的展示；也许，那不断重复的小步舞训练，在行家眼中更是纪律和技巧的迷人展现——但是几分钟后，我们却觉得厌倦了。我的女儿开始在我的腿上坐立不安。玛戈特频频看着她的手表，而科尔姆则交叉双臂，下巴几乎要顶到胸脯上。蒂不愿和我的眼神交汇，她挣扎着努力让笑容留在脸上；而我们还有四十五分钟的时间要慢慢打发。

我的女儿开始发话了，并且声音很响亮，几个骑手的慎重眼神从圈内飘过来。玛戈特靠过身来说，她要出去喝一杯咖啡。"他们不允许你离开。"我想要说出口。她却已经轻轻将丈夫从瞌睡中推醒，蒂跟在他们身后，他们悄悄地溜了出去。

"你会跟着我留下来看马，哈，小南瓜？"我对着坐在我腿上的女儿轻声低语。

"是的。"她小声回应我，依偎得更紧了。二十秒钟后，她说："我想要一杯热巧克力，爹地。"她开始以正常的声音说话了。

"嘘。很快就结束了，小南瓜，很快的。"

"妈咪去哪里了？"她终于叫出声来。

当我以赛跑的速度跑过门廊里满脸震惊的德拉巴涅克女士身边时，甚至都不敢正眼看她，我的嘴里只是喃喃自语着："我的女儿病了。"接着猛冲到出口处。

出口外，一辆挂在一匹白马后面的白色四轮马车正站在边栏旁。蒂和她的父母已经在车里等着了。她替我们将门大大地打开。

"我就知道你撑不了多久的，亲爱的。"蒂说。我的女儿已经爬进车里，高兴坏了——这才是她想要的"马术表演"。她高高地坐在她外婆的腿上，一条毯子从她的下巴下将她包裹住。她的蓝眼珠圆睁着，在马车碾过鹅卵石道路时，她和她的外婆都充满了骄傲的表情。

我对我自己的祖父母并没有这般美好的回忆。我母亲的父亲在我出生以前便过世了，而她的母亲，一个矮小、满脸皱纹、坚持要我们叫她外婆的女人，就住在我们镇上距离我们五六条街以外的地方。晚上她偶尔会过来作我们的临时保姆。她总是要把整栋房子里的灯都熄掉，我记忆中与她相处的时间全都是昏昏暗暗的。

一个夜晚，她过来照看我们时，因为被我家的一条狗绊到而摔了一跤。当听到狗窝那里传来了碰撞声后，我连忙跑进餐厅里。我外婆躺在地板上，正努力要将她自己从我们的艾尔谷犬"公爵夫人"身上摆脱开来。我很爱"公爵夫人"，她有着一种独立的倾向和一种略微的漫不经心的态度，这些都是我所欣赏的。

"我被'公爵夫人'绊倒了。"在我冲过来时，我的外婆说。她的假发被弄歪了，正挣扎着想要将它摆弄齐整。从她的声音中，我能听出她满是惊恐。而从睡梦中被惊醒过来的"公爵夫人"，则是淡漠地冷眼望着她。

"她没事的，外婆。"我连想也没想便这样说了，接着开始轻抚着"公爵夫人"的毛发。

"不，不是狗，是我！"我的外祖母大叫起来，"是我摔倒了，受伤了。"在餐厅里黑暗一片的地板上，我的偏向暴露无遗。

我跟我父亲的父母也并没有更亲密多少。每一年中，我只能在感恩节时和他们见上一面，而他们总是会吓到我。我记忆中的祖母是一个结实、肥胖的女人，声音严峻、苛刻。在她位于新泽西联邦城第三十五街上的公寓里，我必须清清楚楚地照着她的每一个指令行动。她和我的祖父住在底层，而我那明显更欢迎客人来访的姑姑和姑丈，则跟他们的女儿和两条大驯犬一起住在楼上——那两条狗已经大到不可能会在小小的公寓里住得很舒服了。

对于我的祖父，我只有一个清晰的记忆，他是一个令人生畏、总是让人有距离感的人，留着满头的白发。在他死前不久，大概是我十岁左右的年纪吧，在一个并不靠近感恩节的日子里，我们特别安排了一次旅行，去联邦城看望他。他已经到了弥留之际，在此之前已经长期卧床不起。我父亲让我进了老人的房间，告诉我要去和他道一声别。那一天天气很热，我记得我祖父躺在一张单人床上，身上盖着一床厚厚的、绛紫色的毛毯。那时正是一天里的正午时分，遮阳的帘子垂放了下来，只有帘子下一束窄窄的光线射入房间里。我祖父看上去已经不省人事了，只会直勾勾地盯着天花板。我觉到父亲就站在我的身后。

"父亲，您一定还记得安德鲁吧，"我爸轻声对我祖父说。"他想要跟您问安。"我不记得自己当时有没有开口，也不记得我的祖父究竟对我们说了些什么，即便是在那个时刻，我觉得我们依然需要遵循某种约定俗成的礼仪。我的眼睛只是紧紧盯着在细微的光线中飘浮着落到床上的尘粒。几分钟后，我就被带出了房间，我问我父亲自己做得对不对。

"你做得很棒。"他有些敷衍，但我却并不觉得如此，甚至认为自己在某种程度上失败了。接着，我走上楼去，和我姑姑的一条狗玩在了一处。

观 影

我们在维也纳的日子渐渐形成了一种规律，总是在正午前喝咖啡，在午后喝茶。这些都不是为时仅十分钟的、让自己恢复精神和体力的短暂休息，而是在维也纳一些著名餐馆里的长时间享受——在"达麦尔"，它雅致的交谊厅和装满精美甜点的托盘令人流连忘返，在隔着玻璃墙的厨房外，我和女儿会观看十来位带着高高白帽子的糕饼师傅从灌注、填充到雕刻、脱模制作巧克力兔的全过程；在"斯珀尔餐厅"，水晶吊灯下隔着黄杨木桌子，可以看到有十几种不同语言的报纸到处散布着；即使在烟雾弥漫的"艾尔特·韦恩餐厅"里，虽然公开抗议的海报沿着墙壁一字排开，但围坐在小木桌旁的学生还是会在松散开来的平装书和精心调配的浓咖啡旁弓起身子交头接耳。不论我们去哪里，科尔姆总要去买那些奢侈的酥皮点心和甜食。盘子、叉子被传来传去，各种评论声不绝于耳。大家也会就着这些点心喝下更多的咖啡。我的女儿和我常常在无聊之下一起出去闲逛一番。有一天下午，就在我们将要走进另一间咖啡馆时，玛戈特转身向我。

"安德鲁，我的宝贝，我知道你并不喜欢所有这些甜点，为什么你不自己出去消磨消磨时间呢？"

其实，我很清楚地知道我会想要去哪里。

踩着肮脏的红地毯离开卡尔广场走进柏格戏院，穿越一个弥漫着浓浓爆米花味道的前厅，走过一扇有着缺口的绛紫色大门，在那个狂风大作的星期二下午，我踏进一间坐得稀稀落落的暗室里，听到的第一句话便是那句著名的台词——"我是哈利·莱姆的朋友。"

"每个人在像这样的城市里都得小心为是。"如同《你生来就会被暗杀》、《将死亡留给职业杀手》这样的黑色经典电影，还有一个经典的格雷厄姆·格林式的主题"人性是一种责任"，都来自这部拍摄于1949年的、已是刮痕累累的卡罗尔·里德的黑白电影。

很少有电影像《第三个人》这样，清晰地将维也纳设定为故事发生的特定地点。拍摄这部影片时，维也纳的很多地方还存留着第二次世界大战留下的残垣断壁，城市被切割成四个分区，由美、法、英、苏四国的军队分别控制着。格雷厄姆·格林的剧本是一个经典的"猫鼠游戏"般的欺骗故事，是一种对于孤独感和欺骗的研究。安东·卡拉斯的配乐是由一把齐特琴弹奏出来的，渗透在整部片子的故事推进之中，增添了令观者不甚舒服的感觉，后来也渐渐演变成为一种电影配乐类型。说起来，我以前居然从未看过这部经典电影。

孩提时代里，我并不会常常去看电影，直到进入大学之前，也从未单独去看过一部电影。但是在纽约作学生时，我变成了最后一代迷恋着老电影的人，因此频繁地出入那几间专门重映旧片的电影院。随后不久，随着家庭录影带和有线电视的兴起，这些专映老电影的影院慢慢地销声匿迹了。

在第八街上的"大剧场"里，我第一次看马龙·白兰度主演的双片连映《码头风云》和《狂野的人》；在第八大道和四十七街交界的"好莱坞影院"中，我观看了《午夜牛郎》；而从远在上城九十五街上的"塔利亚"里，我则认识了詹姆斯·迪恩和巴斯特·基顿，见识了安东尼奥尼和戈达德的电影。我喜欢在下午独自一人去看电影，而外面的世界即使在我缺席之时依旧继续着它的节奏。那是我对于旅行最初的体验———一个人远足到一些看来是如此陌生的地方。我很快就在看电影的来去路上发现，它回报给我观察的力量，我的想象力被点燃，而这些感受激励着我向着更远处继续探寻。我发现了狄西嘉的"新写实主义"电影和夏布洛尔的玩闹式的、无道德观念的世界。我在银幕上看到的那些事件，以一种令我感到如此熟悉的方式而变得更加合乎情理。在我第一次登上银幕表演时，我已经先天性地懂得了应该如何在表演中为自己的角色定位。在影剧院的暗昧中，我找到了自己。

在维也纳这座城市，坐在那间凌乱不洁的电影院里，我的两个世界交汇在了一起。当我在夜色初降时走出影院，走上约瑟夫·科顿追逐奥森·威尔斯的那几条街道时，我感觉像是弄懂了关于维也纳的一些从前不能了解的事，我拥有了一种就在几小时前还缺乏着的归属感。当走过约瑟夫广场第五区，也就是约瑟夫二世皇帝骑在马上的雕像对面，我看到那尊由四位少女支撑起房子柱廊的雕像，这就是《第三个人》电影开场时哈利·莱姆被假设性杀害的那个场景。我立刻觉得，自己也成了某秘密社团的某位成员，并因此而拥有着某一种见解和由此而来的自信心。但是当我走得更远一些时，另一种念头又开始在我的意识里闪现。我想，这种自信和舒服的感觉或许不仅仅是因为看了一部电影所得的结果吧。

七年前，当蒂和她的母亲在都柏林的机场接我的那一刹那时，她的全家便接受了我。她们一路开车带我回家，为我烹制了完全是爱尔兰式的早餐，玛戈特喋喋不休地唠叨着，开始积极地拥抱着一点儿也没有打折扣的我。我在过去七年里和蒂一家的会面次数甚至超过了我在30年间和自己家庭的见面次数。这一方面说明了蒂全家活跃的亲密关系，也对应了我原生家庭中那种人与人之间漫不经心的距离感。或许在那个晚上，我在维也纳街头充满自信和安全感的心情，更多地映照出了一个事实，那就是我开始明确地觉察到某种更大事物的某一部分，那是某种我还没有完全预备好要去欣然接受的新事物。

也或许，我以为，我对于家庭包容的感受和来自于电影的归属感，全部都是自己臆想出来的东西，那也许只是某种神经质的需要正期待着被满足。

因此，第二天，我决定去位于伯尔戈萨的维也纳居民西格蒙德·弗洛伊德的故居。兴许，参观一个伟大的精神分析学家的故居，会有助于理清这些错综纷乱的冲动和念头。

两个男人的结伴

    科尔姆非常想要和我同往。我们赶上了二号有轨电车,我以为它会循着环城大道而行,可是,它却在阿尔瑟街拐了弯,调头向另一个方向而去。科尔姆对于我的又一个导航错误同样报之以耐心。最终,我们搞对了方向,找到了那个大大的红色标记,上面"弗洛伊德"的名字是以黑色粗体字母写成的。

    在楼梯的顶层,一个矮小、瘦削的男人接待了我们。他具有一副严肃、谨慎的态度,一举一动都处理得小心翼翼、恰到好处。他全身上下都穿着黑色,脸上始终挂着一副戒备的表情,领着我们穿过门厅向一扇大门走去。在这几间房间里,弗洛伊德生活、工作了长达四十七年的时间。他的拐杖、手提箱、几顶礼帽和一只特制的热水瓶都放在狭小通道口上的树脂玻璃板的后面,通道是以从一盏简单的铅框玻璃窗投射出来的光线照亮的。右侧是候诊室,一切陈设依旧按照弗洛伊德的年代排列着。玻璃柜里陈列了他超过三千种收藏品中的许多件,都是来自希腊、罗马、中国和埃及这些国家的一些物件——多是微小的雕像和残片。(这位天才的心理医生本人居然也会沉迷在一些事情中。)一个红色花缎的沙发占了一整面墙壁,沙发的上方是四样铜版雕刻品,描绘了四种基本元素:土、水、火和空气——象征着爱情和争斗、性欲和毁灭,彼此争相占据着上风在这些雕刻品的对面,是通向另一个房间的入口。在这里,医生凭借着他"持衡、平等的关注力",耐心倾听着他病人们的无数怨怼。那只著名的沙发很显然已不在此处了,它随着弗洛伊德在1938年为了躲避纳粹的迫害而被一起运到了英国。取而代之的是,整间房间从此变得几乎是空空如也。

大幅的黑白照片覆盖了墙壁的下半部分，描绘出这些房间在当年具备着怎样的风貌，而一些点缀着的个人信件和照片，则使得墙壁上方生色不少。现在，就在他过去常常倾听和记下笔记的地方（按照他自己的报告，偶尔在每一段谈话之间也会打个盹儿），我从单格的窗口望出去，只能靠着想象来揣测弗洛伊德在这里留下了一些什么样的思想。更远一些的房间是他的内室，也是弗洛伊德写作和享受自己最钟爱的烟草的地方。在桌子上方可望向庭院的窗户之间，挂着一面镜子，他常常对着它检查自己因为罹患下颌癌变而做了30次手术后的结果。"因为再也无法自由自在地吸烟，"他曾经哀叹道，"我也不抱自己还能继续写作的希望了。"他的书籍排满了整面墙。这些房间披露了一个目标明确的男人所表露出来的一切，他伟大的洞察力、他全然的自我价值感、他的预知和先见、他的虚荣心、他清晰的思路以及他对于自己钟爱事物的迷恋，全部浓缩在了这里。

尽管与他妻子妹妹婚外情的谣传不绝于耳，弗洛伊德的个人生活是保守的典型，他有着一段漫长而成功的婚姻，一共孕育了六位子女。当他的家庭生活无法对我在这一主题上逐步形成的概念提供任何顿悟时，在他很明显的矛盾状态上所具备的丰富证据，便为我提供了一种解脱，与我自己那摇摆不定的行事方式形成了一种共鸣。

当我在不断确认着自己矛盾、冲突的人性时，我发现科尔姆正耐心地在门边等待着我。在我们沿着大理石台阶拾级而下时，我试着想要记起，我和自己的父亲之间，是不是也有过类似的经历。

上一次见到我爸，还是在几年前暑假的时候了。那一次，我和蒂一起带着孩子们北上去看望他和他妻子。我的父母在我进大学一段日子后离了婚。之后，我的父亲又遇到了一个女人，并且和她又成了家，在缅因州的乡下重新安顿下来，最终颇为有效地从我们的生活中销声匿迹，留给我们的，仅是偶尔打来的几通电话。他允诺要定期来纽约看望我们，但却几乎从未兑现过。

我的孩子们提到过，他们非常渴望想要见到自己的祖父——我的儿子只见过他一次，我们的女儿还从未见过。我再上一次和我父亲会面时，蒂正重孕在身，但我们还是一起去了缅因州。

在我们开上他的私人车道时，我父亲和他的妻子正在车道的斜坡上等着我们。他们热情地欢迎了我们，对孩子们说了好些恭维的好听话，带着我们上上下下地走遍了他们距离水边仅隔着几条街的房子。

"这里曾是一个老船长的房子。"我父亲这么称呼自己的家。我认出了好几样自己在孩提时代曾经看惯了但这些年来却未曾见过的家具，一张咖啡桌，一个书架，几幅画。看到它们出现在这里，我总有一种奇怪的感觉，这些我孩提时代的遗迹，我从十几岁离家之后居然连想也未曾想过。我突然对它们产生了一种冲动的占有欲：它们怎么会跑来了这里，跑来这个离开家那么遥远的地方？

我父亲和他的妻子为我们预备了午餐，但是他自己却紧张得吃不下去。他喋喋不休地对着孩子们絮叨着。孩子们都很喜欢他。

那一夜下起了大雨。我父亲吹嘘说，离这里不远处有一间店家，他们卖着世界上最好吃的冰淇淋。我将两个孩子赶进我父亲的奥斯莫比尔车，让他坐在我身边，一路向冰淇淋店家开去。车子的计速器已经坏了，并且只有一个车灯还亮着。大雨哗哗地下着，我们沿着双线道的高速公路开了好长时间。在夜色中，我眯起眼睛努力向外张望。

"也许我们已经错过了。"我父亲说。

"快点调头，爹地。"我儿子在黑暗中大叫。

然后，它居然在我们的右手边出现了，那是一间为了卖冰淇淋而特别盖的小店，像是瑞士山区里的小木屋一般的结构，仅有两个卖外食的窗口。在雨中，我们蜷缩在窄窄的屋檐下，点了想要买的冰淇淋。在回家的路上，我父亲甚至比两个孩子更快地享用完了他的冰淇淋圣代。我过去一点都不知道，我父亲居然会那么爱吃冰淇淋。

第二天，天空晴朗，我父亲的妻子建议我们，可以徒步沿着不远处的防波堤走去一座灯塔。一阵轻柔的微风吹过，帆船漂浮在闪着微光的海面上。石头垒成的防波堤比我预想的要长许多——差不多距离灯塔有一英里远。间距不等的岩石间，裂缝又宽又深。很难能够以固定的节奏走这条路，特别是对于孩子们来说，但是他们还是向前不停地走着，反而是蒂和我父亲的妻子试着想要赶上他们。我跟我父亲落在了最后。

他走得似乎又吃力又慢。我觉得他简直是在小心选择着每一步的落脚处，但就我对他的了解，这种过分小心可不是他的性格。他问起了我母亲，以我们偶尔通电话时他惯常的询问方式——"你妈怎么样？"

在我们成长的过程中，他从来不称她为"你妈"，但是在过去的二十五年间，这却是他每一次询问到我母亲时一直使用的称谓。

等我们赶到灯塔时，塔门紧闭着，我们只好开始向回走。我儿子开始和我父亲一起落在了后面。很快，我们之间的距离变得越来越大了。我不时回头张望，不久，一个女人跑上前来。"走在后面的那个男人跟你们是一起的吗？他摔倒了。"我连忙跑回去。

我父亲被石头绊倒在地，两个路过的妇人已经搀扶着他站立了起来。他走得很慢，但似乎对刚才发生了些什么完全感到糊涂，他正开始试图要佝偻起身体，将全身重量都放在脚后跟上。蒂和我从两位妇人手中将他接过手来，和他一起慢慢行走。我父亲的身体弓起得越发严重了，我们只好叫了一辆救护车。我们派我儿子跑下长长的防波堤去等护理人员的到来。那时距离走完全部岩石路，大约还有半英里远。

很快，我父亲的后背完全僵硬了起来，背弓得更严重了。如果我们不将他紧紧搀住，他会直挺挺地向后倒去。他的全部重量都压在我们的手臂上，使得他令人感觉非常沉重。一个男子跑上前来接替了蒂，而蒂则跑去安抚我父亲的妻子，同时紧紧拉住我们的女儿，让她不至于从岩石间深深的缝隙中跌落下去。

就在我们慢慢地蹭着步子时，我父亲的头脑倒渐渐清楚起来，他用一种很奇怪的上扬的音调和帮着我们的男子说起了话，这对他来说是常有的事。我想我并没有弄错，他应该是中风发作了，但他还是和陌生人闲聊着那些无关紧要的话题，诸如对方是从哪里来的。当对方说到来自于宾夕法尼亚州的某地时，我父亲又提及他认识当地的某某人，还询问那个男子以从事何种职业为生。我一直很疑惑，我对于陌生人的沉默寡言，是不是出于对我父亲要努力显得更加合群的一种反抗，作为一个在家中更趋向于喜怒无常的男主人，他的这种努力在我的童年时代里曾经显得那么古怪。

在我们所有人都艰难地沿着防波堤行走时，他非常努力地试图表现出自己完全正常，却没有注意到自己的身体已经在剧烈地向后弓起着。他的髋部已经开始不听使唤，原本就已经笨拙的步子变得更加蹒跚。扶着他向前走已经变得越来越困难了。最终，我们只能扶着他在一块小石头上坐下来。就在这时，我那八岁的儿子带着护理人员终于赶到了。

我们跟在救护车的后面去了医院，花了几个小时的时间等待所有的检查结束。没有发现什么很明显的肇因，而我父亲又开始恢复了他惯常的行动和神智。医生说可能是由TIA———种短暂性脑缺血发作——大约算是一种小中风吧，但是连医生自己也不能非常确定。

第二天，我必须为了工作赶回纽约去。如果是蒂的父亲出了事，没有任何疑问，她一定会留下来，不管后果如何。但是论及我们的关系，她和他总是又多隔了一层距离，留下来照顾的决定便缺乏了一种合理性，所以，在同医生和我父亲的妻子商量了几次之后，我们最后还是将他留在医院里。院方要留他住院观察一晚，第二天再将他送回家去。

我去同他说再见。当掀开病房的帘子时，他突然从床上坐了起来，就像一只猴子一般。他突然张大了嘴，露出令人大吃一惊的笑容。那是一种绝望的笑容，是一种推销员似的笑容。对于他来说，这太正常了，但那一刻却令我心碎，让我不禁对他生起了怜爱之意。如果我们两人中，有一个愿意承认在防波堤上时彼此心里的惧怕，或是因为这一次来访而在我们之间产生了某种古怪的亲密感，也许就是一个让我们开始彼此靠近的契机。但是取而代之的，我的自我意识却阻挡了一切，而他逞强争胜的假面具，更是让我只能对着我们两人摇头兴叹。

我们在接下来的几天里通了几次电话，确定了他的健康状况一切良好，也再次重温了我们看望他时的那些更令人愉悦的部分。一阵子之后，他打来电话，说到他的妻子可能会来纽约，很希望再见一见孩子和我们，但是他们从未真的实行，我们也没有机会再去缅因。

在蒂的父亲和我一起步出弗洛伊德医生的故居，一起走上施瓦兹斯帕尼尔大街时，天空又再次布满了阴云，冬天的寒风中有一种使人刺痛的感觉。在我们为朝着哪个方向走才能到达要搭乘的有轨电车车站而争吵起来时，我不禁疑惑，在我对待科尔姆的那种混杂着尊重、随意和些许不耐烦的态度中，弗洛伊德究竟能觉察出有多少移情作用的成分。

小酒馆里的欢唱

我们在维也纳的最后一整天的早上,我在晨光初照之前便已经醒来,众人都还在酣睡之中,我悄悄地出了门。在玛丽亚·特蕾西亚广场贫瘠的花园里,我看到一个孤独的身影立在一株修剪过的树干下,姿势看起来像是一座雕像。我想跟他聊上几句,问问他正在做些什么,已经在那里像这样站了多久,但是我什么也没做。我盯着他看了一会儿,直到他最终移动了自己的手臂。我又闲逛到了圣斯特凡大教堂,走进去加入了据说是在正门入口侧旁的第一副堂所举行的晨间弥撒。我再次路过莫扎特的旧居,走进一间巴洛克风格的教堂,还进去在教堂的长椅上独自静坐了好几分钟的时间。再走出来时,我又路过了"克莱茵餐厅",就在前一晚,蒂和我还在那里品尝过咖啡。

我们离开那里后,又溜达到了"萨赫饭店"。当蒂在"布劳酒吧"点了一杯饮料的同时,我借口要上洗手间,走到前台订了一间房间。然后,我走回酒吧,将钥匙丢在她面前的桌上。蒂跟着我上了三楼,我们在歌剧院那边传来的微弱金光中尽享鱼水之欢。

在我结束了清晨的闲逛回到公寓时,每个人都已围坐在早餐桌前。

"你去哪里了,亲爱的?"蒂问我。

"你就别操心了,"玛戈特打断她的问话,"给你的男人留一些私密的空间吧,他现在一定已经受够我们了。"

让人吃惊的是,她的分析并不正确,但我还是为不需要再做出解释而对她心怀感激。

"现在，安德鲁，"轮到科尔姆开腔了，"我不知道你今天计划要做什么，但是今天晚上，我要带所有人去一家维也纳的小酒馆。"在整个行程中，科尔姆一直试图拉我们去坐落在维也纳丛林边界山顶上的一间传统的——也是旅行者会蜂拥而至的葡萄酒厂。

"现在，再争辩也没用了，安德鲁，我的宝贝。"玛戈特摇着头。"他已经下了决心，我们一定要去一次。不如就好好享受一番吧。"她说着，还轻轻拍着我的手臂。

我研究了一下公共交通图。当夜色降临时，我们又坐上进城时一直搭乘的那一班有轨电车。在"人民歌剧院"，我们再换乘曾经让科尔姆和我在找寻弗洛伊德故居时陷入迷魂阵的同一班电车，我们开始沿着城外的山坡向上攀爬。电车里挤满了要回家的下晚班的通勤族。突然间，广播里传来了告示。我们这一辆有轨电车出现了故障，不能继续前行了。人们嘟嘟囔囔地发起了牢骚，我们被丢在黑夜路边一段陡峭的斜坡上。

"也许我们应该搭出租车的，"玛戈特轻声说着，"起码这一次。"

十分钟之后，另一辆有轨电车开到了，我们爬了上去。又过了一阵子，科尔姆谨慎地问一个同行的乘客，在哪一站下车可以到那间著名的小酒馆。

"就在下一站。"那个妇人漫应着。

要靠站时，每一个人都开始从座椅上立起身来，向门口挤去。

当电车停住时，我听见了自己的声音，"不是的，"声音清楚、有力，"这不是那一站。我们还要坐两站。"

"你确定吗，亲爱的？"蒂问我。

"我肯定。"我说。

玛戈特看了看我，又看了看她的丈夫。

蒂坐了下来，我们的女儿也跟着坐了下来，之后玛戈特也是。科尔姆紧咬着舌头。电车继续前进了，向着山上而去，车里鸦雀无声。

"这才到了。"在我们到达一个与加油站正对面、没有点灯的角落时，我开了口。我们是在这一站下车的唯一一群人。"再向山上走两条街区。"

我们都松了一大口气，它确实在这里。

"好样的！安德鲁！"科尔姆大声叫了起来，不停拍着我的后背，"幸亏听了你的话。"他当然不会相信我在这个地点对于方向的辨识能力，但是他却保持了缄默，也对

Vienna 167

我表现出一种不管结局如何都要信任到底的信心。

　　穿过一方鹅卵石铺就的庭院，头顶上是藤蔓四处横生的支架，我们走进了一间低矮、狭长的房间。墙壁是金色木板镶嵌的，每个包厢又都由硬木制成。有一个男子靠着房间远处尽头的壁炉拉着手风琴。没有我所担心的满车游客在此，只有几张桌子旁坐满了人，也都是一些当地的熟客。一个身穿传统的奥地利阿尔卑斯山地农家少女衣裙的女服务生走了过来，科尔姆点了几瓶由刚刚收获的庄稼所酿制成的新鲜酒，都是奥式小酒馆的特产。蒂的父母品尝、评论着美酒的芬芳和风味。拉手风琴的男子频繁地停下来，一桌桌地拜访着老主顾们。他喝了不少酒，动作也迟缓了下来，小心翼翼地来回于酒吧、壁炉和包厢之间，一次次地斟满酒杯。

　　我们穿过庭院，从站立在自助餐柜台后的矮小女人那里点了一些菜肴——传统的切片凉菜和腌渍过的卷心菜。我们吃了好几种萨拉米香肠，我儿子若一吃起它来立刻会变得如狼吞虎咽一般。

　　最后，科尔姆站起身来邀请手风琴手走过来为我们唱一首歌。那个男子好久都没有过来，我们揣测着，他可能是喝得多了，忘了我们的邀约。但是就在那一刻，他走过来了，踏在我们包厢尽头的一个搁脚凳上。近看时，觉得他好像是肿胀起来的罗伯特·古利特，留着一圈厚厚的黑胡子，眼睛里像是蒙上了一层泪光。他只能说德语，但是即使是在一种我并不懂的语言中，我还是能听得出，他说出的词汇像是一个酒鬼在过度仔细地思索后组织起来的。

　　玛戈特点了一首选自《音乐之声》的《雪绒花》。我简直想要钻到桌子底下去。

　　当男子开始吟唱时，我才发现，他的音色竟是那般丰富、清澈，正如他说话时的浑厚的声音一样。我的女儿穿着她的外祖母买给她的真正的阿尔卑斯山地农家少女衣裙，刚才已经将头枕在我的腿上要昏昏欲睡过去了，这一刻，她却突然醒过来，坐起身。

　　"妈咪，他怎么会知道这首歌的？"她满脸疑惑地问，睁大了眼睛盯着一开一合拉着手风琴的乐手，而乐手则是闭上了眼睛，在歌曲中完全放空了自己。这首歌，他此生一定在每个夜晚都唱过。

　　蒂的父母步调一致地来回摇摆着身体，也跟着一起唱了起来。科尔姆轻轻环抱起他的妻子，她则轻轻靠在丈夫的肩上，他们的眼中迸发出无怨无悔的快乐和满足。

我拿出自己的手机，隔着桌子偷偷为他们拍下一张照片。它有一点点失焦，但是他们的眼睛却是清晰的。他们从彼此的身上分享着如此不设防的快乐一瞥。那一瞥战胜了他们50年婚姻中所有我知道和我不知道的重担。那一刻，他们彼此相伴，超越了生活给人带来的一切重负。

　　我看着蒂，她正向我微笑着，仿佛在说："看到了吗？真是太值得了！此时此刻的感觉，很值得，不是吗？"我也向她微笑着，又望向桌子。她抚摸了一下我的脸颊，像是接纳了我的尴尬。我又一次望着她，拉起她的手来。

6

|巴尔的摩|

爱真的需要勇气

就大大方方地去"现身"吧。
在一生中余下的每一个日子里,
我都要去做一个最好的自己。
这就是我所要承诺的。就那么简单。

与老友返乡

在维也纳时，真的有一些事情发生了。我对于家庭这一概念的态度开始有了转变。也许，我只是单纯的准备好了要去见证它，或是经历它，并且是以不同于从前的方式。

在我生命中那么多的重要的、激动人心的事件中，还没有一个"啊哈"的时刻。那是逐渐发生的一些事，在我不知不觉中，随着时间的推移，带着一种渗透出来的确定性。在维也纳悄然发生的改变，有一天在我的意识中清楚地显明出来，宣告了它的存在。那是当我身在哥斯达黎加，拥有着一片空间和安静时，倾听到了它不是那么确定的、有如耳语一般的到来。也许我最终真的预备好要投入其中了，在责任和压力之外，也对家庭和它所能提供的一切做出了承诺。

然而，当我就要下定决心时，在我身体里还是有一个声音，还在做着某种抵抗，就像是我意识边界上警告的黄灯闪烁不定的矛盾状态。但是，如果它不是对于家庭意识的抵抗，那么，它又是什么呢？

这种新近暴露出来的勉强心态——曾经藏在我明显的顾虑之下——感觉变得越发阴暗了，越发渗透在我的性格中，也越发牢牢地植入在"我是谁"的概念中，甚至比我迄今为止一直注意到的、明显的、形形色色的、无论它们曾经是多么难以克服的那些抗拒感都更加强烈。我感觉，那是一种我需要求助于他人才能解决的问题，是一种我这个旅行者无法靠着自己的能力去完成的问题。这个问题解释了，我为何在此时登上了美国铁路客运公司的"东北长廊"线，一路向南而去。

当我按下写着"请推动"的黑色塑料按钮后，银灰色的金属门"啪"的一声打开了，向边侧滑去，我看见塞维站在走道三分之二长度以外的地方，在列车加速行进并且沿着铁轨左右摇摆时，紧紧地抓着他座位的背侧。他正咧着嘴笑，那副塞维特有的笑。我们已经差不多快有一年没有见过彼此了。

我们击掌、拥抱、在座位上坐了下来。我开始挑剔起他对于座位的选择、我们在一整天中乘车旅行的时间、还有他预定的两人住宿的旅馆等等。我经常在刚见面的时候对他做点这类吹毛求疵式的调侃；那是我的一种孩子气的举动，是只会对着塞维耍的顽皮和任性。通常来说，他对于我的无赖是置之不理的。

"那么，你都邀请了些什么人？"他直接切入正题，他知道我想要回避这些话题。

"一个人都还没有呢。"

"是还没到时间吗？"

"我猜是的。"

"那你会邀请谁呀？"

"我也不知道。"

"好吧，那么，大概多少人呢？"

"我其实希望一个人也别来。"

"太棒了！"他调侃着说。

"反正不会很多。"我的视线越过他，望向窗外费城郊外那些低矮楼房。我们一路越过了空地、垃圾堆、迷途的狗。我刚刚才来过费城，跟一帮学生谈论旅行写作——他们对我必须要讲的并无兴趣——而塞维正在波士顿出差。此刻，我们一起返回他的故乡——马里兰州的巴尔的摩市。

"好吧，听你的口气，这场婚礼将会有很多乐趣。"

蒂曾经从我所有的朋友中特别划分出一组——其中塞维与我最亲近——这些朋友全都是身形比我高大、年龄比我略长几岁的人，都有着天生的保护别人的倾向，她总是以"你的保镖们"来称呼他们。事实上，直到她说穿之前，我都从来没有注意过这种模式。也许，我正试着要跟我自己的大哥重新建立起一种关系吧——对我而言，他代表了我们为了各自的生活分道扬镳之前，也就是在我成长年代中，所经历过的全部事情。我知道，只要和我这些"保镖"中的任何一位相处时，我都会有一种和其他朋

174　The longest way home

友在一起时无法体会的轻松感。

塞维和我认识时，我刚刚搬到纽约不久，那时我还住在西村银行街上一幢没有电梯的、五层楼高的公寓的顶层，从我的卧室，可以一览无遗地看到帝国大厦。我常常会直到夜半时分还醒着，等待着那些点亮大厦高层的五彩灯光在午夜之后一一熄灭。

在银行街居住的那一年里，我成年了。我在那间公寓里有了第一个真正意义上的女友。也是在住在那里时，得到了第一份演艺工作。也是在那年，我开始养成饮酒习惯——总会去几条街之外的"简街"上的"百年汉堡老店"里畅饮——很快这习惯就会变成摆脱不掉的恶习。每次路过我曾经住过的旧楼房时，我都会抬头看一看，不自禁地回想起在那段日子里觉得自己的人生就要开始时的百般迷惑。

塞维的女友住在我走廊对面的公寓里，他自然是那里的常客。于是，我们开始一起打起网球来，有时也会一起去梅多兰兹的赛马场，或是在夜半时分一时心血来潮跑去大西洋城。我们在附近的酒吧里喝了许多酒。偶尔，我们会一起去打高尔夫球。就是在玩高尔夫球时，塞维得了他现在这个绰号。作为一个球艺糟糕透顶的高尔夫玩家，他曾经挥出过对他来说算是超级好球的一记。我们的球伴，也是另一个好朋友，大声叫了起来："好球，塞维！"他指的其实是伟大的西班牙裔高尔夫球好手塞维·巴列斯特罗斯，他那魅力无穷的球艺，当时在高尔夫球世界中简直是所向披靡。绰号就这么诞生了，并且一直没有再改变过。许多年来，当我将塞维介绍给其他人时，没有人会意识到"塞维"并非是他的真名——甚至没有人发过疑问，为何一个肤色白皙、蓝眼珠的爱尔兰裔美国人会有一个像"塞维"那样的名字。

也是跟着塞维，我第一次去了爱尔兰，那时还是80年代中期。在那里，我第一次和某个地方建立起一种关系，那种关系可能就此影响并且继而改变了我的人生。就在那第一次的爱尔兰之行中，我萌生了随冲动而行、从意外中寻找灵感、并且靠着直觉向前走下去的旅行模式。这种模式带领着我走向一个更加广阔的世界中。我们漫游到爱尔兰的西部，大口狂饮，迷失了方向，偶尔间又玩起了高尔夫球。我们在巴仑那里找到了一个地点，至今每隔数年，我还是会返回那里。

在某个时刻，塞维因为工作的关系搬走了，先是去了洛杉矶，随后又到了丹佛。我在酒精中打发了自己黑暗的岁月，而他却一直探寻着自我寻找之路——我们很少见面，也几乎没有什么机会交谈。后来，我们渐渐地恢复了常来常往的状态，但是因为要参加一个牙科会议,他却没能来到我第一次婚礼的现场。我从来不放过任何一个机会,来提醒他当时的疏于现身。我一直对他说,只有在我和蒂的婚礼上担任我的伴郎,才是他唯一的得赎之道。

"我只有再结一次婚,你才有机会补偿过失。伙计。"

"你能不能别再这么混蛋?"

塞维为我们在市中心里预订了一套宽大的、通用型的连锁旅馆。我发现,这种建筑物因为缺乏个性而使人顿失热情,但他喜欢这种地方所能提供的一种暂时隐身的感觉,总以"方便"为借口证明自己的选择是正确的。

"方便做什么呢?"我们的火车正在跨过萨斯奎汉纳河的大桥,"那里是不靠任何街坊近邻的市中心,有的只是一群又一群前去开会的人。"

"那你想去哪里住呢,好情绪先生?"

"菲尔斯角如何?我听说,那里是个不错的街坊。"在巴尔的摩,我应该要写一写这块被忽略了的美国宝石中所隐藏着的迷人之处,她是一座正在兴起的城市。

"哦,是的,那是个不错的地方。"塞维说。

"这间旅馆怎么样?"我指着手中旅行手册上的一幅照片。

"你来巴尔的摩还需要带着旅行手册?"

"很明显,我没法指望你帮我指点那些我想要看的地方。"

他掏出手机,试着想要改变预订的旅馆。"我还真的以为你这次会更好地安排你婚礼的大小事情呢。"在拨号码时,塞维不停地摇着头。

"你见鬼去吧。"

旁观者清

　　我们最终还是去了菲尔斯角，登记入住的旅店就在水边。这座兴建于18世纪晚期的楼房以航海作为主题，裱了框的绘画和早已逝去的年代里那些在水上航行着的小船的照片排满了整面墙壁。据说，这里一直有个鬼魂出没在门厅的过道里。外面坑坑洼洼的街道是用石块砌成的，这些石块原先是装在航行着的运货船中当作压舱物的。砖块铺就的菲尔斯角广场就在我的窗外。一条驳船还绑在古老的供游人消遣的码头上，一辆在码头间定时往来的小型白色水上出租车也停泊在近旁。这里原先是一处高低不平的、容易让人走路时摔倒的街坊。今天看到它，你绝对不会想到它过去的模式，如同巴尔的摩的许多地方一样，菲尔斯角也作了整容手术。如今，它已是一块可供相机不断取景的幽僻角落，包括了由码头直通而来的狭窄、弯曲的小径，四处皆是艺术家的画廊和冰淇淋小店，当地的酒吧占据了每一个角落，这里是都市更新后的典型。我们沿着街道向下走，到了杜达的小酒馆。黄铜灯附在酒吧的墙上，后面固定着救生圈，下方则是整排的威士忌酒酒瓶，墙上挂满了老巴尔的摩和航行船只的黑白照片。立体声音响里播放着史提夫·汪达的专辑唱片《开启生命之歌》。

　　我们的女服务生苏瑞走过来介绍了她自己。她大约五十出头的年纪，金发，粗壮，没有化妆，穿着一件宽松的绿色圆领汗衫和一条翻着褶裥的黑色短裤，脚上蹬了一双朴素实用的鞋子。她看来很友善，但并不随随便便。她的态度直接而率真。她为我们点了饮料后转身而去。我从到处都装饰着黑色和橙色的当地篮球队标志黄鹂鸟的塑料桌巾上拿起了餐巾纸。

Baltimore

"黄鹂鸟的表现如何，还是那么烂吗？"

"嘿嘿嘿，我们正在重新振作之中。"

"也许我们应该趁着人在这儿，去看一场比赛。"

"我正计划着呢。"

苏瑞折返回来，将我们的饮料重重地放在桌上。"要点菜了吗？"

"蟹黄糕如何？"塞维问。

苏瑞盯着他："那是最好的选择。"

"我点一份吧。我是在巴尔的摩长大的，我知道那是好东西。"他说着，举起一根手指来以示警告。

"不会让你失望的。"她盯着他又看了一眼，再将目光转移到我身上，"你要些什么，甜心？"这是我第一次听到著名的巴尔的摩问候语。

"牛排怎么样呢？"

苏瑞几乎是叫人无法觉察地耸了耸肩："很好呀。"

"我还是要干酪汉堡包吧，中号的。"

"那就会更好一些了。"说着话时，她已将笔插回到耳朵后面，转着身子走开了。

塞维跟在苏瑞后点了点头："这就是巴尔的摩。"

《普通的痛》渐渐淡出，史提夫·汪达已经转到下一首歌《她难道不可爱吗》。

"所以，怎么会想起来的——我是指，你怎么最终还是决定要结婚了？"

我告诉他我儿子在电话中对我说的他不想再回家和我们一起生活的事，以及这件事如何像一根针般地刺穿了蒂和我习惯性争执的气球，还有，自从去了维也纳之后，我们是如何变得更加靠近彼此了，等等。

"一个瞬间就能改变一切，是不是这样啊？"他对我的故事有了反应，但是我知道他是在说自己最近刚结束的一段关系。"我从来就没有看出有什么不对的苗头。有一天，我走进她的房间，她突然间便对我说，'就这样吧。'我完全没有任何心理准备。"

我从来都不太欣赏塞维的这位前女友。"也好，正好给你自己一个机会，可以过一阵子清静的独处日子。"

"没有人真的想要独处，"他回着嘴，又意味深长地看了看我，"我是说，几乎没有一个人想要。"

我们的食物送了上来。汉堡很大，味道也不错。

"我一直想要问你，"塞维说，"你们遇到的时候，究竟发生了一些什么事情？有没有那样一个时刻，你会说，'我现在听你的'？"

"你跟我开玩笑吗？我听她的已经听了六个月了。其实，我至今都还是在听她的。"

塞维总是将我和蒂的关系理想化——他的概念是，爱情可以重重地撞上一个人，什么都不需要做，只要跟着它的脚步就行了。似乎爱情就是一件会发生在你身上却不需要你去做什么来经营的事情，而事实上，我们两人都很清楚，它需要花上很多工夫去用心经营。但是，塞维那副似乎在我俩关系中看出某种珍贵之物，并认为它很特别的样子，让我对于蒂和我最终选择彼此感到庆幸。它也让我生出一种想要和她一直携手走下去的信心和勇气。

又过了一会儿，当账单送来时，我把自己的信用卡递给了苏瑞。

"你知道吗？当我在电话里听到你的声音，当你告诉我这件事情的时候，在你声音里，有一种真正的兴奋感，"塞维说，"我不是说，你已经完全接受了这桩婚姻大事，但是你实际上已经预备好了要去拥抱它。"

我忍住了想要反驳他见解的冲动，只是简单地点了点头："事实上，我知道那一定会发生的。"

"那么，你对此有什么感受呢？"

我耸耸肩："还好吧。"

"认真一点，我们重来一次。你对它到底有什么感受？"

我又一次耸耸肩："我的意思是，我爱她。我也认为结婚是一件应该做的事情，也算是一件好事吧。"

"但是？"

"并没有什么'但是'，我只是——"苏瑞拿着我的信用卡回来，我用她递过来的笔在账单上签了名字，那根笔上有"大男孩保释担保公司——巴尔的摩地区有三间办公室"这样的字样。

"噢，蟹黄糕滋味如何啊？"我问塞维。

"真让人失望。"

"太晚了,我已经多付了她小费。"

从杜达出来再沿着街道向下走,我们碰见一个身穿彩格呢衬衫、戴着眼镜的男人,一丛不驯服的灰色毛发在微风里飘动着。他站在一台蓝色的大型望远镜旁,望远镜向上指向着夜空。

"过来看一眼吧,伙计们。"男人招徕着我们。

"你在看什么呢?"塞维问。

"现在嘛,在看土星。"

我从那台8英寸的施密特-卡塞格伦反射式望远镜里向远处偷了一眼,里面真的看得见某个应该是土星的玩意儿,还有一圈光环绕着它。

赫尔曼·海恩已经在这个地点上站立了差不多有2255个夜晚了——"可能有一两夜之差吧,"他说着,更正着自己,"我第一次来到这里时,是1987年11月13日。"

我坚持着要问"为什么"这样一个明显的问题。赫尔曼是巴尔的摩本地人,就来自于向北几英里开外的韦弗利。他曾经是一个巴尔的摩港口隧道的混凝土检察员,前后也更换过几种职业,之后,他退了休,开始带着他的望远镜在街道的角落里闲逛。他的身旁是他的女朋友菲利斯。他们不久之前在星光下相遇,就在118个夜晚之前,从那时开始便彼此相依相伴。他们彼此温柔相待,在他们身上,洋溢着一种谦卑、惬意的氛围,似乎他们明白着一些塞维和我搞不懂的事情。我们在他的篮子里丢了一块钱,跨街而去。

塞维又转回到他前女友的话题。

"但是,塞维——到底是因为自尊心,还是自信受到了打击,或是你的心里真的受了伤?"

"我只是完全没有任何心理准备。"

"你这不算是回答了我的问题。"

他静默了一分钟:"有什么不同吗?"

"你知道,那并不是你最后的机会,更不是你最好的机会。"

"这个我可不能确定。"

"嘿,还是想一想赫尔曼和菲利斯吧,"我说。"其实,你只需要一台不错的望远镜便够了。"

巴尔的摩老球场

登山途中

黎明时分，就快要登上乞力马扎罗峰顶

到达乞力马扎罗峰顶！

我们逛过一幢大楼，门口挂着一块自我庆祝的匾额，宣告就在这幢大楼里，创造了电视节目《杀人犯》开播的历史记录。

"我母亲在她还是个十几岁的青少年时，曾在这里表演过牵线木偶的节目。"塞维告诉我。

沿着街向上走，烘焙面包的那种令人快慰的香味越来越浓郁。在一扇开启着的后门处，我们看见一个孤零零的男人，腰间系着白色围裙，戴着帽子，在厨房里烘焙着波拿巴面包。在码头边，"多米诺糖业"的霓虹招牌在港口的另一侧闪烁着。我们漫无目的地随意走着，很久才开腔说上一句话。

晚些时候，我跟蒂通了电话。

"我需要你的名单，我们需要把这些邀请函寄出去。"

"好吧，我们会有多少人来参加？你必须做个决定。"我说。

"我家里至少就有一百五十个人，还没说到朋友呢。"

"我以为你那边只会来八九十个人呢。"

"我怎么能不邀请我的堂表兄弟姐妹们呢？但是我想也许可以……"

这样的对话持续了一会儿，讨论的只是些不同的排列组合和可能性罢了。蒂同意，也许邀请所有堂表亲来太多了一些；也许我们可以将人数控制在两轮的延伸家庭中。但是若那样，她又该如何去面对在考尔克的那些亲戚们？他们曾经邀请她去参加过一次洗礼仪式。

最终还是我让步了："我的意思是，这些对话荒谬得很，因为你知道你还是会绕回到最初的主意上去，因为那是你所能做的所有事，也就是你为什么在一开始就已经这么提出来了。"

"你指的是什么？"

"邀请每一个人来。就这么办吧，但愿一切问题都能解决。"

"哦，谢谢你，宝贝！"

"那么，我们还会一起去莫桑比克吗？"我在那里安排了一项可能的写作任务，我们谈论它的次数已经是有关蜜月的两倍多了。

"那么，怎么对付疟疾呢？"

"我不知道，"我回答她，"我的意思是，他们就是有疟疾，我们只要吃些阿托喹酮和盐酸氯胍片就行。"

"我不会吃那种毒药的，你也不应该吃。"

"可是，它比其他选择更好。"

"还有什么选择呢？"

"死掉。"

"我们去吧，"她说，"反正就是场冒险。"

"那就这么定了。太神奇了，总算决定了一件事情。"

"哦，你给我闭嘴吧，我们会有一个大型的婚礼。你会邀请你的汉克舅舅来吗？"

"我先要上床睡觉。"

"我们其实是在同一个时区里，不是吗？真是太奇怪了。"

美国最棒的城市

我正坐在我们旅馆对面的长椅上等着塞维。"巴尔的摩：美国最棒的城市"以大写的粗体字字样刻印在长椅的背面上，旁边还小心地放了一只保罗·马松白兰地酒的空酒瓶。此时是早上的8点39分，温度已经升到了90多度，天气闷热。我给蒂送了一条简讯："我错过向你问安的时间了吗？[1]"疑惑着，她是否已经离开了家里。

塞维从旅馆中走出来，我们一起穿过广场走去吉米的小饭店。我们在贴着福米卡塑料贴面的柜台旁找了一个座位。"在我还是个孩子时，我家人常在礼拜天的一大早来这里。"他一边说着，一边环视宽大、发着荧光的房间。一位女服务生隔着柜台悄悄地用两个塑料杯装了两杯水递给我们。

"两杯咖啡吗？"她询问着，已经转过身要去拿咖啡壶了。

"我要一杯茶吧。"我在她身后打着招呼。

女服务生停下来，转过身，给了我一个长时间的笑容："当然可以，甜心。"

塞维找准时机插进嘴来："你最近在任何一趟旅途中碰到过什么漂亮女人吗？"

"没有啊。"

"真的吗？"

为了满足他猎奇的需要，我告诉了他有关霍莉的事情。她是我去奥萨时碰到的一个女人，在雨林的深处经营着一家遥远的旅舍。我描述着她金色的头发、她的蓝色衣裙以及她对于自己美貌的清楚了解。

---

[1] 原文为Did I miss you? 可以理解成错过或者想念，蒂的回复显示出她理解主人公是否想她。——编者注

"那么，事情最后是怎么收场的呢？"

"连开场都没有。"

"有一条规矩，你知道的，是密西西比的规矩。只要过了密西西比河的界限，任何事情都不算数的。"他说。

"你别混蛋了。"

"我只是瞎说说。"

"是啊，你最好是瞎说。我怎么可能刚刚跟别人发生过关系，马上就收到心爱的未婚妻发来的短信，还问我'你享受它吗'？"

"我害怕的是，你会带着一些什么东西回家。"塞维说。

"我不能再跟你聊这个了。"这时，我的电话响了起来；那是蒂回复我在等候塞维时间她问题的一封短信，询问我是否错过了她。蒂的短信写着："我不知道，你说呢？"

我们向着市中心内港的方向前进。

"在我还小的时候，我找不到任何人带我一起去市中心，"塞维说，"现在，在我的侄子和外甥一辈里，没有人想去其他地方。"

巴尔的摩口岸是于1709年在刺槐岬一带创立起来的，目的是为了支援当时的烟草贸易。作为西部印第安人糖业制造殖民地的一块粮仓，它成长得很快，在殖民时代里具有非凡的重要影响力。巴尔的摩在美国内战期间曾爆发过骚乱，1904年还生了一场大火。在马丁·路德·金被暗杀后，这里又爆发了骚乱。1970年代，巴尔的摩更是面临了艰难的岁月。港口地区遍布着被弃置的仓库和乌烟瘴气的酒吧。但是当我们沿着红砖砌成的港湾步行大道漫步，当我们在晨间的阳光中沁出汗珠，当我们与那些簇拥着去水族馆、餐厅和购物商厦的年轻家庭交错而过时，这一切故事都已经成了过去。那么多有关巴尔的摩的生活片段都发生在了码头边，成群结队的旅行者们再也看不见曾有的痕迹。

回到老友成长的地方

我们向着内陆的方向走了几条街，路过了富有传奇色彩的棒球好手贝比·鲁斯出生时的故居。我的前妻第一个向我介绍这种"仿佛是微型博物馆一般"的故居。我们那时在瑞典的斯德哥尔摩，她拉着我去看了奥古斯特·斯特林堡生活过的公寓。我唯恐是沉闷、枯燥的那一个小时的参观却被证明是一趟走进作家内在生命的迷人之旅。他的桌椅，他的笔、笔记本和信件，他的眼镜和手杖，所有他生活中的遗物，都被证明是迷人的。我从此开始四处寻找"家居博物馆"。班比诺（即鲁斯）的家在埃默里街上，那是一条狭窄的、排列着红砖房的小街，紧靠着有6条车道的马丁·路德·金大道上那令人心脏悸动的交通繁忙地带——去卡姆登工区棒球场也只有两分钟的行走路程。

走进楼去，一位老人从柜台后立起身来欢迎我们。

"先生们，"他打着招呼，"欢迎你们。"我们是仅有的来访者，而主人渴望着有访问者前来作伴。我离开塞维，和老人单独聊了几句后便走了进去。

制服、球棒甚至洋基队运动场包厢席位里的一张木椅都陈列在这里，还有一段从前的电视传记节目的视频在循环播放，主持人还是非常年轻的迈克·华莱士，叙说着有关贝比那令人难以置信的生活中的所有一切。然而，还是有一些东西被"遗忘"了；博物馆里几乎全是重要的记事。找不到几样个人的东西，来为这个曾被父母遗弃却成长为民族英雄的孤寂孩子留下一些注解。我在寻找着一些东西，也许这是我为什么在此时转向塞维——"我们去你家吧。"我告诉他。

"啊？"

"我们去看看你成长的地方吧。你离开那里多久了？"

"去我长大的房子吗？呃，我也不记得有多久了。大概，有三十年了吧？"

"离这里有多远？"

塞维耸了耸肩："也就十五分钟的车程吧。"

"你在一个十五分钟车程之外的地方长大，却三十年不曾回去过？"

"当我们搬走了，就是搬走了。"

"你搬去的地方又离开多远呢？"

"再走20分钟吧。"

"我们现在就去。"

塞维还是踌躇着。

"为什么去一趟就像是拔牙一般？走吧走吧。再走下去，天气要热死人了。我们拦一辆出租车去吧。"

我们搭的那辆出租车的空调坏了，后窗也摇不下来。我们只在司机开出一条街后便换了车，弄得他很沮丧。下一辆车子里很凉爽，司机是一个来自尼日利亚的、很随和的年轻人，名字叫做保罗。他的收音机里飘来轻柔的音乐声。我们向西而去。

从市中心开出仅仅十五分钟后，便出现了一系列小型、独立、看上去一模一样的砖房，铝制天篷，草皮狭小且配着围栏。就像多数美国城市一样，今天的巴尔的摩是1950年代里郊区城市化的自然结果。塞维的父母是大批离开内陆城市迁移这里的移民之一，塞维的母亲甚至迁徙得更远。

"那里是圣博纳旺蒂尔教堂，"在我们路过一座黄砖教堂时，他对我们介绍。"我曾经是那里的祭坛侍童。向左转。"

保罗穿过一片停车场。"现在向哪里走？"他问着。

我们转向右边，是一片在我们身旁开放着的球场。"我就在那里挥出自己的第一记本垒打。"塞维指向前方。"我记得好清楚，就像是昨天刚发生过的事情一样。"我们继续向前行驶。塞维从座位上向前探出身去，眯着眼从前车窗向外张望着寻找他的青少年时代。"下一个路口请向左转，我的朋友。"塞维柔声说道。

保罗放慢了速度，慢悠悠地开上诺尔伍德车道。这里不再有独栋的家庭房，却有一排两层楼的公寓沿着路左边一字排开，与一个公园遥相对望。

"再向前开一点点。"塞维指引着他。我们轻轻滑过街道。"就是这儿了。"我们在4105的号码牌前停下了车。它比我预想中的要简陋许多。

我们要保罗在这里等着我们。

"你们慢慢来吧。"他慢条斯理地说，摇下车窗，将手肘靠在窗前，看着我们走远。

一段短小、陡峭的斜坡通向公寓楼房的铁皮外门。塞维在上坡的半路中停了下来。"我就是在这里击倒我兄弟的。"他上前去猛拉铁门，门开了。上了一层台阶后，塞维站在一扇标着"1号"门牌的红色门前。他的脸上洋溢着一种有些滑稽的表情。他想要走进去，或者敲敲门，反正是想做一些什么事，但是，他最终却只是耸了耸肩膀。

"我总是觉得很丢脸——我所有的朋友们都住在独门独户的宅院里，我们却住在公寓中。"此刻，我能再次感受到他的羞辱感。

我想要转身离开。"站在门口，我来帮你拍张照片。"但我说出口的，却是这样的话。

"好吧。"他答应了，一连傻笑随即堆上了脸庞。他看起来稀里糊涂、笨手笨脚的，一副我从未看过的样子。他看上去有一种确定无疑的脆弱感。

"好极了。"我说话的同时按下了快门。

贴心的理解

　　虽然塞维现在定居在了丹佛，他的公司却请他考虑重新搬回东岸。他决定趁着我们在这儿的时候，看几间公寓。我们折回城里，保罗在送我们到一座平平常常的玻璃楼前时，坚持要跟我们握一握手。我们事先并没有预约。两个人就这么走了进去，但是一位在现场的中介却只想急着来帮我们。大楼和里面的公寓房簇新，呈几何图形排列，并且没有任何历史感，和那个我们刚刚去过的、破旧却充满了回忆的门厅相比，感觉是如此奇怪，我们两人都难为情地无语而去。看过第三间公寓后，塞维说话了："我不想找地方了，我只想离开丹佛，继续四处漂泊。"

　　我从塞维的话音中听出的是一种无常的感觉，我知道，他对别人的吸引力——在很大程度上正是要归因于他没有一个家庭。那是我懂的一种伤感，很容易会被人错以为是我自己的流浪癖，但是驱策我不断去旅行的，却是一种差不多是完全相反的力量。无常和稍纵即逝不是我渴望的东西，从来就不曾是过。我旅行是为了感受到活在自己心里的家中。这是一种悖论，却帮助我在我熟悉的环境中营造出那样的感觉——我想要得到一种在任何地方都像是"在家"的感觉。这和塞维所渴望的短暂和易变基本上是相反的概念。

　　"我们去水上转转吧。"塞维建议。

　　我们不再四处找公寓了，跳上第一辆停靠在菲尔斯角的水上出租车，那是往麦克亨利堡去的。那片古老的军事基地在1812年的战役中出了名，战事结束后，看着仍在风中飞舞飘扬的美国国旗，弗朗西斯·斯考特基写下了《星条旗永不落》，并且配上了一首古老的英国酒歌的曲调。整座堡垒和互动式的展示都是为这首歌设计的，甚至包括了一部意图在激发起爱国热情和让人热泪盈眶的电影短片。在影片的高潮处，银幕放下，透过后面的玻璃墙，我们能看到一面真的在猎猎飘扬的旗帜，飘扬在自由的土地上。

灯光亮起时，观众们似乎被沙文主义武装侵略弄得更糊涂了，倒并未被所谓的爱国情操所感染。我发现塞维斜靠在墙上，不断摇着头。

"爱国主义什么时候变得如此富于侵略和挑衅性？"他问。

"'9·11'事件后吧。"我咕哝着回应他。

我们在码头上等着回程的船，风从水上出租车的弧线里吹向我们。

"要去哪里呢，导游先生？"我问我的朋友。

"我们去弗农山吧。"

在巴尔的摩崛起时，弗农山曾是出身于名门望族的上流人士和工业之都的家园，这里满是巨大的19世纪的大理石房屋，熠熠光辉从国家的第一座纪念碑闪耀到第一位总统。在内港被疏浚一新、将水中的生命重新吸纳回它们的家园之前，它曾是城市的枢纽。在比德尔和莫顿的角落，塞维的足迹停顿了下来。

"我在这里买下自己的第一部车，就在这个角落里。"他说着，"我那会儿正在跟一个姑娘约会。当我走近时，她父亲在窗上挂出了一块'待售'的牌子——是一辆雪佛莱的老爷车。"

我们继续向前走。或许是因为午后令人窒息的闷热，这里的街道上一片干枯，毫无生命的迹象。我看到一座美轮美奂的建筑。

"那是什么？"

"好主意。"塞维说着，我们穿过了一座古老的观景旅馆的旋转门，直走向门廊背侧的夜间酒吧里。这里也没有太多的生物，但至少是凉爽的。在污痕斑斑的玻璃窗、红色的地板瓷砖、附着一面斜边镜子的笨重木制吧台间，"猫头鹰"弥漫着一种1920年代非法经营的酒吧间的舒适感觉。"对我来说，这才是老式的巴尔的摩应该有的感觉。"塞维说着，四下环顾着荒芜的房间。

在吧台上高高栖息着的，是一只猫头鹰的复制品。传说中，每当全场尽情畅饮又没有警察来找麻烦时，猫头鹰的眼睛会眨动着向人示意；如果鸟的注视一动也不动

Baltimore

时，就表示麻烦正在靠近，一切尽在不言之中。几面斑痕累累的玻璃窗上所蚀刻的猫头鹰侧旁，都有一首孩子们的童谣。

> 橡树上停着一只聪明的猫头鹰。
> 它看得越多，也就说得越少。
> 它说得越少，也就听得越多，
> 为什么我们不能像这只聪明的老鸟？

我常常以为塞维将老猫头鹰的智慧应用在我和蒂的关系之上。他从一开始就在旁观着我们。在我第一次和蒂在戈尔韦的旅馆大厅短暂邂逅之后，在我们随后交换了电子邮件之后，塞维于几个月之后和我们在一起时，亲眼目睹了我们从一个小时随意的咖啡交谈衍变成了整整四天的浓情蜜意。

"真是进展神速啊，"这是我们单独在我的房间里时塞维对我说的唯一一句话，走廊对面便是蒂入住的房间，"你知道自己在做些什么吗？"

我也不知道自己在做些什么，或是我要将自己带到一种什么样的处境中。"好了好了，"我虚张声势，"你就别担心了。"

在接下来令人头晕眼花的四天时间里，我们三个人横穿了爱尔兰的西部，塞维一直在我们中间扮演着监护人的角色。他和蒂一拍即合，两人像是兄妹一般地吵闹逗趣。本来有可能存在着的一种笨拙的三角关系，很快便演变为一场玩笑一般的三部曲。

"你在乎事实，"蒂对塞维总结过他们的关系，"我在乎感觉。"

等她最终登上火车返回都柏林后，我独自一人沿着雾霭重重和寒风萧萧的拉辛奇海滩躅躅独行了好几个小时，想要弄明白这几天内发生的事情对我一生中剩下的日子会产生什么样的影响。塞维几乎没有说过什么话。在我带着确信向他解释我人生的道路如何在此转了一个弯，而我又必须跟随它的带领时，他只是静静地听着。他温和地发出疑问，在我回到纽约后，这一切将对我的生活产生一种什么样的影响。其他的朋友或许会强烈地建议我转身而去——带着我因为着迷而被冲昏了的头脑，赶快回家去，然后让一切烟消云散。那可能会是一种谨慎的忠告；但是他并没有这么说。当他在我和蒂的关系中看到他自己过去经历的一些影子时，塞维只是单纯地站在我的一边，说一句："当心点，我的朋友。"

不用我解释什么，就有人能理解我的追求，这对我来说真是宝贵无价，特别是在我的生活乱成一团又再次慢慢走回正轨的时期。

观看棒球比赛

当布格·鲍威尔，一个我从少年时代起就一直记得的棒球强击手，在晚上7点01分投出礼仪性的第一球时，气温是华氏104度，空气中的湿度停滞在了94%这个指标。因为"黄鹂鸟"表现欠佳——正如同他们永远都是这样的——入场券几乎是唾手可得。我们只是在卡姆登工区棒球场的正门口站了一会儿，人们便纷纷向我们兜售起他们多余的座位来。体育场是以再度流行起来的棒球场样式建起的，在1992年建成时，算是开创了一种流行的趋势，也在巴尔的摩的复兴中打了先锋。我一直想要看看它。

一个瘦巴巴的、头发鲜红的家伙向我们保证，他票上的席位正巧在选手休息处的后面，并且能以低于票面的价格卖给我们。在场外的街道上临时买票是我过去常常做的事情。琢磨票贩子的话中话、推敲他是不是在敲竹杠，算得上是一种艺术，但是这是在巴尔的摩举行的"黄鹂鸟"比赛，不是在新泽西的布鲁斯·史普林斯汀音乐会，被人宰上一刀的紧迫感和可能性都是微乎其微的。但我还是让到了一边，让塞维去应付他。

"成交吧，塞维。他们识相些。"

他们的确是够识相的。事实上，这些票几乎是体育场中最好的席位了，前排，正好在球员休息室的后侧——就像他们承诺的那样。

"谁会想得到，有人居然讲了真话。"

"这是巴尔的摩，伙计。"塞维回我的话。

一个小贩沿着走道走来，大声叫卖着："卖冰水啦。还有好滋味的啤酒！"他的脸上全是汗珠。

头几个回合几乎没有什么大动作。无论是"黄鹂鸟"，还是"天使"，都没有一个人在本垒上。比赛的正常节奏——练习投掷、暖身摆动以及传递信号等——都有了。从我们四周稀稀落落的观众席上，不时传来一些三心二意的加油声："我们下一次一定会得分的，J·J。""挥棒出击呀，伙计。"在一个号称是第三击的动作后，传来了看棒球的人最爱说的话："臭狗屎！"回声在球场上空回荡不绝。我已经几年不曾看过棒球比赛了，虽然我从未驻足过卡姆登工区棒球场，我在这里却觉得非常舒服自在，感觉就像在家里的起居室里一样。

当我的兄弟们和我都还是孩子的时候，我父亲偶尔会带我们去洋基球场，那可真算是我儿时最钟爱的回忆了——即使在当年，我都觉得那就应该是童年的样子。我还记得，虽然自己只是个小男孩，我却坐在一个巨大的石墩后面，我父亲高喊："快看，那是米奇·曼托！他是最棒的棒球员，今天将是你最后一次看他比赛了。"我便将身体尽可能地向前倾着去张望。我看到远处的一个渺小身影因为三击不中而出了局，跛着脚走回了球员休息处。还有一次，我们赶到波士顿的芬威球场。我们坐在离右侧区域很远的地方，除了二垒手之外，我几乎看不到其他一个名人。当一个跑得飞快的进攻球员终于跑回本垒，我一直在抱怨着什么也没看到。我父亲说："眼睛盯住第二回合吧，他就要出奇制胜了。"当他真的做到了时，我的眼睛正好盯在他的身上。我觉得我父亲真是懂得所有该知道的事。

同样是我父亲，在波士顿比赛的几年后，带着我的小常春藤伙伴和我来到洋基球场。在我们搬到几个镇以外的地方后，我不能常常见到我的朋友了，当我母亲建议我邀请他一起去看比赛时，我真是兴奋极了。我父亲那时刚买了一辆二手的、破旧不堪的"捷豹"跑车，里面除了后排的一个小型折叠式座位之外，只容得下两个人同坐。我父亲坚持要开着它去布朗克斯。我让我的朋友坐在前排，自己挤在后面；即便如此，当我们一出了门，兴致便高得不得了。

在行驶过曼哈顿上城的哈莱姆区时，"捷豹"因为温度过高而抛了锚。这种事情并非少见，这部老爷车一直不断地出现问题。但那是1970年代，当年的哈莱姆和现在相比，还是个迥然不同的地区。我父亲的神经很快就绷紧了起来。一个男人走近我们想要帮忙，他建议说："如果换作是我，我不会把这部车子丢在这里的。"我们四下寻找着附近的加油站。我的朋友提议去给他父亲打电话，也许他父亲可以过来帮忙。就在那当下，我父亲满面怒容地喝止了他，既突然又暴烈。我的朋友被吓呆了，我能看到他强忍下泪水。我颜面尽失，而我父亲却忙着带我们赶快离开那里。我们没能赶上那场球赛，我也再没见过我那位朋友。这件事在我十来岁的年纪里留下的羞耻感是如此深刻。

★　★　★

在第五局的最后，"黄鹂鸟"终于打破没有击球的记录，寥寥无几的观众终于有了一些可供欢呼的谈资。棒球比赛按它自己的计时方式和步调进行，不受任何时间限制，让这项比赛在当今追求"多任务同时处理"的世界中变得愈加迷人。漫谈的对话也是和比赛本身同样有趣的一个部分。我们的闲聊从棒球的头盔和松香袋一直到几年前在戈尔韦住过的那间旅馆，再到帕蒂·史密斯和约翰·麦肯罗，又聊到几天前刚在阿富汗被杀害的两名海军陆战队士兵。

一个臭球被高高地击向空中，转移了我们的话题。我们立起身来。在它开始落下时，像是直挺挺地朝着我们的方向而来，我甚至能看见旋转球边的饰带。在它落入我们后两排时，我才松了一口气——我可不想我的手因为要去接住球而受伤，而我知道，如果球落在身边，我一定会试着这么去做。

到了第七个回合时，"天使"已经在两轮中得分，"黄鹂鸟"在第八回合中扳回了一分。带着一点点耍赖的意思，一个跑垒手多跑了一垒，利用了比赛中本来就是难以界定的规则。

"看人跑垒跑得巧妙时，总会联想到一些事情。"我对塞维发着评论。

"你对别人擅长做什么事情总是有一种敏锐的本能。"我的朋友说。

我转向了他。塞维的身上有一种优点，他有一种出自洞察力而非来自个人成见的恭维或批判别人的本事，就像他总是会谈论一些其实值得被注意的简单事实。在做这些事情的时候，他能把讨论提高到一个更有意义的高度，而不仅仅是一种表面性的观察。

"我有吗？"

194　The longest way home

"你有，"他说，"并且，你知道你能够相信这种本能。"

"是哪一种呢？相信我的本能，还是相信某个人会做得很好？"

"两种都有。"塞维静默了一会儿，接着又说了下去，"我从未听你说过你要成为一个走遍全世界的旅行家。"这是一个奇怪的话题转移，我不确定该怎么接下去。"那并不意味着你自觉地开始旅行以学习如何相信别人，但我觉得，你想要相信人家，但在本性上，你又做不到。在你的旅行中，你要学着去相信自己，如果你能相信自己，你也就能相信别人。你带着你儿子去撒哈拉，因为在那种情形中，你知道你能相信自己。你需要了解到这一点。如果你能相信那里的人，你儿子的性命就……"

"天使"发起了攻击，很快就攻下了一个全垒打，塞维继续着他的话题："这就是你和能跟你结婚的人走入婚姻的好处。她能认可和接纳人性；你则是刚好相反。你要学会你不得不学的事情，你必须要走出去和人打交道。我知道，对你而言，那不是一件容易做的事情。那是对你很困难的事，但是旅行却帮助你慢慢地做到了。"

我点点头，将这番话记在了心里。"天使"的弗农·威尔斯走到本垒，挥出了第一棒，将球击到了大满贯的定点。本来就已经渐渐稀少的观众全都慢慢地移向出口处。

我们和少数几个死忠球迷一起，坚持到最终分数报出之后才离开。等我们走出球场到了街道上时，球场附近的地区已经看不到什么人迹了。

几条街之外，我们发现一群人正向着内港走去。水边长长的人行走道上，居然挤满了家庭、伴侣和一窝蜂似的青少年们。一只乐队正在临时搭起的舞台上表演着，码头餐厅的平台上被挤得水泄不通。修建于1854年的、美国内战年代至今仅剩的大船"星座号"，抛锚在码头边，它高大的、纹丝不动的桅杆和船帆停滞在沉重的空气中。

"我们别在这儿待着，行吗？"我问。

一辆水上出租车正要开走。

"你要去哪个方向呀？"塞维向正在解开船绳的老人打着招呼。

"坎顿。"老人大叫着回答。

塞维转过来向我："我们去看看我妹妹是不是在那儿。"

"我们一定要去吗？"

"你想要试着做一个彻头彻尾的混蛋吗？"

我们爬上船去。

Baltimore 195

"现身"需要勇气

离开了活力四射的一群人,我们路过水族馆和一个原先的发电厂,到了"硬摇滚"餐厅,在马达的轧轧声中又驶过了第五码头和七英尺圆丘灯塔。在围绕着红色建筑的锻铁阳台上,唯一一对情侣正在闷热的夜晚里起舞。我想起最近和蒂的一次对话——就在我们一起准备晚餐的时候。

"我就是不能确定,同乐会(注:爱尔兰方言中的歌舞谈话类非正式聚会)应该是安排在婚礼前的礼拜六晚上,还是等到礼拜天婚礼之后?"她说。

"你说什么?"

"你是指同乐会吗?"

"我们要跳爱尔兰舞吗?"

"你不会觉得,我没有跳过舞就算把婚结完了,是不是?"

我从料理台上的碗里拿出一只洋葱,开始削起来。

"你能不能把羊乳酪拿出来,再把橄榄油递给我?"

我差不多要钻进冰箱里了,找出蒂要的乳酪递给她,又伸手去抓一瓶油。"这个同乐会会在哪里举行呢?"

"这也是我们要决定的事情。我们可以在我父母家附近的饭店里举行,或者干脆就在他们的后院里,但是如果他们在礼拜六晚上要招待晚餐,那对他们来说,再弄一个同乐会就太多了,特别是再将两件事排在同一个晚上的话。"

我停下手中的活计。"你父母要招待晚餐?招待谁呀?"

"招待要来的所有人呀。你会切完那颗洋葱吗,亲爱的?"

"所有人?你父母的起居室里怎么能装得下所有人?"

"好吧,也不是所有人,就是会来都柏林的亲戚们吧。你别指望我父母对他们的兄弟姐妹们什么事也不做。要来的美国人,我们也需要为他们的周末做一些安排。我们不能只是在礼拜五在'舒尔本'给他们安排一个'欢迎到来'的鸡尾酒会,再对他们说一句'礼拜天早上见'就算了。他们远道而来,我们需要……"

"喔喔——喔,我们要在舒尔本饭店为他们安排'欢迎到来'的鸡尾酒会?我们什么时候决定这件事情了?"

"的确没有做过什么决定,这都是我们需要去做的事情。我一直在跟妈和爸谈这些事。现在,爸坚持他要为全家准备晚餐,所以这件事就定了。假如你不想那么做,你自己去打电话给他吧。但是,他已经在准备菜单了,他一定会做的。"

"但是,如果他在礼拜六要招待晚餐,那么,同乐会也只能安排在礼拜天了。"

"好极了。我也是这么想的。"

"等一下。那个野餐的主意现在这么样了?"

"我们也会安排的。"

"但是……"

"我需要那颗洋葱,亲爱的。你还会削下去吗?"

"就在这儿,还是你来削吧,趁我还没有哭出来。"

水上出租车将我们丢在坎顿码头公园。塞维的妹妹就住在水边的山丘上。这里曾经是被围着护窗的罐头工厂抛弃的一片旧街坊,城市的这一角已经变成爱赶时髦的人热衷居住的地区之一,拥有着一片嘈杂的酒吧和餐馆的景象。塞维的妹妹出门去了,我们再向前走了两条街到奥唐纳广场,一片狭窄的绿地连起了一头的弥赛亚路德教堂和另一头的消防站。

"我曾经常常来这里打篮球。"塞维说。我们绕着广场走了一圈,向几间拥挤不堪的酒吧间里张望着,想看看他的妹妹是不是在其中。我们走过一间前店后坊的商店,看上去更像是一个大学生住的起居室。折叠式的玻璃镶嵌的前门向着沉重的夜色洞开着,中东式的电声音乐发出刺耳的声响。暴露在外的砖墙下排列着沙发,在昏暗的灯光下,矮桌七零八落地摆放着。一张玛丽莲·梦露的招贴画挂在另一张"曼彻斯特足球联盟俱乐部"的广告旁。屋内已经没有人迹了,只有一个年轻的伙计坐在里面的柜台后那一片阴影之中。

"这家小酒馆叫什么名字,塞维?"

"以前从未见过。"

当我们跨进门槛时,年轻伙计一下子跳了起来。"欢迎!"他带着浓重的口音开腔招呼我们。他有着一身深橄榄的肤色,留着一头乌黑发亮的头发。

"嗨,这里是什么地方?"我问——问出来的口气却比我想要表达的更糟糕些。

"这里是我的地方,阿努比斯水烟袋馆。你有没有吸过水烟袋?"

"在卡塔尔吸过,哥们儿。"

"那就请吧,"我们的年轻主人招呼着,张开了双臂,"请坐。非常欢迎你们来到这里。"

我们在前排的沙发上坐下,望出去正好可以从道奇载货车的车厢盖后看到排列在广场上的树丛和突然间低垂下来的深夜里的天空。

我们的主人是一个叫做卡里姆·卡麦尔的埃及人,几年前来到美国,最近刚刚开了这家水烟袋馆。卡里姆向我们介绍了可供选择的十几种不同味道的烟膏。

"你们来得正是时候。等酒吧关门了,我们这里就会挤满了人。"

我被他用浓重的埃及口音说出的美国俚语给逗乐了。

"你在笑什么呀?"卡里姆问。

"我不是在嘲笑你,"我反驳了他的说法,"你说得很棒。我就要芒果风味的吧。"

"我要苹果风味的。"塞维说。卡里姆走去一边忙开了。开始起了风,从户外的树丛间猛烈地吹过来,之后我们又听到远远传来的雷鸣声。"要是在二十年前,这里绝对不可能会有这种地方。"塞维说。

在我们抽起了水烟后,塞维向后靠着身子,闭上了眼睛。我们在心满意足中抽了一会儿。此刻,猛烈的风刮了进来吹向我们,它吹散了热空气,雷声听起来也更近了。那时分,仿佛我们正讲话讲了一半,塞维又开了腔:"我猜她父母一定非常高兴。"几年前,塞维曾在都柏林和我们一起过圣诞节,蒂的父母,特别是母亲,为他的魅力所沉醉。

"哦,当然是啦。"

"所以，我知道你并不完全确定有谁会来。"他说得很小心谨慎，"婚礼弄得怎么样了？都预备好了吗？"

"什么都没有预备好呢。"

"你什么意思？"

"是啊，就是这样，就是我所说的这样。"

"噢，好吧。我肯定那将是非常完美、精彩的一天。"

"什么决定都没做呢。主意倒是有一大堆，包括同乐会什么的，但是没有一件事情定了案。"

"跳爱尔兰舞？太棒了。"

"假如真的有，都会安排在前一天吧。"

也许这就是他们开了那么多年旅馆的结果，蒂的父母在危机处理上的操作，和他们处理日常程序有着一样的模式。这也是他们传给他们女儿的一种本能。蒂在最后一分钟里从混乱中变出魔术般惊喜的本事，令人既印象深刻又生气恼火。

"我很高兴是在爱尔兰办这些事，我只需要去露脸就行了。"我说。

塞维的音调由一点点的小心谨慎变回了他惯常的就事论事。"哥儿们，你从来就不会只是露个脸。"他的意思是，我总是会对于我生命中所发生的一切以及如何发生有许多要说的话。接着，塞维盯着我看了一会儿，一边吸着他的水烟管。

"怎么啦？"我问。

"我告诉你一些事情，我的朋友。"他吸了一大口苹果味道的水烟，接着慢条斯理地说："你能做的最好的事情就是现身。"

塞维确实道出了个中关键。

又一次，他从眼前话题中抽取出更多的意义。我的犹豫，我依旧缠绕不休的重重矛盾，全都围绕着这个话题打转。我能现身吗？不是字面上的意思——在应该现身的日子里，我当然会在那里。那不是问题，也从来都不曾是过。但是，我是否能够带着自己的全副身心，来投入这一场婚姻之中？我是不是能够坚强，来成为自己一直想要作的那种人，那一种在某些特定时刻中我觉得自己正是如此的人？当对自我的投入让位于在别人身上的投入，当责任取替了羞耻感，幽默化解了紧张，不让畏缩害怕的自我中心去占据生命的主导位置，我是否愿意以这样的方式过活？我是否能够对自己的孩子们存着足够的耐心，鼓励他们走进世界同时顾好身后的所有事情，让他们能因此带着充分的安全感和自信心向着更宏大的目标迈进，知道就算跌落时也会有人接得住他们？对此，我愿意激发出自己的兴趣吗？

婚姻所意味着的，是不是一种让我们可以成为更好的自己的承诺？是不是在日复一日的常态中，不断在成长中迈向理想的一种誓约？当我败退时，能够再次承诺，接纳那份失败，却又不被它圈囿包围，只是越过它，向着更深的亲密关系不断迈进。这就是我这些年来一直担心、害怕的事情，担心、害怕于自己究竟能够投入多少。

突然之间，雷声轰鸣，大雨倾盆，雨点在屋外载货车的车盖上重重地弹起。我们看着人群在人行道上来来回回地奔跑，急匆匆地想要找到一个能遮风挡雨的地方。一天里积聚起来的所有压力被突然地、仁慈地全然释放了。气温明显地降落了下来，当云层从重负中挣脱出来时，空气中透出了令人欣悦的清爽凉意。

就大大方方地去"现身"吧。在一生中余下的每一个日子里，我都要去作一个最好的自己。这就是我所要承诺的。就那么简单。

7

|乞力马扎罗|

充满力量的男人

一座山峰永远都是男人内心的
挣扎和需要克服障碍的象征，
既是身体上的，
也是情绪上的。

去证明自己

你随便上网搜寻一下，便能找出几百条有关登山的格言，许多条都还带着深深的隐喻意味。从第一个登上珠穆朗玛峰峰顶的埃德蒙·希拉里爵士所喜爱的（"我们所征服的并不是高山，而是我们自己。"），到德国哲学家弗里德里克·尼采所钟情的（"在真理的山峰上攀行，你永远不会徒劳而返。"），甚至是悉奥多·盖泽尔（即瑟斯博士）所珍藏的（"今天就是你的日子！你的高山正在等待着你。所以……快快上路吧。"），这些格言都标志着一座山峰永远都是男人内心的挣扎和需要克服障碍的象征，既是身体上的，也是情绪上的。

论及这一段婚姻，我自己的挣扎也经历了漫长的时间，我内心的进程常是令人捉摸不定的，向前走上两步，就会再向后倒退一步——有时甚至更多。正如塞维尖锐地指出的那样，我需要能够"现身"。但是，总有一个缠绵、滞留的疑虑在我心里——那是一个我甚至都不可能跟他讨论到的疑虑——一种极易偏移方向、极易怪罪于周遭一切、或伴侣、或工作的疑虑，一种可以怪罪于任何事上却唯独不是它本身真实缘由的疑虑。这种再三、反复的唠叨和催促告诉我，我缺乏着一种内在的力量，婚姻需要它来推动和维系。也许，它来自于我在第一段婚姻上的失败，以及我没有能力去完全、彻底地面对它，那种挫败感至今依然在缠绕着我。也许，这种对于我自己能力的怀疑根植于在我非常年幼时和母亲之间过于亲密的关系；或者也来自于我当年还是一个男孩子时在体格上的瘦小；还有，它也可能是我较晚进入发育期的某种后果；也或者，它源自我从好莱坞换来的一种敏感心态，在某种程度上，好莱坞抑制和阻碍了我的成长；或者仅仅因为我不知道该怎样给车子的引擎更换机油——无论原因是什么，它就在那里，并且缠绵不去，而我，需要彻底地去克服它。

爬一座山并不能解决我所有的问题，但毫无疑问的，它需要我花上某种程度的精力，在身体和精神上都是，才能爬上顶峰。我需要测试我自己，证明我自己。我需要一种能够表明自己的成就，一种能够反映出我的能力和意愿去克服困难的信心。我需要一种东西，在我迎向那个重要的日子并且过好以后每一天时，将它牢牢把握在自己的手中。

乞力马扎罗山峰，高达19，336英尺，虽然比不上珠穆朗玛，它仍是非洲最高的山。我的行囊已经放在了门口，我在一大早就要出发。

在蒂和我吃过晚饭后回到家里时，帮着我们照顾孩子的我母亲，从起居室里迎了出来。她正在那里收看着电视新闻。

"你知道吗？利比亚有数以千计的难民正逃向坦桑尼亚。那里非常不太平，"她对我说，然后直奔主题，"如果你死了，你孩子们以后的日子永远不可能还会一样了。"

"实际上，妈，他们是逃向突尼斯，不是坦桑尼亚。但是谢谢你的关心，你的提醒非常有用。别想那些了，好吗？我帮你叫车。你穿了外套来吗？"

"没有，外面有100度呢。我没有带外套来。还有，为什么你的空调吹出的是热风？"

当我送我母亲搭上出租车离去折回家里时，蒂正在厨房里。那正等着我背起的行囊，加上我母亲刚才说过的话，引发了她的焦急感。和数月前相比，她变成了一个不同的人。

"你总是来来去去，走走回回，你根本就没有时间来爱我，"她脱口而出，"我们都没法在一起超过一个小时。我们从来就没能真正一起待上些时间。"我们其实刚刚吃完一顿长时间的浪漫晚餐回到家里，而这之前，花上了整个下午的时间待在一起。

"看起来，你似乎并没有那么喜欢我，你好像根本不想要跟我一起消磨时间吧。"我回她的话，试着想要挤出一些笑容来对付这情绪上的突然转变。

"说得很对。"她一笑也不笑地回我，然后，泪水夺眶而出。

我们来来去去地绕着圈子，最后，我承诺保证不会掉下山去，保证不会死在那里。就像她一贯表现的那样，当我能够明确点出影响着她情绪反应的症结时，蒂很快就会有相应的回应。她的情绪软化了下来。

"等我回来时，我们该去买戒指了。"我提醒她。

"我可不这么认为，亲爱的。"

"怎么啦？"

"对，我就不这么认为。"她又来了劲儿。

"没有戒指？"

"我并不是真的想要戴戒指；你反正也不想戴，是不是？虽然你戴起来很好看。"

"噢，那好吧，省了戒指。这很容易。"

"我在想，我们应该要绑上一个结。"她说。

"什么结？"

"那是异教徒的古老传统，反正是这么流传下来的。我们的手要绑在一起，然后，就会有一些事情发生，是一种祝福或是其他什么东西，我不记得到底是什么了。"

"当然行，听起来很不错。我们就绑上一个结吧，"我同意，"我们要想一下怎么来做这件事情。"

"是啊，是啊。"蒂打断了我很实际的关注。她已经跳到了下一个话题上，"我们应该准备一些什么音乐吗？"

"是啊，那会很有用，我猜。"

"别只会说'是啊，那会很有用'，似乎那是什么杂务琐事一般；我们正在谈论我们的婚礼。浪漫的感觉去了哪里？"

"我指的就是这个。音乐可以增加这种气氛。"

"爱尔兰风笛吹奏的曲子行吗？"

"真的要用这种曲子吗？"

"是啊，它们都是很美妙的。"

"听起来不会太刺耳吗？而且，你认识什么人可以吹奏爱尔兰风笛的吗？"

"我认识一位。虽然他是一个骗子，又是一个背叛者。"蒂说。

"不会是你的某一任前男友吧？"

"不，不是我前男友里的任何一个。还有，我哥会在烤肉扦子上烤一只全羊。"

"他真的会吗？"

Kilimanjaro 205

"是啊。"

"难道，他要在公园里挖一个洞，再在铁扦子上烤一只全羊吗？"我问。

"他自己不会，但是他会找别人来做这件事。"

"那么，我们需要另外申请许可证来做这件事吗？"

"我们没有任何许可证。"

"我们在公园里举行婚礼，难道不需要申请一张许可证吗？他们要是把我们一脚踢出去，该怎么办呀？"

"他们不会踢我们出去的，他们甚至都不会知道我们人在那里。"

"可是，至少会有几百个来宾呀。"

"你说得对，也许我们需要再烤一只全羊。他本来是要烤猪的，但我可不想让猪出现在自己的婚礼上。"

"我以为每个人都会带野餐的食物来，"我提醒她，"我们不需要去喂他们，记得吗？"

她继续着她的话，完全忽视了我的提醒："我不知道素食者们该怎么办。"

我打开冰箱，大口喝起葡萄柚汁来。"也许我终归还是会从山上掉下来的。"我忍不住了。

"你看，你连走都不应该走的，起码不该靠着自己那双膝盖，要是它在半路上出了问题该怎么办？他们会派直升机上去吗？"

"你别笑我了，我知道就连玛蒂娜·纳芙拉蒂洛娃最近都需要被人抬下乞力马扎罗。"

"她的状况还相当不错呢。"蒂警告我。

"就是说啊。"

"说真的，亲爱的，你已经一瘸一拐六个月了。到时候，你怎么在我们的婚礼上跳舞？你一定得跳的。"

我真的忽略了这第二个威胁，只专注在了第一个之上。"我去的是乞力马扎罗，不是K2。我会没事的。"

但是，我其实一点也没有把握，自己是不是会真的没事。在我拐着脚跨出每一步时，无法登顶的念头都在我的心思里占据着非常显著的位置。冬季里滑雪时——或者说得更直接一些，滑倒时，我的膝盖被撕裂了。我当时应该马上去看骨科医生，动一下手术，一切就都不会有大碍了，但我没有。取而代之的，我去找了个正骨大夫，先前的几年中，他帮我解决过其他的身体损伤。在两三个月中，他让我的膝盖有了不错的复原。但最后，他还是承认了："毫无疑问，你撕裂了膝关节半月板，也就是说，你的膝盖不可能完全复原了。"在很大程度上，膝盖的情形是好转了不少，只是，它不再和从前一样了。它已经不值得被信任了。

"但是很有趣，"我的正骨大夫说，"你就要准备结婚了，却偏偏伤了左膝盖。有些人可能会从膝盖联想到自我意识，再将它和承诺、关系这一类事情联系起来。"

"你想要说的是什么意思？难道我在个人关系上已经没了灵活性和力度了吗？"

"我只是点出其中的关联，有些人是这么说的。你自己去决定它意味着什么吧。"

自从我出了滑雪的意外之后，我已经爬过巴塔哥尼亚的冰原，穿行过哥斯达黎加的丛林，都没有出什么意外，但是不可能有办法预知我的膝盖能支撑到什么时候。就在几周之前，我和塞维去巴尔的摩时，还踩空了一级台阶，听到过去几个月来一直在改善的受伤部位发出"啵"的一声轻响。当看到我一瘸一拐地沿着一段斜坡向下走时，塞维问我："你到底怎么啦？我从来没见过你是这么走路的。如果你是一匹马的话，我会一枪毙了你。"

登山前的压力

"头痛是很正常的,排气、腹泻、恶心反胃都很正常,呕吐是普遍情形。肺部水肿会在短时间内发生,液体会在二十分钟之内积聚在你的肺部里。如果你不赶快下山的话,可能会死在那里。"

有人在一座花园里的非洲郁金香树下对着我和另外五个人说了这样一番话。花园在坦桑尼亚的阿鲁沙城外一座旅馆内,而这个人正是要负责将我们带上乞力马扎罗峰顶,并且还要将我们安全带下山来。他名叫扎道克·莫沙,三十三岁,有着一身棕色的皮肤和一颗圆圆的、剃光的脑袋。身为昌加部落的一员,他从小就在"白色山峦"的影子里长大,已经攀上峰顶多达161次。所以,我猜他应该知道自己在说些什么。

可是,我还是觉得他有些过分卖弄危险了。毕竟,已经有数以千计的人登上了乞力马扎罗的峰顶。我对于自己身体的机敏和灵活一直抱持着一种不去声张的自信,虽然乍看之下,这种特质并不明显——我常常接纳别人的一种立场,就是我并不清楚知道如何去做一些体力繁重的工作,只是视情形去应对,从电影中噱头百出的打斗场面到在白浪翻滚的河流中划皮划艇,我居然都能应付自如。但是,我这副要命的膝盖却令我担忧。而在这一点上,连扎道克也帮不了忙。他的态度是放手让人自己去应付——几乎有些不太友善的意思。在他掏出我们在登山过程中最不愿看到的祸患——他那用来测量脉搏和血液中氧气饱和度的仪器时,对我们而言,简直就有点轻蔑我们的意思了。

"你们需要将你们的血氧指数维持在90以上,但脉搏指数却又要低于它。"扎道克告诉我们，然后漫不经心地用一只黑色的小玩意儿夹住我的手指尾端，"我们来看看每个人的底线是怎么样的吧。"

我的血氧指数是99，脉搏是64。我带着超然事外的随便态度对扎道克报告了自己的数字，又将仪器传给我们组里唯一的女士。她是一位来自印度的神经外科医生，现在住在弗吉尼亚，大约是三十几将近四十岁的年纪，有一张宽大的、肉乎乎的脸盘，颊上还有一颗痣，留着一头长发。她的名字叫埃拉，安静地坐在那里一动也不动，直到扎道克从她的手指上取下仪器再传给组里最年轻的成员。那是一个体格纤弱、很能和人聊得起来的大学生，名叫提姆，是由一位经济上很富有的叔叔赞助旅费来这里的。然后是罗伯托和鲍勃，一对来自波多黎各的父子档，每个人也都带上血氧仪测了一分钟。最后，轮到了一位语调粗砺的贷款抵押经纪人，他是一个"三项铁人"运动员，名叫汉克；他的血氧指数刚好达到了100。在他测完之后，仪器又传回了我们的主人手里。

扎道克在旅游地图上向我们展示了上山的路途，但是图上的红线对我而言却并不意味着什么。整张地图所呈现的，仅是乞力马扎罗山座落于坦桑尼亚的中北部，距离肯尼亚的边境线已经不远了。看一看——如果不想尝试登上峰顶——坦桑尼亚其他一些"名胜"，譬如塞伦盖蒂和恩戈罗恩戈罗大圆坑的行程安排也都包括在内了。当我还是个孩子时，便注意到了乞力马扎罗峰。我的大哥曾经从学校带回一本书，那便是海明威著名的小说《乞力马扎罗的雪》。封面上画着的，正是这座著名的、覆盖着皑皑白雪的圆锥形山峰。

"它在哪里呀？"我问我哥。

"非洲。"他告诉我。

"我想要去那里。"我发出了声明。我不知道自己为什么会这样说，也不记得我哥是怎么回答的，但是这个念头自那时起就一直停驻在我心里了。年复一年，每次听到别人提起乞力马扎罗，我都知道，我总有一天会去那里——这是一个我从十岁开始就跟自己立下的约定。

会议结束，依照行程安排，会为我们安排一个欢迎晚宴，但在还没有人提及它时，我便独自溜到旅馆的餐厅里自己吃了起来。

就在我快要吃完的时候，埃拉走了进来，就坐在我对面。

我问她，是不是觉得扎道克关于所有潜在危险的谈话令人倍感压力。

"'压力'、'沮丧'，我可不明白这些词汇。自从我来到美国至今，从未见识过它们。我不相信这些东西。但是你们这里的人却总是要靠着吞药丸来对付它。你们总会为了一些小事情就背负起压力来，为什么要这样呢？你怎么感觉这种东西呢？如果你为了什么事情而心烦意乱，那么，就做些事情去克服它嘛。你们这里的人在什么事情上都要指望药丸。"

埃拉说的话其实很有道理，我也相当有认同感，但是在她说话的方式中，却弥漫着一些令人不安的东西。她倒茶的时候神情看来恍惚而落寞。在她的言语和行动之间，有着一种奇怪的分离感。她对于自己所说的道理欠缺投入性，这让我对于她的信服力生发了疑问，而她形容不出的体格更让我疑惑，她自己是不是就服药过量了呢？我不得而知，只有低头喝起茶来。

"你经常徒步旅行吗？"我问。

"一天前才开始的。"

"一天？"

"我在巴塔哥尼亚——在智利——参加一个会议时，去走了一整天。我很喜欢，所以接着就来了这里。"我听了她的话感到一阵莫名的庆幸，还好，她没有替我的脑子开刀。

来自波多黎各的父子档进了餐厅。罗伯托是一位不动产律师，肩膀圆滚滚的，步子迈得很重，年龄应该接近六十岁了吧；他的儿子鲍勃大约接近三十岁的模样，在纽约一家避险基金公司工作。他看上去很像他父亲三十年前的样子，日后也会有三十年麻烦重重的日子在等着他。他们在角落落座前向我们挥了挥手，坐下后便轻声谈起他们自己的事情来。

夜半时分，我因为时差而醒了过来，便给蒂打起电话来。她接听时，身边充满了噪音，我几乎听不到她在说些什么。

"我来参加迪恩的生日聚会，在布鲁克林。我简直完全穿错了衣服。"她对着电话大声尖叫，"我应该向你借一件格子衣服，再戴上圆圆的大耳环。但是谁知道呢？"她听起来既快乐又心无挂虑，"至于你，我的宝贝儿，我肯定你在非洲的腹地可能也正在面临什么非常相似的事情吧。"

"我们刚刚谈论过脑出血和水疱。"

"你看？我就知道。"

我告诉她，扎道克说，我一路到达山顶都应该会有手机的无线讯号，所以，我们很快就会再次通话的。

"真的吗？你在乞力马扎罗会有手机讯号？那真是太诡异了。"

第二天早上，我收到蒂寄出的一封电子邮件，她建议我们应该搬去威廉斯堡。"你去那里正合适。你可以每时每刻都穿戴着苏格兰人的彩格呢子布披风。"

向"庞然怪物"进军

我们已经开车行进了一个小时以上,我进入了由时差引起的恍惚状态中,怔怔地望向窗外。高大的男人在草深之处挥动着宽刃大刀,女人们则在路边阔步行走,提着装水的容器或是头顶着竹篮。偶尔也会有人踩着生了锈的脚踏车而过,车后垫上驮着木炭。

那个大学生提姆不停地用各种问题纠缠着扎道克,问的都是些我们看到的人、树木、还有季节的更替。埃拉戴着耳机听她自己的音乐。"三项铁人"汉克则是用膝盖上上下下地弹跳着,而鲍勃和罗伯托则在偶然间互相耳语几句。非洲上午的日光明亮但又朦胧。我们在路上遇到了一个急转弯处,突然间,从面包车的前座传来了喃喃的低语。

"那就是了。"我听见提姆说。

在我的右侧,一眼望去,我看见了一望无际的宽广与浩瀚,几乎覆盖了地平线的一大半。那标志性的平顶、白雪覆盖顶端的山峰高耸入云。视野震撼人心,却并不是我多年以来一直想象着的那种令人生畏的景观。很快,云层之上的某些东西闪烁出了微光,吸引了我的视线。

我的注意力转移了,展望的远景也发生了改变。峰峦上端的轮廓变得清晰起来——比我开始想象的高度要高出一倍以上。我看到的那片微光是太阳在峰顶逐渐缩小的冰川带上的反射,峰顶远远高出了环抱着山峰腰际的云层。

"天哪。"我低语着。

那真是一个庞然怪物。

我们转弯开上一条路面坚硬的泥土路，路边长长的荒草延伸到一片种满了向日葵的田地。在远处，越过宽广的地带，一群衣着鲜艳、身穿摆动长裙的女人正背负着沉重的货物。她们来自何方，或者，她们在这片开阔的热带稀树大草原上要去向何处，无人知晓。我们开过一辆卡车，货物堆得高高的，男人们或是挤在车厢的两边，或是坐在货仓的上面，手抓着车子的后缘——有三四十人在那里。在一片玉米田里，一辆马拉的运货车也是堆得高高的，木制的车轮下像是被货物的重负轧出了下陷的怪物。更远处，一个身穿浅蓝色衬衫的高个子男人在排列有序的田野间的小路上大步地走着，嘴里大嚼着一根胡萝卜。我们行过一片松树林，又行过一片柏树丛。这块田地不像干涸的、灰尘密布的非洲，而是一片由乞力马扎罗刻划出的草木茂盛、肥沃充足的原野，大得、高得足够形成自己独有的一套生态系统，能够承载得了雨水，孕育出肥沃的土壤。

道路逐渐变得狭窄，我们进入了一片深深的堑壕之中，连面包车的两侧都不断地被灌木树丛刮到。我们在路面的坑洼和裂缝之间来回颠簸着。没有地方能够转弯，并且随着路况变糟，我们只能继续向前行驶。在一处转弯处，一辆吉普车从另一方向开过来。两部车子紧急刹车时，相互间只有几英寸的距离，一部车的前照灯几乎顶到了另一部车的前照灯。吉普车的司机出了车子，爬过了他车子的前厢盖到我们司机的窗前。两个人以斯瓦希里语交头接耳了几句，声调都渐渐高扬了起来。另一个司机回到他的吉普车里，将引擎熄了火。我们坐在那里对峙着。

我又一次想到了瑟斯博士和一个我经常读给我孩子们听的故事。两个石匠，一个向北走，另一个向南行，在路上碰到了——谁也不愿意为对方让路，就一直僵持在了那里。在他们的身边，建起了高速公路，又建起了市镇，他们却顽固地牢牢僵在那里，岁月就这样从他们身边溜走了。

最终，还是扎道克挤了出去和对方谈判。很快，他和另外那个司机都大声吼叫起来。手指先是点着地上，很快便指向了对方。扎道克跺着脚回到我们的面包车上，将头伸出了窗外。

"我们步行过去。"他说。

于是，我们全都蜂拥而出，挤入了灌木丛中，手和脚都被灌木刮划着。在我们纷纷背起各自的背包时，我们前面的吉普车突然发动了起来，在转弯处向后退去。我们又再挤上我们的面包车。在转弯处50英尺开外，吉普车泊在一侧较易短暂停车的角落里。于是，两部车子又突然交换起了笑声和快乐的挥手致意。我们就这样开出弯道，再度上了路。

我知道，我不会经历一次独行侠式的人和大山的旅行体验，我也没有办法预备好去迎接在道路起点上的这样一幕。五十个搬运工在收拾我们的设备和帐篷，乱糟糟地装运着我们的给养——这些给养要供应给六个登山者。此外，还有另外三组同样人数的登山者也要同时出发。一个不能算是装备不充分的流动村庄正向着19000英尺的山上缓缓移动。

"我们会慢慢——慢慢地走，"扎道克说，"跟我的步调保持一致。"

我们出发了，鲍勃紧紧地跟在扎道克的身后，后面是提姆，然后是罗伯托、汉克、埃拉，我则是收尾。步调是令人难以忍受的缓慢，相当于我平日步行速度的四分之一而已，并且我发现，很难找到一种步行的节奏。在山道上，搬运工们穿着人字夹脚拖鞋、破旧短裤，每个人都背着或头顶着40磅的物件，急匆匆地超过脚蹬登山鞋、身穿聚丙烯透气汗衫、只背着小背包的我们。

"我们会花四到六个小时的时间到达第一个帐篷。"扎道克告诉我们。提姆不断地问扎道克斯瓦希里语里不同单词的意思和几种植物的名称。汉克很快就给他起了个绰号——"提米百科"。我们爬过一片种着非洲玫瑰、冬青树和硬脆树木的森林。埃拉已经落在了后面，我紧跟在年轻许多的运动高手汉克之后。他问着鲍勃，他在哪个学校读书。

"哈佛？"鲍勃回答，他的声音在单词的后面画出了问号。这是他一天来除了父亲以外，第一次和别人说话。

"哈佛，"汉克接腔，"哈佛在哪里呀？"

鲍勃开始作答。

"我开玩笑的，鲍勃。我只是和你开个玩笑。"汉克回头挤眉弄眼地看着我。

不到三个小时之后，我们到达了一块平地，黄木树下挤满了帐篷。我们向着山顶进发的六天行程中的第一天，不过是一段简单的穿越森林的缓步之行，只登上了1000英尺的高度。我们各自的帐篷已经架设起来，大家聚在一起吃起了晚餐。扎道克将脉搏血氧仪传给每一个人，然后他开始了将成为一种夜间仪式的活动——告诉我们所有出了状况的事情和所有无法登上峰顶的人们。

在我爬进自己的帐篷之前,我试着给蒂打电话,但是并没有手机接收信号。那一夜,我梦到蒂和自己结婚了,我们的确是和彼此结婚的,但却是在不同的日子里,在不同的地方,以各自的仪式完成了这桩人生大事。梦中的感觉是令人愉悦的,发生的时段和情境也都不无道理。

令人痛苦的慢节奏

第二天上午，我们爬过一片生长着稠密并满布节瘤的树木的林子，树干上覆盖着一层厚厚的悬挂着的苔藓。阳光斑斑驳驳地穿过树丛，银灰色的苔藓晕染着一层浅蓝。我们在一棵倒下的树桩上休息。"提米百科"一直不停地向扎道克发问：哪一种人能够跋涉到山顶？谁拥有最好的成功概率？谁又只会有最糟糕的情况发生。扎道克对于带度蜜月的人上乞力马扎罗充满了牢骚。

"你带过很多度蜜月的人上山吗？"我问。对于新婚的小两口来说，这似乎是一个奇怪的选择。

"太多了，"他回答，"带他们走总会有问题。他们不听话。男人们都觉得，这只是走走路，他们一直想要照顾自己的女人们，但却总是忽略了他们自己的问题；女人们想要听男人们的指挥，然后那些大老爷们便总是惹出麻烦来。一直都是如此。出了状况后，女人们又不知道该如何处理，因为常常是她们能够爬到峰顶，但他们的老公们却不行；这就是问题。我们只好试着让他们在道上分开来走。"

我尝试着去考虑这一隐喻在我自己的生活中到底意味着什么，能够确定的是，蒂可能永远不会想要爬乞力马扎罗。

扎道克继续说："年老的女人们是最容易指挥的。她们会听你的话，她们走得也慢，结果她们几乎都能上到峰顶。去年我接待过一个82岁的老妇人，她真是太棒了。"

走到将近10000英尺的高度时，我们到达了一处高岗，终于摆脱了森林，置身于构成山脉的三个巨火山口的其中一个之中，走进一片所谓的"欧石南属植物地带"。眼目所及之处，尽是低矮的灌木丛。在走道的某个转弯处，我们看到了圆锥形的山峰和冰川覆盖的平顶峰峦的第一个全景——尽管在过去的几十年中，将近90%的雪已经消失不见了，山峰因此看起来有了一种奇怪的贫瘠感。

我们的步调依旧是令人痛苦的缓慢。组里的年轻小伙子们没办法慢下来，所以他们被强迫着每走上几步便停一下以适应某种节奏。我跟在后面，开始以四步的节奏来为自己的步伐计数。一——二——三——四。左——右——左——右。然后再重复。一——二——三——四。左——右——左——右。再重复。我的呼吸节奏很慢。然后，我又和自己玩着一个游戏，接着数数，试着将我的脚抬起到刚刚离开地面，再伸到前面，然后以另一只脚如法炮制。如果脚步拖到了尘土，那么我便丢了分数。在我们穿过齐腰的石南属植物时，很长一段路程中，我都在玩着这种把戏。到了接近11000英尺的高度时，空气里已经有了一种连太阳也晒不热的凉意了。

埃拉开始落后了，等我们走进帐篷时，我听见她对着扎道克抱怨我们需要行走的距离。

"她到底觉得这是怎么一回事？"当我们进到吃晚餐的帐篷里时，汉克这样说着。我忍住了没有向他提及埃拉先前仅有一天徒步旅行的经历。

他们供应我们的又是意大利面，扎道克又开始叙述他那些在夜间会让人分外恐惧的故事，诸如某某人死在想要登顶的半途之上。然后，他又给大家递去他那折磨人的仪器——脉搏血氧仪。立刻，"提米百科"闭上眼睛，开始了一种接近临盆时的拉马兹呼吸法。他的血氧值一直很低，扎道克也一直在警告，若是有谁无法将其维持在至少90以上，将不被允许尝试登顶。

我的血氧值是93，测完后，我将仪器漫不经心地丢回给了扎道克。我开始憎恶起这种测试来，就像憎恨那些比我拥有更大权力的人一般。埃拉的血氧值仅有80多一点，脉搏却跳得非常快。扎道克让她做深呼吸，直到血氧值明显升高。那种她不相信的压力开始浮现在她的脸上。罗伯托的下巴下陷到了脸颊之中，就像每晚吃晚饭时一样。我轻轻地用手肘推了推他的手臂，唤醒他将仪器的夹子夹住自己的手指。

"我恨这玩意儿，安迪。"他对我轻轻耳语着。通常情况下，我并不喜欢别人叫我"安迪"，但是罗伯托的身上有一种温和的气质，他想要征服顶峰的尝试令人觉得如此虚弱，我不想再用任何挑战他的方式来加深他的挫败感。

Kilimanjaro 217

汉克对于脉搏血氧仪从来没有任何问题，他总是能持续地测到将近100的血氧值。当他隔着帐篷将血氧仪丢给鲍勃——鲍勃总是会将双手放在膝盖上，平静呼吸，双眼紧闭——汉克总是会告诉我们，美国人应该要如何感激他的公司，因为他们一直将政府发放的贷款以50%的利息偿还。因此，事实上，他们才是财政危机中的好人。

虽然我渐渐喜欢起他来——汉克总让我想起那种不会变得复杂的、只是基于运动伙伴关系的男性之间的友谊，我很容易从这种关系中脱身，也很容易重燃对它的热情——但我还是会被他不可一世的傲慢狂妄而激怒。

"你还是一头魔鬼。你心里很清楚的，对不对？"我告诉他。

"哦，那是当然。"他耸耸肩。

呼吸暂停

我在夜半时分醒来——我的呼吸停止了。身处这样的高度,当氧气和二氧化碳在进出血液时一旦受到干扰,便会造成呼吸暂时性地停止。这是无害的情形,但是当第一次发生时,还是有一种古怪的感觉。我躺着醒过来,焦虑的思绪填满了我受到氧气挑战的大脑。

我疑惑着自己的膝盖是否能够坚持到底;我疑惑着我儿子最近在课业上面临的困难是否是更大问题的先兆;我疑惑着我父亲是不是会很快死掉;我也疑惑,自己是不是能够在他过世之前对他真正地心平气和,或者至少尽自己所能这样去做。在我经历了童年时代里对他愤怒的恐惧、二十多岁时对他的憎恨、评断和无法认同、接下来在我们关系上的瓦解、以及目前我们所维持着的彼此友好的距离,还剩下的——在夜半时分身处乞力马扎罗一侧的我的帐篷里——我只是感到有些失望。

因着我对于独立的渴望,以及天性中隐藏着的对于绝大多数人的疏离倾向,我只会从某位导师的智慧中受益。而我也几乎不容许自己有太多的群体意识,或从它分享的经验中得到什么好处,那么,当一个单独的、值得信任的人站在面前时,或许对我来说更为理想,也或许,一路走来已经免去了我好多好多的麻烦——当我需要缓一口气时,会有人非常适时地向我提供一些深刻的见解。在我极少的某种形式的有限的良师的资历中,我从一片长久以来都渴望填满的空白中感到了解脱。也许,这就是蒂总是说的我常常寻找"保镖"的原因之一吧。因为我缺乏同侪间的情谊而养成的自我依赖的性格,已经营造出一种对于伙伴关系来说并无用处的单独生活的正当理由。这也是蒂在这些年来感到最挣扎的一件事。"我就在这里，我需要你到我这里来。"她常会这么说。我却花了好长的时间才搞清楚她到底在说些什么。

如果我能成为我孩子们的良师，让他们感觉到我这种身份的存在，并在他们希望时会从这种身份中获益，我便会认为自己是一个成功的父亲了。

我拉开自己的帐篷，走出去望着乞力马扎罗峰那巨大的黑色谜团，近乎是丰满的月亮照在冰川上，熠熠闪光，我的思绪被拉回到了当下和眼前要去完成的任务。在挑战中有一些东西——不管到达顶峰可能会面临多少困难——在它的简单明了中都成了一种释放。夜晚凉意袭人。我哆嗦着赶快钻回帐篷里，但就在我拉上藏身的睡袋拉链时，焦虑的感觉却又回来了。

我疑惑着，假如蒂对我不忠，会有什么样的后果。我试着将这样的画面从我的思绪里摇晃出去，于是捡起了一本书。不幸的是，我带在身边的却正是海明威的小说集《乞力马扎罗的雪》——这本书在多年以前带给我这次旅行的最初灵感。我将书翻到一篇叫做《弗朗西斯·麦康伯短促的幸福生活》的篇章。在这个故事里，一个妻子在一趟非洲之旅中，背叛了她软弱无能的丈夫，和他们的狩猎教练发生了婚外情。当丈夫发现她的不忠时，她还对其嘲笑捉弄，令他完全失去了生机。之后，在一次猎艳中，他显露出了自己男人的气魄。当妻子看到这一幕时，她知道她的丈夫将要离她而去了。在一阵慌乱之中，她开枪杀死了自己的丈夫，或许，那只是事出偶然。

我真的应该带上另一本书来。

满满的能量

我们动身穿过一片布满了火山岩并衍生出类似于高山沙漠的高沼地。在六天里，我们已经绕着山自东向西自己踏出一条路来，正向着峰顶慢慢地爬了两万英尺左右，也走了略微超过42英里的路程。今天，我的腿感觉到了沉重。为了分散自己疲惫的意识，我和汉克玩起了一个游戏。我们选了一块远距离之外半月形土地上的某一点，猜测着要花上多少时间才能走到。一开始，我们远远地低估了自己。我们怀疑会花上两个小时的路程其实只用了我们二十分钟的时间——但是很快，我们对于路程的判断便精确到一两分钟的差别内。搬运工们急匆匆地绕过我们而行，队伍长得望不到头，他们的货物全部都压在头上或肩上。

"为什么有些搬运工将东西顶在头上，有些却不是这样？""提米百科"向扎道克发问。

"那取决于他们在哪里长大，"扎道克告诉他，"他们距离水源有多远。在城里长大的孩子们不需要扛水，所以他们以肩膀来扛东西，但是如果你住在村子里，可能得走上不少路才能找到水。女人扛水时，小孩子们总是要跟在他们母亲的后面，也想要学着扛水。"

"他们扛着多少东西？""提米百科"穷追不舍。

"你五岁时，能在头上顶起3公升的罐子，十岁时能顶起10公升，到了十二岁时，就是20公升了。可是成了十几岁的青少年时，又什么都不想做了。"

我们在一万三千英尺以上安营扎寨。我的电话里依然没有手机信号。"提米百科"有一个卫星信息发送仪器，可以一个字母接着一个字母地展开，并且以一个中心控制杆来打字。在晚餐桌上，我花了二十分钟的时间展开并打了几个单词发送给蒂——"无手机服务。人在半山腰。膝盖还撑得住。"

"天哪，"汉克隔着桌子说，"我在努力想着我还会想要给谁发电子邮件呢。也许是我父亲吧。"

我看着他，手中的活计暂停了下来。一直以来，我凭着自身的努力去找回一片空间，常常跑到世界的尽头只为了获得它，希望自己不需要承担任何责任，渴望着完全的自由。而这里，就有一个人，拥有着这所有一切，没有负担，身边有无尽的空间环绕，但此刻我的感受却并不是一种嫉妒，甚至连渴望也没有。我不渴望那些他所没有的东西——这样的自我认识令我感到震惊。

在乱哄哄的帐篷外面，浓雾遮盖了我们的营地。

岩浆塔坐落在刚过15000英尺的高度。它是一块巨大的露出地面的岩石，向着天空突出了350英尺之高，从丝毫不留情面的岩石小径的另一侧，我们能够远远地望得到它。汉克和我都判断，它大约在四十分钟路程以外之处——但实际上却花了我们将近一个半小时才到达。我们到达时，我的头剧烈地痛了起来。这是我第一次严重的高原反应，感觉像是在我的头颅上隔了太阳穴的皮肤压入了一块金属板，齿轮带动着它越压越紧。我试着呼吸，缓慢而深长地呼吸，停下来时我能感觉到自己的心脏像是在赛跑一般。我的胸膛绷得非常非常的紧。恐慌感升腾起来了。这里仅仅是15000英尺的高度，顶峰还在20000英尺以上呢。我们那红色的、杂乱无章的帐篷里停滞的空气令我作呕，我无法再去吃那些奉送的西葫芦汤。就在这时，扎道克去取回他的脉搏血氧仪。他走开时，我控制不住地发起脾气来。

"这真是混账透顶，简直就是对现代科技的误用！这种持续不断的测试和判断算是怎么一回事？完全把我们搞得一团糟。它所做的，只是增加我们的压力和负担，直到搞砸我们的整个旅行。它什么也证明不了！我再也他妈的不会用它了！"

我的咆哮惊醒了罗伯托。他的下巴从胸脯上扬了起来，他那洋基棒球帽下疲倦的眼睛望向了我。

"为什么要让那玩意儿给你增添压力呢？"这位印第安血统的神经外科医生轻声

地问我。

其他人则都是盯着自己面前的汤碗。扎道克回来了，将血氧仪丢给了"提米百科"，而"提米百科"根本没有看它一眼，因为他正闭着眼睛，沉重的呼吸声似乎显示着他已经进入临盆之前的最后关头。那新奇玩意儿掉落在了地上，我怒吼着冲出帐篷。

当我们在午餐后走下山崖时，我的头痛又迅即消失了。云层垂挂得很低，吞没了我们。走动时，无论向哪个方向看，都望不清几英尺距离以外的地方。一条小溪流经我们的左边，维持着那些我们在几天内都没有看到过的生命。类似于仙人掌的奇怪植物四处伸展着，小小的黄花在它们的枝干上结成团。我们已经走得更远了，到了山的南边，在这里，我们头顶上的雪现在变得更厚了。我们在一处高耸的悬崖旁安了营。第二天，扎道克安排了新的行走顺序。埃拉先走，紧跟在他后面，罗伯托排在第二，"其他人走在后面。"他向我们解释说。

在巴兰科高墙旁的一次摇摇欲坠带出了紧张的一幕，之后，景观便延伸开去成了令人情绪变得出奇缓和的西部断裂带的荒凉地界。在灿烂的阳光下，此刻的空气却变得稀薄、清冷。随着几条上山的小径在此处汇集，道路变得拥挤起来，心中也升腾起了一种聚集起来的期待。今天，我的两腿很有力量，我的双眼一直向上注视着就在我们头上的顶峰。我感到一种直到此刻之前都未曾感受过的放松。我的思绪澄明清澈，日子忽然变得充满了可能。一路上充满了逗趣和玩笑，即使埃拉落在了很后面。

在某一点处，我听到前面的一个搬运工大声叫嚷起来。他正在收听着收音机，转瞬之间，我突然害怕他是不是从无线电波中听到了什么悲剧性的消息，类似于"9·11"的灾难场景闪进了我的脑海。我在行走途中第一刻经历到真正的放松时，恐慌也如潮水般涌入了我开启的心田。结果是，这位搬运工只是简单地对着走在道路后端的朋友大声打着招呼而已。蒂曾经说过，一旦事情变得太过顺遂，我就会于心不安，或许，她说得很有道理。

再向前走时，汉克擤起鼻子来，血突然从他的鼻孔里涌了出来。身处于高海拔地带，他为了预防高原疾病又一直在服用稀释血液的乙酰唑胺片，鼻血并不容易止住。我们停下来，坐在满是岩层褶襞的石墩上，旁边围了一群搬运工，全在抽着烟。

"很多搬运工都会抽烟吗？""提米百科"问。

"我会说，大约有75%吧。"扎道克回答他。

当铁人的鼻子不再流血时,他又重新绑紧了他的迈乐牌登山靴,搬运工用他们的鞋底碾灭他们的香烟屁股,我们所有人又都继续向前行进。

罗伯托落在了后面,我放慢脚步跟他一起走。他的头垂得很低,眼睛盯在鞋子上。

"你还好吗,罗伯托?"

"我好累,安迪。"他说。

"我们就快要到了,只要爬上前面那座山就行了。"

罗伯托抬起他的头,目测着看到见帐篷的地方,然后再次垂下了下巴。

"来爬山是谁的主意啊,是你的还是鲍勃的?"我问他,希望可以借此转移他的注意力。

"是他的。"罗伯托抬头向他的儿子,然后又再次垂落下去。

我们没再说什么话,一旦我们结束了每一天的活动,彼此间总有一种难堪的沉默,但我还是很享受有他的相伴——我对于他的喜爱是一种出乎意料的愉悦。

等我们到达营地时,帐篷已经都立了起来,沿着参差不齐的岩架挤得满满的。日出之前,向着峰顶挺进的最后4000英尺路程就要开始了。脚下的云层散去了,乞力马扎罗的姐妹峰梅鲁火山已经望得见了;更远处是朗吉多山峰和齐图贝因的平顶。往西去,伦盖活火山从大裂缝峡谷中升起。我甚至能向北远远地望见肯尼亚。

"提米百科"找到我:"你有一封电子邮件。"

我接过他的卫星设备,发现蒂已经回复了我在几天前寄出的邮件:"我在这里都能够感觉到你的存在,爱搞怪的家伙。"

到达斯特拉制高点

我有一个朋友曾经爬过一次乞力马扎罗,他形容自己的经验是"几天内愉悦的上行,紧跟着地狱般的一日"。除了时时逼迫人心的"是否能够到达峰顶"的问题之外,向着这个定点的徒步旅行,本身便是行走在一个充满异国情调的地方的美好经验——高原反应和我状况不稳定的膝盖是唯一的问号。我的膝盖还能撑得住,虽然每走一步,我都很小心不要在迈出步子时扭动自己的腿脚,而是在一条笔直的清晰弧线上找到前进和后退的支点。如果有人叫我,或是我想要向左远眺峰峦,我会停下步子,再转动整个身体。这是一种会损耗我心神的警戒状态,它不断地营造出低程度的压力——就如埃拉所说的那样。至于高原的恶心、反胃反应,看起来除了服用乙酰唑胺片之外,唯有花时间慢慢地适应水土和气候,其他也没有什么好办法了。身体状况似乎和高原带给你的影响并无什么关系,或是关系甚小,除了我在岩浆塔发作了一次恐慌症之外,我基本上没有受到过高原反应的侵扰。

但是至今为止发生的一切仅仅逼近"痛苦"的起跑线而已。

一道光在夜半三点整照进了我的帐篷。"是时间上路了。"扎道克说。

他其实并不需要叫醒我。我已经从半夜十二点半开始,便每隔二十分钟就盯着自己的手表看上一次时间了。我走出帐篷,在明亮的月色下仰视着顶峰。这是月亮缺亏的一天,月光反射在我上方的冰川之上。

我很高兴可以从自己那轻便单薄的睡袋里爬出来。在15091英尺的高度,我能进入睡眠的时间其实很有限,并且饱受寒意的侵袭。我们闷在杂物帐篷里,每个人又再分到另外一碗稀薄的粥。我就着花生酱吞咽下一块已经不新鲜的白面包，又再穿上一层衣服。四点十五分时，我们集中在道路的起点上。我能看见眼前那条狭窄的、布满了光斑的小道，光斑来自先我们离开的徒步者头上所戴的头灯，它们星星点点地布满在弯曲的小径上，就像发亮的小虫子一般。

"头一个小时是最困难的，"扎道克解释说，"我们会一次接着一次地在陡峭的坡道上攀爬，并且全是在凹凸不平的岩石间。埃拉，你跟在我后面，罗伯托，下一个是你。我们出发。"

除了我们的呼吸和靴子蹬地、摩擦、刮落我们攀爬之处的岩石所发出的声响外，四下再无其他声音。我的头灯照在走在我前面的汉克的脚跟上。在几处非常陡峭的地方，我不得不用自己的手撑在冰冷的石头上将身体向上撑起来。有几处的立足处已经磨损到了石头里面。我们需要将身体挤进一面岩壁之间，以错身给一个因为无法继续尝试前行而半途折返的男人让路。他弓着身体呕吐不止，高原反应害得他狼狈不堪。

埃拉的步子迈得比扎道克为她设定的还要慢。我们跟在她后面，走上几步便跟着停下来，等着她，然后再迈开步子。我开始为这种颠簸不顺的进度感到气愤。然后，我恶心得想要呕吐。在这条路上，我第二次生发了惊慌之感。我的愤怒膨胀着。我那因为害怕而引起的愤怒并帮不了我什么，我让汉克在我前面多走了几步，使我本来就已经是近乎于蠕动的步调变得更慢，好保持一个始终如一的速度。

我开始数着自己的步伐，一——二——三——四，一——二——三——四。我的愤怒开始软化了，呕吐感也开始减轻了。我收拾起自己，接着向上爬行。

我们到达了一块平地，这里的道路变得开阔了，斜坡也再次出现松软的岩石使脚底打滑。我们又绕过了几个在夜色中落在后面的人——高原或是斜坡对他们来说难以征服。

我们又在静默中走了一个小时。我再一次感觉到了恶心，但是很快地，便靠着平稳的呼吸克制住了它。在我们的右边，地平线开始变得柔和起来，一开始呈现紫色，然后是粉红，接着又是浅浅的淡蓝。

太阳出来了，我们忙着拍照，大声笑闹着，大口喝着水。扎道克给每个人发了巧克力。我在一块巨大的火山岩石上找了个地方坐下来，吃了一块"三剑客"巧克力。我想起一次自己带着儿子去卡次启尔山露营，他以沙丁鱼和朱古力豆当作早餐——直到现在,他还是说那是他吃过最棒的一顿饭。

我剥去了一层衣服,又接着向上爬。我们拆散了一条龙的队形分散开去。我们长长的身影在遍布岩石的地带里延伸开去,沐浴在金色的朝阳之中。很快,埃拉便掉在了后面;两个搬运工在两侧保护着她。扎道克每走上几步便回头看一看。当我转身时,埃拉已经坐在一块远在我们之下的岩石上,呆呆地望着远方,她的两只手放在双膝下。

扎道克通过对讲机与陪伴着她的搬运工耳语了几句。他在听到了什么之后点头表示回应:"好吧。"

埃拉不会再向上爬行了。几天来,我们一直在怀疑她是否能够走到终点,但是没有一个人愿意大声地说出来,大家都不想因此而给各自的努力带来不祥之兆。

现在,整个小组的自信心大增,我们向着顶峰继续攀行。我再脱下了一层衣服。彼此的对话也充满了玩闹的吹嘘之意,我们聊着路过的那些正在慢慢消失的冰川,突然之间,罗伯托的行走艰难了起来,他的步履变得异常沉重。他用力地以手杖来支撑自己的每一步。他的儿子不断地轻声鼓励他,而罗伯托也频频点头。

又过了一个小时,我们能感觉到自己已经逼近终点,就在头顶之上,天空变得辽远起来。我们走到了位于火山口的、海平面以上19000千英尺的斯特拉制高点。似乎山顶一直就在那里等待着我们,令我们疑惑着自己曾经身在何处。在万里无云的天空下,此处的空气冷冽、坚硬。一条天然的长凳刻在火山口边缘的一侧,几个搬运工坐在那里抽烟、谈笑。等他们一让开位置,罗伯托立刻就陷了进去。逐渐向后缩退的冰川散布在我们面前的火山口地面上。

当他的父亲试图站起身来时,鲍勃正在他的背包里翻找着什么东西。我站得比较近,所以靠过身去抓住了罗伯托的手臂,将他拉了起来。"推着我走吧,安迪,"他咕哝着,"帮着我走到终点。"他说得毫无防备、如此脆弱,眼泪一下子进出了我的眼眶。

"我们会走到的,罗伯托。"我说,"我们现在就要到了。"

我们再度出发,由此开始,道路变得和缓平坦了,芊芊茫茫地又向着山顶延伸了四十分钟的路程。戴肯和科斯膝冰川出现在我们的左边。前方,一块木制的标志背着光显出了一圈暗色的轮廓——乌呼鲁峰,全世界七大峰顶之一。

在扎道克开始实行另一种行走顺序之前,罗伯托的儿子鲍勃自六天前我们上路时便一直是跟在扎道克身后的第一人。现在，他又占据了那个位置。我则悄悄地从我惯常排在最后的位置移到了他的身后。

"鲍勃，"我低语着，"你为什么不让你爸成为第一个登顶的人？"

鲍勃转身向我。在一瞬间，他似乎陷入了糊涂，然后便点头并且叫出声来。

"爸，"他说着，又转过身去向着他的父亲，"快过来，带领我们到达最高点。"

罗伯托将眼睛从鞋带上抬起来，疲惫不堪的脸上开始掠过笑容。他用足全部气力走到了队伍的最前列。扎道克让到他的后面，罗伯托甩开步子，迈出了最后的50码路程。他也就此成了又一个登上乞力马扎罗峰顶的第一人。他将身体的全部重量都靠在那根插着欢迎我们来到非洲制高点的标志的木桩上，不停地跺着脚，和儿子紧紧地拥抱在了一起。

看着他们，我不由地想念起自己的父亲来——也突然意识到，我其实一直都在想念着他。

压抑的愤怒

"哦！那股喜悦的劲儿呀！"我卷动着"提米百科"的卫星新玩意儿，向蒂发出了一封短信。那是引自威廉·克拉克少尉日记的一句话，描述了他和他的伙伴梅里韦瑟·刘易斯以及他们的远征军于1805年注目着太平洋时的心情。几年前，我第一次读到它，自此以后，蒂和我将这句话引入了我们的词典，并且衍生出了我们自己的句式，常常引用它，并且不无挖苦、揶揄的意思——通常用来捕捉我们为人父母后完全并且持久的喜悦。

"孩子们怎么样啊？"我常常从遥远以外的某个地方隔着电话问她。

"哦！那股喜悦的劲儿呀！"电话里常常会传来她疲惫不堪的回答，让我知道她在那一天里又是过得漫长而忘我，充满了对我不在身边陪伴而生发的无边怨怼，其间还会点缀几声大笑和足够好的精气神儿，让一切听起来都不显得太糟。但我此刻送出的这句话，却是除了完全的真诚之外再无其他意思。

我不够格的喜悦并没有维持多久。在拥抱、电话、享受了无边远景之后，我们沿着岩屑堆陡峭的斜坡走下去，一直走了400英尺的路到达火山口的地床。按照预定行程，我们要在海拔18832英尺的此处安营扎寨。

火山口荒凉孤凄。登顶的惊喜渐渐消退之后，寒意顿生，即使是身在高挂着的太阳之下。

"大多数人在这个时候都觉得受够了，"扎道克告诉我们，"就想着赶快折返回去。"

Kilimanjaro 229

我的头开始感觉到又一次的紧缩和剧烈的压力。

"晚上到底会有多冷啊?""提米百科"问道。

"从太阳下山的那一刻起,会非常非常冷。"扎道克警告他。

"我已经看到了我想来看的一切。"汉克说。

"我们还是离开这里吧。"我也同意。

"很好。"扎道克点点头。

我们重新拾起了背包。

"可是,我想要留下来。""提米百科"发出了宣告。

我们全都转向了他。

"行程安排上说了我们会在火山口露营的。"他坚持着自己的意思,"我想要留下来。"

我们又全部都望向扎道克。他耸耸肩膀:"确实是在行程的描述中,如果有人想要留下来,并且没人受伤的话……"

"人们通常都会在这里留宿吗?"我问。

"只有一次。"

"能不能让想要回去的人自己走到下面的露营地?"我再问。

"我也要下去,"汉克跟在我后面表态,"鲍勃、罗伯托,你们呢?"

鲍勃耸了耸肩,罗伯托则已经靠在一块岩石上累得睡着了。

"没有人会带领你们下山的,"扎道克说。"其他人都陪着埃拉呢。"

我们站在那里,嘴巴都张得大大的。

"午餐会在几分钟后预备好。"扎道克说。

在杂物帐篷内,空气凝固停滞,一股人造的热气穿过尼龙迸发出来。热气令人窒息。汉克和我都劝说着"提米百科",试图改变他的想法。他坐在那里,呆呆地看着放在膝盖上的两只手。

"你没有概念这里究竟会有多冷,提姆。有人曾经死在这样的露宿中。"

"我不怕,我就是想要在火山口上露营。"他还在回嘴。

"我们还带着一些暖和的衣物,但是搬运工们都穿着短袖汗衫呢。"汉克说。

"反正他们一天到晚都是这样穿着的。""提米百科"反对着汉克的说法。

"不是的。"我纠正他。"大家总是会走回去的。你听见扎道克是怎么说的了。"几乎每一年，都有为数不少的搬运工死在乞力马扎罗山口的露宿中。

"算了吧，我就是要留下来。"他一再坚持。

我的头因为痛苦和气愤而剧痛起来。我走出帐篷，走上几年之前就覆盖着这片土地的冰川。我头颅中的那把刀只有在清新的空气中才会稍稍减轻它的杀伤力。我的暴烈脾气开始升腾起来了。

当太阳落在火山边缘之下时，气温明显变得冷了许多，当夜色降临时，温度更是暴跌了。我因为头痛和内心充溢的气愤根本吃不下晚餐，早上的喜悦已经消失了很久很久。

我简直是将自己的每一件衣服都穿在身上了，上身穿了七层，下身三层，然后爬进了我那轻便单薄的睡袋之中。我在意识中对着"提米百科"吼叫不止，我的气愤耗尽了自己的精力。我意识到，即使是在暴怒之中，我仍在试着重新抓回权力，那权力被一下子冒出头来跺着脚强行规定了我们行程的"提米百科"给摘夺了去。在我经历了到达顶峰后令人心满意足的力量之后，被剥夺了力度和权力的灼痛感却刻划得更为深刻了。

我的气愤也是暗夜中的一种哨音，在完全超越了我的能力去改变那些人性中的反复无常的情形下，给了我一种总算是能够去控制些什么的感觉。

几年前，因为想要学习在荒野中能够照顾好自己，我参与了在怀俄明州东北部阿布萨罗卡山区举行的一个户外教育课程：我学习了如何阅读地形图并从中找到自己的路，学习了如何在室外轻松地点燃火堆，也学习了如何并且在哪里搭篷扎营。

当时，我们已经进入了长达一个月的课程的第二十六天，那一天，有一个学生向同样参与了课程的某个年轻女孩施加压力，要她跟着他去做一些我们都力劝他们不要去尝试的事情。这个学生不愿意徒步几个小时到达一处安全的交叉口，而是要说服其他人顺从他的意志，穿越一条湍急、汹涌的河流进到一处我们都被警告不要进入的非常地点。结果是灾难性的，年轻女孩死于那次冒险。我们花了几天几夜的时间守在她的遗体旁，不让她被灰熊拖走吃掉，直到一架直升机最终飞到将她带了出去。坐在河边那位年轻姑娘的遗体旁，我记得自己想到过，世界上可能发生的最糟糕的事情终究是发生了，可是，地球还是在转动着：河水仍旧在流淌，天空依然布满星辰，一切都还是如常，即使此刻它对于我们来说已经完全不同。在夜色中坐在她的遗体旁,一种奇怪的感激之意却慢慢降临在我心里。我觉得自己能在那里是一种幸运,我从来没有那么清楚、确切地意识到自己活着。但我也知道,这一切并没有什么必要性,它完全就不应该发生。对于大自然客观、公正的方式并不熟悉的某个人,做了一个违反规则、幼稚血气的决定;"提米百科"在严寒的顶峰上所做出的选择,也让我有同样的感觉。

为了缓和自己的思绪,我拿起自己那本海明威的书来,开始读与书名同题的那个故事——《乞力马扎罗的雪》。书中,一个男子等着飞机来将他救出去,在非洲的丛林中,他因为受到某种感染,已经处于垂死的边缘。他感怀着没有将自己的才能发挥到极致。在临终一刻逼近时,他梦见飞机到了,载着他飞过了白雪封顶的乞力马扎罗峰,飞向了救赎。在冰封的山顶上,我却没有感觉到这样的救赎来临。我为自己的气愤和无能,或是为不愿意将它们释怀而悔恨。我为自己如此强烈地希望被人听见自己的需要而悔恨。为什么我那么需要的就一定是正确的呢?我为自己缺乏对于某些人(譬如说提姆吧)的同情而悔恨。我能理解他年轻的渴望,他想让这一刻永远刻印在他的生命里——但我的认同并没有减轻我的暴怒。

我的愤怒并不总能轻易释怀。也许是因为我曾经在和一位有如我母亲所形容的有着"火爆脾气"的父亲共同相处的成长岁月中,已经熟悉了愤怒所产生的效应,我很少会发脾气。在我戒酒几年后,一切都改变了,我长期以来一直压抑着的脾气开始变大了,找到了发声的管道。我的脾气从来没有像我父亲控制着他那般地控制着我,但每当我对着孩子们生气,看到他们脸上流露出的惊恐和愕然,我总能在想象中回望见自己年幼时的画面。我既为此诅咒我自己,也在同样的感受和了解中更加理解了我的父亲。

冲下山，马上

睡意迟迟不来，我在一整个晚上都是每隔半小时便醒来一次，并且总是会伴随着全身的鸡皮疙瘩。之后，我开始在渴望中发着抖。等到黎明将近时，我去拿自己的水瓶，才发现它已经完全冻硬了。

一直到进了杂物篷里，我还在发抖，当"提米百科"走进来时，我正在汉克、鲍勃和罗伯托身旁，强迫自己吞下几口微温的稀粥。

"天哪，昨天晚上穿两双袜子都不够，不是吗？"我用了全身力气才按捺住自己不要将桌子掀翻在他的面前并用拳头捶打他的脸。每个人都立起身离开了帐篷，只留他一个人在那里。

这天早上，搬运工头一次催促着我们赶快打包上路，我们急匆匆地离开了。

"昨天晚上有多冷啊？"我们行走时，"提米百科"凑过来问，对于众人的愤怒和痛苦却全不以为意。

"零下23度。"扎道克扭头吼叫着。

"华氏还是摄氏？""提米百科"还在问。

扎道克停下来，回转身，在一瞬间我甚至以为他会一拳头打在提姆的脸上。"摄氏。"

半小时之内，我们已经又再次回到了斯特拉制高点。没有什么仪式，众人甚至都不想回头再张望一眼，我们匆匆下了山崖，连滑带跑地大步冲下岩屑堆，一边走一边剥着身上的衣服。汉克远远地冲在最前头。"提米百科"试着跟上去，当他跌倒时，甚至没有人想要上去帮一下手。我们只花了一个小时便走完了先前花了七个小时攀爬上来的路程，回到了较低处的营地。埃拉还在等着，显得那样懦弱、羞怯。

我滑向正在解开登山靴鞋带的汉克。"现在就下山去，你觉得如何？"

"你什么意思？"

"我们只要再花两到三个小时便能到姆韦卡营地，今晚就在那里过夜。明天再走上三个小时，我们就能出山了。"

他望着我。突然之间，有一种急迫感在催逼着我们尽快离开这座我们曾付出许多努力才爬上来的山脉。

"我们今天就离开这里。"他同意地说。

"我就是一直在想着这个。"

我们向扎道克说了这个主意，他告诉我们，需要组里的每个人都同意。他们很快地就都表示了同意。我们重新绑好登山靴，继续向着山下行进。不再是渐进式的横穿过山脉去走完那些花了我们六天时间才一点点累积起来的高度，我们直接向着山下冲去，穿过丛丛山林。六小时内，我们跑行了12000英尺的路程。我的大腿已经不再听任使唤了，两个膝盖都在隐隐作痛着，连趾甲盖都翻了起来。

在道路的起点，载我们回到阿鲁沙的卡车正在等候着。一瓶香槟酒打开，纸杯在车篷上一一装满。在和每个人都碰杯庆祝过后，我将满满的一杯酒递回给了扎道克。

"你不喝吗？"

"我喝过了。"我说，我们进了卡车，在烂泥路上一路颠簸着沿着乞力马扎罗的南坡而去。很快我们便路过了姆韦卡村庄，这里是许多搬运工们和他们的家庭生活的地方。满是卷曲着铁皮屋顶的黄泥小屋、水泥棚舍的村子充斥着平淡无奇的匆忙。村子里连饮用水都没有。孩子们在泥巴道路上自由自在地来回奔跑。一块肮脏的啤酒广告挂在一间由简易木料和黄泥结构拼凑起来的酒吧门前，上面写着："正是乞力时刻——尽情享受它吧！"

此情不再可待

在海明威的小说《乞力马扎罗的雪》中，有一段引言摘录如下：

"在乞力马扎罗的峰巅西侧，有一具干硬、冻僵了的豹子尸体。没有人曾经解释过，在那样的高原上，这只豹子究竟在寻找些什么。"

我对于自己登顶的历程，同样缺乏一个清楚的解释。我来到非洲，想要看看自己是否能够如塞维所说的，为自己"露脸"，试试看能否找回自己觉得一直丢失了的东西。我曾经希望能够带着一种完成的感觉下山，但是取而代之的，我在离去时，却有一种离去的超然之感。这究竟又是怎么一回事呢？说明了什么呢？

好像什么也没有真的得到，什么有价值的成就都没有借以创造出来，什么都未曾改变，但我却有一种满足和成就的感觉。我很高兴自己走到了顶峰——我充满了感激，在过程中不需要去不断对付那些可能会成为障碍但却没有道理的关于失败的隐喻。但我还是没有什么感觉，感觉到明显的改变或是放松，没有感觉到收获了一种更强大的力量或是我过去一直缺乏的男子气概。

在峰顶上对于我父亲强烈的渴望意识，以及意识到这种渴望其实在我身体里一直占据着某个位置，是一项重要发现，其意义将永不会衰减，在某种程度上，这是一种解脱。承认这种空虚，我将更加轻松地走进自己的生命之中。除了教给我们他们所必须要教导的，然后放手让我们走入世界之外，我们还能对自己的父母要求些什么呢？

村庄隐没在起伏的山丘之间，山丘又渐渐得变得平缓起来。一些状况让某一个交叉路口发生了堵塞，一大堆碎金属片堆挤在一间小棚屋前。一个老妇人坐在一堆散放在一大张脏纸上的无花果旁，一个男人站在一具棺材旁，另有三个男人在一旁观看着——其余几具棺材堆在近旁。我们继续向前行驶，上一个星期的时间将我放回到世界和未曾顾及的杂务的思绪之中，需要打的电话、寄出的电子邮件如潮水般涌入我的思绪之中。我疑惑着，在我不在身边的这段日子里，蒂又会酝酿出什么样更进一步的婚礼方案。

路边出现一条河流，和我们一同向前延伸，不知是关于它的什么东西让我再度想起了巴塔哥尼亚的凯瑟琳河，它流淌过埃斯坦西亚的克里斯蒂娜属地。在那里，我对于孤身一人感到如此惬意，曾经百般疑惑，我怎么可能愿意从那令人满足的隔离状态迁移到这种不断向前的热望之中。此刻，我正感受着这种为了完成自己的婚礼而前往爱尔兰的热望。

有多少人会去到都柏林？蒂的家庭中有多少人会现身在那里？我发现，自己正比先前希冀着有更多人可以前来观礼。从试图在不过十几人的亚马逊江轮上藏身，到产生欢迎那么多人前来观礼的愿望，这是一条多么漫长的迢迢归途。

风从面包车开启的窗口间吹了进来，它让我想到，我不再去渴望隐秘的人生；我不再需要躲藏到哥斯达黎加去，我要将过去抛在脑后，活出一些存在的意义。我想要和我的孩子们，和蒂更加亲密，去感受我曾在维也纳感受过的被接纳、被包容。

也许，会有更多更多的故事，远超过我想到的，发生在那座山上——在我过去几个月走过的路程中。

远处，穿过一片遍布长长的金色稻草的田野，我看到一个孤独的马赛人，又高又瘦，穿着他部落的传统红色舒卡长衫。他挂着一根长长的拐杖。这里距离最近看到的任何住屋都有几英里之遥，平原上根本望不到任何楼房。他站立着，他的行走带着目的性。突然间，我也有了去到那片田野中的念头，脚下踩着坚硬的、干得生出了裂缝的土地，让日落前的夕阳洒在我的肩膀上，让轻柔的微风从我的双臂下拂过。我的行走也带着目的性，我的步伐有着节奏、力量，同时也很优雅。我回到面包车里，我伸长了脖颈目送着马赛人，直到他消失在视线中。

在我身旁，其他人都在闲聊着，但是他们的话都从我耳边掠过了。我的全副心思此刻都和蒂在一起。我描摹着她的脸庞，她正眯着眼睛看我——在我抗议着她不断加长的婚礼程序表时，我按捺住偷笑，摇着她的头。我等不及地要回到她的身旁，去到爱尔兰。在分隔我们几千英里以外的地方，我却感觉到不断靠近着她，感觉到我们一起迎接未来的冲动和兴奋。我意识到，在这样的感知中，在这样对于融为一体的渴望中，我想要成为自己——这是我一直以来所渴望着的。

在阿鲁沙的郊外，我翻出了电话；它终于接通了服务讯号。我给蒂发去一条短信——"出山了。还记得我吗？"

几分钟之后，我的电话响了。"哎，请问你到底是谁啊？"

我想起多年前她寄给我的第一封电子邮件，那时，她问过我同样的问题。现在，我有了答案。在回信中，我对她说：

"那个正要赶过来跟你结婚的男人。"

8

|都柏林|

爱的进行时

在这一瞬间，我已全然成为自己——那个躲在
住家附近的树丛间独自玩耍的害羞孩子，
那个偷偷溜进大学的家伙，
然后拍了那些电影，
然后在环游世界中找到了他自己的人生道路。

婚礼计划

直到婚礼前的五个星期时,我们还是没有什么确定的计划。关于仪式,还没有任何事情做出决定,也没有预定邀约任何乐手到场。对于当天的天气,也没有任何应变计划——如果到时下雨,我们也并未准备好雨伞。我没有再过问烤全羊的事情。此外,也还不能肯定爱尔兰政府是否会允许婚礼举行,因为我们还没有及时提供我的离婚文件或是前一段婚姻的有关证明。我们所预备好的文件也并未标清楚适当的旁注——我甚至连"旁注"一词是什么意思都还没有搞清楚。

都柏林登记注册办公室有一个话音听来很悦耳亲切的女办事员帕特里夏,一直在以电邮的方式将有关规定寄给我们,以可能是最有魅力的处理紧急事务的方式提醒我们尽快准备好有关文件,因为这些预备文件"会花上几个月时间",她写道,对于那些政府应该提供的婚礼文件,假如我们的材料不能事先安排好,那他们也"什么都做不了"。

"你需要赶快拿到你的离婚判决书。"蒂一直在这样催促我。

我根本没有概念,这份文件放在哪里,或是我是不是真的保存了一份此文件的副本。我最终还是向我前妻开口询问它的下落,她很宽厚地说,她会去银行她的保险箱里看一看。第二天,她打了电话来,告诉了我好消息。

"现在就在我这儿。"她说。

"太棒了。你会不会也正好有一份我们结婚时的有关婚姻证明呢?"

电话线中的对话暂停了下来:"也在我的保险箱里。在银行。就是我刚去过的地方。"她耐心地说,"我明天再回去拿吧。"

我又打电话给我母亲,询问她是否保存了一份我的出生证明。

"唔,我可能有。"她回答我,"但是,如果我有的话,也应该放在储藏室内侧的箱子里了。我够不到它。我会问一下门卫,看他是不是能过来把它给掏出来。你什么时候需要呀?"

"一个月之前。"

半小时后,她又打了回来。

"唔,你运气不错……"

当蒂看到这张出生纸后,她告诉我这并不正确。"我们需要的是详细格式的出生文件。"

"还有详细格式?"

我女儿生日后的第二天,也是距离婚礼恰好还有一个月的日子,我飞去洛杉矶导演一场电视表演。在我回来之前,蒂将必须要完成一台戏的导演工作,赶上她写作的截止期,并且已经带着我们的女儿去了都柏林。

在她出城的路上,她去取回了自己的婚礼礼服。在机场,她打电话给在洛杉矶的我。"回家的路上会下雨。"

"我们就期待那个时刻会下雨吧。"

★ ★ ★

婚礼的三周前,还是没有确定的计划。

父与子

在我们定下的婚期的两个星期又两天之前,我人在伯班克,导演一场描述一个人被农具弄伤的戏码:他的左臂从腕关节以上全部被折断了,血流如注。因为我自己也不明白的原因,每次碰到导演这种场面的戏,自己通常都会非常紧张。在拍摄的空档里,我检查了一下手机里的留言。我错过了一通电话,是从我儿子的体操营队打来的。对方留话说,请我尽可能迅速回电。

我的儿子折断了他的左臂,部位恰是手腕以上——跟我导演的场景中那个男人的情形完全一样。一辆救护车将我儿子送进了医院,医生找不到他母亲,蒂又在爱尔兰,我则在3000英里之外。

很快,我儿子的母亲去了医院陪他。过了十二个小时,使用了多重剂量的吗啡,在经历了后续的一次次呕吐之后,他被送回了家,蓝色的石膏从手上打到肩膀。在我前妻寄给我的照片中,我的儿子看起来又小、又苍白、又无助。

在我可以回家的前一周,我的脑筋已经变得极容易受到干扰。也许是我将对于婚礼的焦虑感错误地应用在了我儿子身上,我的意识里全部都是有关他的状况。我常常打电话给他母亲询问他的情形。我已经在洛杉矶的街道上开了快三十年的车,却两次在开了几百次的街上转错了弯,然后发现自己走丢了。一天下午,在工作之后,在回到我借住的朋友家的路上,我把车停在路边,拨响了自己的电话。

"嗨,伙计。"我父亲在电话那头大声叫了起来,那是他一直以来的方式。

"嗨,爸。"我哽咽了起来。

他问起蒂和孩子们——我并没有提及我儿子的手臂。我则问起了他的妻子。然后我问他是否能来参加我的婚礼。他已经在先前警告过蒂，可能他到时候会有时间安排上的冲突——那个周末恰是他妻子的生日，他们已经和她家庭里的其他一些成员一起，安排了邮轮之旅。但我还是觉得自己亲口询问一下显得很重要。

"我们——是我啦，很想你到时候能在现场，如果你可以去的话。"我听得见自己在说。

"我还在尝试协调，伙计，但是邮轮的钱已经付过了。我试着打电话给他们的总经理，正等着他们回电给我。但是，我还在试着协调。"

挂了电话后，我坐在那里，看着车子沿着蒙大拿大道来来回回地鱼贯而过。我不确定，我是否为此感到失望，或是有一点尽了义务的意思。我其实并不期待得到其他回答，只是很高兴听到他的声音。我转过来，从附近一间化妆品商店的窗户上看着自己的影子。

回到纽约时已是婚礼日期前的第九天了，那是我儿子和我应该动身去爱尔兰的日子，他母亲和我带着他去看了骨科大夫。那医生是个很有个性的大个子，眼镜几乎架到了鼻尖上。他检查了我儿子的石膏，很快便决定要换掉它。

"他们在医院里做得还不错，但是让我们矫正它的使用方法，好不好？"在我们等待着新的X光片结果时，我开始切入了话题。

"可是，医生……我们已经定了今晚的飞机，去爱尔兰——"

"什么？"他瞪着我。

"是啊，我应该是要在那里结——"

"不行。"他打断了我，头摇来摇去，"不行，不行，不行，不行，不行，不行。这只手臂今天晚上不能上飞机，不能带着水肿和骨折的手臂上飞机。记得塞丽娜·威廉姆斯发生过什么事吗？她的脚上有骨折，还要飞去夏威夷，结果肺部有了血块，差点要死掉。她还是个职业运动员呢。不行，这孩子几个星期之内都不能上飞机，几个星期内都不行。"

我说不出话来。

我的前妻想要帮我解围："他下个星期要在爱尔兰结婚。"

医生向后侧过头去，举起手做出一副"那我们也无能为力"的手势来。等X光片取回来后，医生指给我们看了好几处骨折；破碎处看不清楚，骨头已经裂成了碎片。

"并且，手腕处也有碎片，在医院里，他们并没有发现。"医生指向黑白片子上的一个小点。

我一动也不动地坐在角落里的一张小凳子上，浑身发麻。在他非常年轻、长着一头金发的护士帮助下，医生做了一个新的石膏模具。等到新的石膏固定了，医生才转向了我。

"你过来。"他说着，急匆匆地出门走到了走廊里。

我跟了出去。

"你的好日子是哪一天呀？"

在医生一门心思关注在我儿子身上的时候，我也一直在问着自己相同的问题。今天是星期二，8月16日。我儿子和我应该在今夜飞到爱尔兰西部的戈尔韦，在一起待上几天。这是一趟属于父子俩的旅行。蒂会带着我女儿在那里与我们会合，我们会一起旅行几天，包括再次参观一趟蒂和我初次邂逅的那间旅馆。我们曾想要一家子在婚礼前一起绕上一大圈。然后，我们会一起开车穿越整个爱尔兰，于星期二，也就是23日，到达都柏林；在星期三（24日）于注册办公室结婚，蒂的直系家属和几位朋友会在场；然后，在星期日，8月28日，我们会在公园里举行更加公开化的婚礼和庆祝。

"下个星期一，22号。"我对医生这么说——想试着在那几个词语中传递出我感觉到的紧迫。

医生点点头："好吧。"他做出一个"停下来"的手势，"让我看看能做些什么吧，也许我们能想出个什么法子来，只是也许，没有保证。这骨折很糟糕，在飞机上的空气压力中——"

"我知道，医生，"我开口打断了他，"但是除非你能对我说他会死在飞机上，否则我们总要飞的。"

医生笑了起来，我怀疑自己是否在开玩笑——同时，明明知道若是有任何风险，我会在儿子不在场的情况下去结婚。但我不确定自己是否能做到这一点，他已经在担心着自己被我们的家庭排斥了——不能在婚礼当天到场只会更加加深他的挫败感。我儿子需要的，是亲自到场，成为整件事情的一部分，并且亲身体验到环绕在他身边的爱，而不是在4000英里以外的地方听说着所发生的一切，并且抱憾终生。

我自己就没有参与过我父亲的第二次婚姻——我不想让这段历史再次发生。在我父亲再婚时，我已经很少跟他有什么交流了。我一直想象着他——错误地——假设了，即使受到邀请，我也不会出席他的婚礼。单单这件事，并未让我因为被忽略而感到伤害，但是它毫无疑问让原本已经遥远、生疏的关系更增加了距离感。我的儿子一定要参加我的婚礼。

医生向我微笑着，做了一个玩杂耍的手势。然后他又笑了起来，在我肩膀上拍了拍，走回了办公室。

那一晚，我让我儿子睡在我的床上。在他入睡后，我给蒂挂通了电话。爱尔兰的时间已经很晚了。

"你们在哪里？为什么没有在飞机上？"她的声调高扬了起来，充满了惊慌感。

我解释了医生所说的一切，但没提我儿子可能在数周内都不被允许飞行的事。"我们会在下个星期二一大早飞到，"我说着，希望自己的声音中能带着我所缺乏的笃定，"那样的话，我们还是能在星期三结婚。没有问题的，我们只是没法事先享受一起在西部的时间了。"

蒂根本听不进去这些，她的抽泣声非常响。

等我爬上床时，我儿子翻身过来，石膏正好打在我的脑袋上。

"我好遗憾我不能去爱尔兰了，爹地。"第二天早上，他这么说。

"我保证我们能走的，小伙子，别担心。"

"不，医生说了我不能上飞机，你没有听见他说的吗？"

"我知道，但是——"

"我会死的。"

在蒂和我计划要结婚前的六天，我儿子和我又回到医生那里换了石膏。我将医生拉到了一边。"看起来怎么样呀？"

"到目前为止还好，肿块已经消下去了很多，已经有骨头重新长出来了。如果你跟我有那样的骨折，我们的手臂上可能会钉上十几颗金属钉子了。年轻真好。"

"那么，你觉得我们可以……"

"也许。"

"你是否介意跟我儿子说，如果你让他飞行，他就不会死？"

"哈，一切看起来都好，别担心。"我在网络通讯上对蒂这样说。她正和她的伴娘路易丝一起在基拉尼。我已经不记得上一次是在何时看到她的脸庞。在电脑屏幕上，我能看出蒂双眉间的皱纹显得更深了；她看起来压力重重。她知道，我并没有告诉她全部实情。

我望着她越久，越觉得她越发美丽，不久后，她的电脑没电了，她也随之消失。

在我到达爱尔兰时，如果我能在婚礼的前一天到得了爱尔兰的话，蒂和我已经有将近五个星期没有见到彼此了，这是自我们相遇以来最长久的分别。

那天稍晚时，我帮着我儿子洗了他自从折断手臂以来的第一次澡。我坐在洗澡池边，跟他闲聊着。

"对所发生的一切，我觉得很抱歉，爹地。"我儿子一语中的。

"你就别再担心了，我们没事儿。"

"希望如此吧。"

"相信我，会的。"我们又聊了一会儿他想要而我不想让他有的电脑游戏，然后我起身倒了一杯茶。"别让你的石膏碰到水了。"我边说着边离开了房间。

"别担心，爹地。我知道的。"他回应着。不过几秒钟后，我听到他的叫喊，"噢，不！"

"发生什么事了？"我冲回了浴室。

"我忘了。我想要躺下来，我忘了。"

"你在跟我开玩笑吗？我五秒钟之前才对你说过的。"

"我知道，我很抱歉！我就是忘了！"

"赶快出来。"石膏已经是湿淋淋的了。

我给蒂挂通了电话。

"吹风机在哪里？"

"喂，亲爱的。你说什么？你怎么想起来要找吹风机？"

"别问了。你知道它搁在哪儿了吗？"

"哦，天哪。"她倒吸了一口凉气，立刻就明白了。"在壁橱的最下一层，右边的角落里。"

我轻轻地拍着石膏，把吹风机晃来晃去地绕着它吹。"里面湿了吗？"

"没有，一点也没有。"我们俩谁都不想让石膏湿掉，但我们都知道它已经湿了。尽管我儿子在偶然间依旧对即将到来的这一场婚礼顾虑重重，但他还是非常向往去爱尔兰。我翻转着吹风机。他的嘴角开始上扬，我们俩都忍不住大笑了出来。

"他妈的。"

"爹地，你说了脏话。"

等到跟我儿子一起睡下了——在这个星期之前，他已经有好几年没有跟我一起睡了——我试着对面临的情况作出判断。我考虑过关于下周的不同安排方式和各种可能性，以及它们可能会意味着什么，既是为眼前的时刻考虑，也是为一段日子之后作打算。这样反复折腾了一个小时之后，我已经到了崩溃的边缘，起床去洗了记忆中的第一次澡。

一大早，我打电话到医生的办公室，但是暑假中，他在所有的星期五都是歇诊休息的。

"嗯，也许也没弄得那么湿，"我对接待员说，"我们可以等到星期一。"

"等一下，"接待员说，一分钟后，她重新拿起了电话，"不行。如果他弄湿了石膏绷带，一定要换新。护士在这里，她会换的，医生可以在星期一再检查一遍。"

我们又去了诊所，那同样很有吸引力的金发护士朱迪，一层层地掀开了我儿子手上缠着的石膏绷带，里面的纱布都缠在了一起，已经湿透了。

"你们一定要换石膏绷带，没什么好说的。"朱迪转向我，她绿色的眼珠闪烁着。"看到皮肤已经开始受到影响了吗？"她摇着头，"这可不是一件好事。"她马上开始在手臂上忙碌起来。在她摆弄我儿子的手臂时，她那长长的、披散开的金发不时垂在了我儿子的肩膀上；她细细的、指甲修剪得分外整齐的手指攥住了他的手腕。之后，我儿子的手臂又拍了一次X光片。

朱迪将几天前的片子和刚拍的放在一起比较，骨头看来比先前更加不正常。甚至连我儿子自己都注意到了。

"从新的X光片看来，情况变糟了，"坐在我们回家去的出租车里，他问我，"是吗，爹地？"

"没有。"我骗了我们两个人，"它们看起来完全一样呀。我们会没事的。"

星期六，蒂和我预定婚期的四天以前，我加了旁注的出生证明终于寄到了。如果我儿子没有折断他的手臂并需要留在纽约的话，我们该如何处理这份文件呢？

我给蒂打了电话让她知道。

"我的收到了吗？"蒂的出生证明更加麻烦。因为她出生在维也纳，原文内容为德文写成，需要另外转译、再发出、然后加上旁注，这些手续为原本已经错综复杂的处理过程更增添了好多麻烦的步骤。

"难道我们还没有收到吗？"

"我跟你讲过的。你有没有打电话给那个家伙？"

"哪个家伙？"

"我找了人办理快件，它应该是由快递人员送上门来的。"

"噢。"

蒂给了我名字和号码，我打了过去。

"谁？"电话里，带着浓重口音的声音在大叫着。

我拼出了姓名。

"噢，是的，那一份应该会在一周到十天里收到。"他说。

"不行，不行，不行。我们两天后就要飞走了，我现在就需要它。"我解释着。

"噢，没有人跟我讲这是急件，我打个电话问一问吧。他们今天关门，但是我星期一会打过去的。"

"我真的需要马上就拿到它，我们星期一晚上就要飞了。"我还在坚持。

"我尽力吧。"他告诉我。

星期日，我们婚期的三天之前，婚礼聚会的一周之前，蒂告诉我："我父母想要在他们的家里办同乐会。"

"我以为会在旅馆里。都已经安排好了。"

"嗯，他们已经订了第二个大垃圾桶，准备专门丢我们同乐会的垃圾。他们现在正好有房间。"她对我解释。

"还是在星期日，婚礼之后，对吗？"

"嗯，我们今晚会在我父母家里碰头讨论。有人觉得最好是安排在我父母招待的晚宴之后，这样不用分两次安排布置了，忙一次就好。"

"好吧。"

"你只要负责上飞机就行了。"

星期一一早,蒂和我预定的都柏林婚期的两天之前,我儿子和我又回到医生在曼哈顿中城的诊所。又拍了另一次X光片。医生将片子摁在灯光屏幕上。他一声不响地眯着眼睛看那张巨大的负片。他将它和原先的片子作了比较,拿下这一张,又换上另一张,然后再重复,重复,来来回回地反复比较,然后他坐在了我儿子的旁边。

"躺下来。"他命令道。

我儿子躺倒在医生的诊断台上。

医生用他的大手包住我儿子细小的手臂。他闭上眼睛,将头向前倾着,他的耳朵靠得离手臂很近,似乎在倾听着那里的什么东西。他开始用手指挤压它。我儿子先是咯咯咯地嬉笑着,直到因为疼痛而叫出声来:"哎哟!"

"别动。"医生大叫。他更多地摆弄起那根手臂。我儿子向我张望过来。等到医生终于放开了手臂,他向后坐了下去,看着我说:"我们给这条手臂再上一次新石膏,然后,送你们两人上飞机。"

急件

"到底在哪里呀?"我对着听筒大叫。

"有人在一点半送了急件到府上,但是没有人在家。"带着浓重口音的男人说。

"我们一点半就在这里了。"

我儿子抓住了我的手臂。"爹地,门铃不响了,记得吗?"

"啊,他妈的。"我急得口不择言。

"爹地,你说了脏——"

"拜托你了。"我朝他发出嘘声。

"你想要让我试试再送一次吗?"电话中的男人问。

"是的,现在就送来。我半小时后就要动身去机场了,我急需那份出生证明。"

"我来给他们打个电话看看。"

"不!不是打个电话看看。告诉他们现在就送来这里!我已经迟了。拜托了!"我意识到自己在尖声高叫着。

两分钟之后,电话铃响了。"送件人员就在另一条线上,他正等着听——"

"他为什么要等?现在就过来!现在!"

"他会在三点钟到,两点四十五分来不及。"

"你现在就让他送过来!"

我儿子跟我冲下楼,将大大小小的背包排列在人行道上。汽车接送服务人员刚好到了。

Dublin 251

"我必须要等上几分钟,有人会送快递过来。"我告诉司机。

"我不会等的,接你们的时间说好是两点四十五分。我还有其他的工作等着呢。"司机回复我。他已经启动了车子。我赶紧将一张10块钱的票子递进窗口给他。

"就几分钟。"

"那我等你十分钟。"他说。

"你应该订好一些的汽车接送服务,爹地,"我儿子开始抱怨了。"这一辆车里的气味总是很奇怪。"

在两点五十九分时,拐角处出现了一个矮小、如白日梦游般、身穿白色汗衫的家伙,他正慢吞吞地沿着街道,以左右摇摆的步态,随兴地溜达过来。我冲到他的面前。

"你是来找麦卡锡的吗?"

"什么?"

"你来这里是不是为麦卡锡送急件?"

他低头看了看信封。我已经看到了未来妻子的名字就写在信封上面。"不是。"他摇着头。

"这个就是我的。"我从他手中抓过信封,钻进车里,扬长而去。

在机场验票处,我告诉我儿子将戴着石膏的那只手的袖子放下来,靠着墙壁等着,离开我远一点,因为我忘记带上医生开出的证明信,证明石膏已经作了双壳处理,对病人没有任何医疗威胁,他已经被允许乘飞机,同时,我也忘了带孩子母亲开具的另一封信,同意他跟随父母中仅一位出国。这两封信都还丢在电话机旁,我曾经拿着那只电话的听筒,对着那个带着浓重口音的男人尖叫,试图让他立刻找人将翻译并加了旁注的出生证明送过来。幸运的是,机场里似乎没人在意这些规矩,在我看着我儿子玩了几通平时都被我禁止去玩的电玩游戏后,我们便上了要在夜间飞行的班机。

与爱尔兰的因缘

我和爱尔兰的关系既深远又复杂。我第一次去都柏林，是80年代中期和塞维同去的，那时，我们既年轻又无牵无挂。那时，爱尔兰的光景并不好，正处于深重而绵延不断的经济衰退的剧痛之中。我们从伦敦过去，原打算只住上一个周末，结果却待了三个星期。我们租了一部车子，开着它到处走，没有一点计划性，从一个村子开到下一个，沿途不断地和友善的人士碰面，在美丽的球场上打着糟糕透顶的高尔夫球。然后，又在当地的小酒馆里喝到烂醉（喝到偶尔间还会爬起来大声高唱的地步）。最后，我们终于开到了西岸，就在杜林村的外围地带，找到一家小规模的、家庭经营的旅馆。那里便成了我们的窝。

奥卡拉汉一家人每年都像是欢迎家人般地欢迎我们回去。塞维和我一年一度的朝圣之旅成了固定的、使我们重现青春的仪式。之后有一年，我们因为太忙没有去；然后，又是一年也匆匆过去了。从此，我一隔十年后才终于再度回归。

之后就迎来了蒂和我初次邂逅的那次旅行。在我缺席的那些年里，"凯尔特之虎"让爱尔兰变得富裕了起来。我成了别人的丈夫，又作了别人的父亲，和我上次回去那里相比，我变得既小心谨慎又乏味无聊。

现在，由于蒂的缘故，我一年里要去都柏林好几次。

我带她去过杜林的奥卡拉汉家，但是在大多数日子里，我们还是会待在都柏林，离她的家人和朋友都更近一些。我对这城市的了解，来自每天日常生活里的随意游走。后来，我们便在距离蒂父母的家仅仅几条街巷之外的地方买了房子。我跟爱尔兰的关系变得更加错综复杂，既包含了家庭间的关系，也有了责任，还多了来自那里的账单。

有时候，我也会对都柏林持续不断地将我们强拉向它而愤愤不平，蒂所做的将爱尔兰保持为她生命中——作为连带后果也成了我们共同生命中——个重要部分的决定，便是这种紧张状况的由来。

"我们没法在两个地方过日子。"最终，我告诉她。

"哼，我是可以的。"这是她的回应。

孩子们跟蒂一样，对于爱尔兰并没有什么复杂的情绪。他们只是喜欢被外婆和外公宠爱着，渴望着能在这里尽情享受着自由、独立的感受。

我儿子还喜欢跟着爱尔兰的出租车司机去闲逛。这天早上，虽然我们两人在飞机上都是一宿没有合眼，他却照样能跟司机侃侃而谈着他所住过的几个不同地方，问司机为什么此刻外面还是那么黑，还问人家知不知道飞机上卖"品客"洋芋片——他坐了一趟飞机，已经吃了整整三罐。

我们停在一条小路上一面结了冰的墙下，去敲那重重的木门。这是一家小旅馆，距离婚礼地点已经不远了。我们没有回到自己的房子去住，也是疏于计划的另一个后果。

作为第二常住的家，买这套房子也是一个情绪化而非实际性的决定。我们在自己的小屋内——这里原先是用来为拉斯曼有轨电车路线的工人们提供住宿的地方——一年之内只会住上几次，虽然蒂会更常规性地溜回去，但是常常在房子空出来的时候，我们会把它出租给别人。

在我们定下8月28日婚期的时候，我们想当然地认为可以在周五（26日）举行法定的仪式。等我们最后确定时，才发现，注册登记处在那一天已经被别人预约了。我们能够结婚的最靠近的日子是周三（24日），但是那个时候，我们正好将房子租给一对来自加拿大的夫妻，一直要到25号。所以，在蒂和我最终将要成为合法夫妻的那个早上，我们都只能窝在一间旅馆的房间里。

我儿子和我进到6号房间里，厚重的帘子垂放着，遮住了爱尔兰清晨青灰色的昏暗光线。陌生的房间里一片黑暗，我儿子被什么东西重重地绊了一下。

"哎呀！"

"嘘。"我轻声嘘着。

我的眼睛已经适应了黑暗。蒂和我们的女儿正睡在一张大床上，我儿子刚才就是被它绊了一记。卧室旁装了滚轮的小床空空如也，毯子掀开在一边，等着有人盖好。很快地，我帮着我那精疲力尽的儿子脱了衣服，将他抱进小床里。几分钟不到，他便沉沉地睡去了。我蹑手蹑脚地爬上大床，睡在蒂的身边。她翻过身来，惺忪的睡眼睁开了。她笑了起来，向我靠了过来，她的身体性感迷人，还带着睡梦中的余温。她看起来总是和我初次见到时一样的年轻，在此刻清晨的光影中，瞥见她的脸庞，还是毫无例外。我们女儿的小脑袋靠在她的肩膀上。

"爹地！"

六个小时后，蒂将我摇醒。帘子已经被打开了，房间沉浸在光线之中。

"快起来，亲爱的。我们该动身了。我们一小时后要跟帕特里夏碰面。"

签字画押

我们先赶去"喜乐之家"——蒂的父母那里放下孩子们，再赶去伦巴底东街上专门负责注册登记出生、结婚和死亡的民政办公厅。这里是城市中我不熟悉的地区之一。房子低矮，用砖块砌成，在昏暗的灰色天空下，感觉像是回到了1930年代，这是都柏林的某些街道至今还弥漫着的感觉。走过破旧的安检门，穿过一条散发着污浊烟味的门廊，走上台阶，在一间昏暗、肮脏，铺着破旧蓝色地毯的浅褐色房间的一角，在一张靠着脏污窗口、能俯瞰街对面由当地管辖的住房项目的金属桌之后，我们看见了帕特里夏·特雷纳。她是一位个头矮小、面容很迷人的中年妇人，留着一头剪得很有气质的金色短发，厚厚的镜片后闪烁着一双蓝色的眼睛。她从一张金属椅子上立起身来，穿过房间，像是遇见了故友一般地欢迎着我们的到来。

"在通了那么多次电邮后，我感觉到像是已经认识了你们。"她的话里带着已被二十年大都市生活冲淡了的卡文口音。我们和她握了手后，在她桌子对面的两张塑料椅中坐了下来。

蒂所展现出来的一个特质是，不管是涉及细节还是组织，我从来没有注意到她会在任何事情上有所耽延，她不会错过任何一个截止日期，也不会忘记任何一个约会。我曾经问过她，为什么不把事情都写下来。"也许可以列一张清单。"我如此建议。

"那我就必须记得要去看它，"她说，"结果，我的脑子里又要多记一件事情了。"

除了忘记从手提包里拿出一份文件之外，蒂已经准备好了我们所必需的所有文本文件。"在这里签字，"她告诉我，手指向一份我从未看过的表格，"还有这里。"我根本搞不清楚自己刚才签了什么东西。蒂将所有文件都交给了帕特里夏。

帕特里夏仔细看过我们所有的文件。

"太好了,"她对我们说,"现在,我只需要问你们几个问题。你们必须要读完这份清单,上面是禁止结婚的一些情况。"

她递给我们一张两面都印了东西的纸。不出所料,首先是针对重婚和严重精神疾患的警告。然后是一份很长的单子,指明婚姻双方之间不得存在下列亲属关系:一个男人不能娶他的祖母、他妻子的祖母、他母亲的姐妹、他母亲兄弟的姐妹或女儿、他兄弟的儿媳妇、他妻子兄弟的女儿、他女儿的儿媳妇、他妻子儿子的女儿、他妻子父亲的姐妹,等等等等。

关于女人在婚嫁上的阻碍事由,也有相类似的限制。

"我不确定,但是我认为我们没有这一类的问题。"我说。

"现在,安德鲁,"帕特里夏透过镜片注视着我,"我需要你完全确定。"

蒂插了进来。"他还在闹时差。"她边说边拍打着我的膝盖,其实完全不必如此用力。

"我只是开个玩笑,我们非常安全。"我说。我决定不去提关于蒂母亲娘家的姓氏也是"麦卡锡"这件事情,还有,我们的祖先都来自科克的同一个地区。

我们又闲聊了片刻,然后帕特里夏说:"这并不是一次要全面彻查的面谈,但是一眼看去,你们的头脑还算清楚,"她看了我一眼,"可能有一点犯困。我建议在明天仪式之前,好好睡上一觉。"

我感觉自己好像在需要通过考试拿到成绩的学校里,并且刚刚递交了一份潦草的读书报告。

帕特里夏告诉我们,她会是那个在早上执行民事典礼的主婚人。蒂和我都为这个消息感到高兴。我根本就没有去考虑,谁会在我们这个包括两部分的、分好几天举行的合法婚礼中为我们主婚。我只是在为蒂的朋友雪莉担心,她要在我们星期天的典礼上担任主婚人。

"除非你们要播放音乐,或是有人要朗诵诗词还是其他什么的,否则,整个仪式大约只需要十分钟便能完成。"

"就这样?"我问。

Dublin 257

"就这样，"帕特里夏回答我，"哦，你们有戒指吗？"

"也许吧。"蒂说。

"没有。"我回答。两个声音重叠在了一起。

"唔。"帕特里夏来来回回地看着我们两人，她的脸上毫无表情，"你们可以决定下来，婚礼前让我知道。"

出了民政办公厅走在街道上，都柏林的八月仿佛是纽约的秋天一般。风吹着，天空低垂，空气里还透着凉意。

"要戒指吗？"我问。

"你难道不想戴上戒指吗？"

"不是的，我很乐意戴上戒指，"我说。"只是你说过你不想戴戒指的，记得吗？我们不需要它们。我们谈过这件事的。"

"啊，我想起一个认识的珠宝鉴定师了，她可以帮我们找一对非常棒的。"

"明天就能拿到手吗？"

蒂打电话给她的珠宝鉴定师朋友，她告诉蒂，她的一些作品现在正在拿骚街上的吉尔肯尼商店里展示。我们连忙赶过去。城市的这一带总是闹哄哄的。保存着凯尔经的三一学院就在街道对面。几条街道之外，便是人行道上永远塞满汹涌人潮的格拉夫顿街，有沿街购物的，有在街头表演的，也有卖花的，还有专门来看人潮。占地22英亩的"圣斯蒂芬绿地公园"，南都柏林的灵魂地带，也不过就相隔了几条街。

蒂很快就发现了一副她喜欢的戒指，但是戴在她的手指上，显得略略大了一些。

"我们可以帮你调整一下大小，"柜台后年轻的女店员说，"婚礼是哪一天？"

"明天上午。"蒂回答时，她的电话响了起来。

"明天上午？"年轻的女店员吓了一大跳。

但是蒂根本没在意，她在电话里订购着我们在星期天的典礼上需要的婚礼蛋糕。"我明天上午有一点忙……"我听见她这么说。

"有一点忙？"我打断了她。

蒂挥手示意我走开。"——但是，也许我可以在晚些时候过来看一下，或者，你们的网站上有没有蛋糕的照片呢？"

女店员看到这样的交易，转过身去，干脆远远地走开了。我把蒂拉出了门回到街道上。关于戒指的念头就这样没有更多讨论便被搁置下来了。

我们在街角绕来绕去，走到了"圣斯蒂芬绿地公园"的谢尔本酒店，径直进了酒吧。屋子里弥漫着一股雅致的、欢乐的嘈杂。在蒂啜着一杯酒，而我大口喝着汽水时，她说道："也许我们应该把星期五晚上的'欢迎鸡尾酒会'换到这里来，而不是在梅里恩酒店。这里更有气氛。对美国人来说，可能更好玩些。"

"不是都定好了吗？都付了订金，什么都预备妥当了，不是吗？"

但是蒂已经隔着吧台探出身去，想要跟经理说话了。

婚礼宣誓

姑娘们酣睡着。我儿子和我坐在我们旅馆房间外的门厅里,在昏暗的灯光下读着《查理和巧克力工厂》。现在是半夜一点三十分。我们正读到奥古斯塔斯·格鲁普跌入了巧克力河,从一根排水管道中被吸了下来。我们两人都已经筋疲力尽,但是谁也睡不着;时差紧紧地纠缠着我们。最终,我们上了床昏睡过去。

但是在早上八点钟时,我们全都爬了起来预备动身——有许多事情要做,譬如去结婚。我里里外外地翻找着自己的包,却找不到我的剃须刀。我清楚记得,在纽约时我把它们都收进了包里,但是此刻,它们却从我堆散在窗口旁的箱子里不翼而飞了。我的箱子又压在我儿子和女儿的包上,他们包里的杂物已经四散在房间的各处了。

"我马上就回来。"我说着,已经出了门。蒂在我身后大叫,但我还是继续向前走着。我需要一些新鲜空气——和一把剃须刀。

屋外是明亮、凉爽的清晨。我感到一阵轻风自东方吹来,而头顶上,翻卷的白云又自西方席卷过整片天空。我走过利森街上的大桥,看到了运河里的两只天鹅。几个世纪之前,运河曾是城里向外而去的主要通道,和市中心相比,这里住着更多的居民。蒂曾经住在转角之处——我常在深夜里去买一夸脱牛奶回来,或是在一大早因为时差而去街上乱走一通,这里是我对都柏林产生亲密了解的最初几条街道。我走着的时候,意识到自己在这里的个人历史,也意识到自己在这段关系中究竟做了多少的投资。我对于自己步伐的节奏、手臂的摆动、脚步的起落都有着清醒的感知。对于几分钟的个人独处时间,我充满了感激。突然间,我唱起了一首布鲁斯·史普林斯汀的歌:

"愿你的力量赐给我们力量，愿你的信心给予我们信心……"

这真的是我今天的祷告词。

等我买到塑料制的剃须刀回来，蒂和我女儿已经走了。我儿子在早餐间里。根据某条没有说穿的协议，婚礼之前我不能见到蒂，而一系列于偶然间刻意安排好的事情正在发生着。姑娘们去做头发了。在她们离开时，我儿子和我要换好合适的服装。我的伴郎塞维——昨天刚刚赶到——要来接应我们，我们会一起前往民政办公厅。等到我们离开以后，蒂会回来换好服装，她父亲会来接应她，我们全都要在十点二十五分赶到集结地点会合，准备结婚。

在我刮胡子时，我很清楚地记起自己在第一次婚礼的早上曾经做过同样的事情。我能想象出自己在当时的光线自左侧旧的、还缺了一角的盥洗室镜子反射过来的样子。我清晰地记得自己刮胡子时的小心和自在，以及自己刮得是何等细致。在漫不经心地想着这些事情时，我不慎刮到了自己的右耳，伤得还颇严重。一时间，血流如注，停都停不下来。

"好吧，至少，我不再重复上一次了。"我大声地对自己说，试着不要从这持续性的流血中看出任何不祥的寓意来。

"你说什么，爹地？"我儿子从盥洗室外冲了进来。

塞维赶到了，将我们都推出了门。我们沿着大运河走着，将几只绿头鸭抛在身后。我儿子一路上都在神气活现地雀跃、蹦跳、跑动着。塞维在我身边大步流星地走着；他走路的样子我已经熟悉了很多年。在我今天赶去结婚的路上，大概没有其他两个人让我想要如此同行了。我请塞维拍一张我儿子和我行走时的照片。我儿子没有兴趣，塞维的动作也不够快。我的感受在突然间被伤害到了。我将它藏在了自己心里——原来，我并没有自己想象得那般轻松。

我们离开了运河的平静，转上"菲茨威廉广场"。公共汽车和摩托车在身旁呼啸而过，向着都柏林的心脏地带飞驰而去。在突然间降临的一片嘈杂声中，我感觉自己的一层皮肤被揭去了，混乱和噪音刺激着我此刻烦躁不安的神经，我的双肩不自觉地弓起来，似乎要抵御这一片在猛然间攻击而来的喧嚷。而此时，我们却找不到民政登记处的办公楼了。

"难道这不是你应该负责的事情吗，塞维？"

我们走进一家零售商店找人问路。

"我能买一瓶可乐和一些洋芋片吗，爹地？"我儿子问。

"现在是早上十点钟。"我说。

"那又怎么样？"

"好吧。"

"太棒了！"他握起了拳头，"塞维，我几个月都没喝过可乐了！"

我们要找的办公楼其实就在马路对面。我们是最先到达的。突然之间，我疑惑起来，不确定是否还可能会有其他人现身。

我知道我父亲不可能会来；我再也没有听到他给我任何回音——其实我也不指望能听到。我母亲和大哥斯蒂芬要到星期五才会赶到。我另外两个兄弟都没法来，已经是大学教授的彼得，这一周就要开始他新的一学期课程，不可能脱得了身；贾斯汀则一头陷在他自己的工作里。我希望他们都能够来，但是惯常疏远、偶然亲密的距离感已经决定了我们彼此之间的关系。这种关系让我没有勇气让他们知道，这一刻他们若是能够现身，对我而言，那将会意味着什么。

民政登记处的玻璃门入口位于一片典雅的室内庭院的尽头。推门而入后，先是一小片前厅，再向里走，则是一间铺着蓝色地毯的房间，排了6排椅子，每排10张，都固定在了地上，向着房间的前方略略倾斜，而前方则是一张半月形的办公桌，后面也有一张座椅，并另有4张椅子绕着半圆形排开。令人感觉不可思议的是，房间里似乎洋溢着一种令人充满了希望的氛围，而我还是感到了一点点失望，因为很显然，整个仪式将是在入座中完成的。后墙贴满了木制的镶板。

我回转身，透过玻璃门看到蒂的三位兄弟已经到了；他们都在大声笑谈着。然后，她父母也出现了，我们的女儿被她的外公牵着手，蒂的三位朋友——她的见证人杰基和两位伴娘路易丝、凯伦都是蒂的老朋友了。然后，我便看到了蒂，她穿着一身雅致的银蓝相间、秾纤合度的衣裙。

我等在自己站着的位置，也就是桌前。其他人走进来，大家彼此拥抱，笑得都很紧张。我在蒂的脸颊上亲了一下。

"你看起来美极了。"我告诉她。

她咧开嘴开心地笑了。她貌似兴奋、紧张又自持，在我看来，显得既坚强又脆弱。我儿子一直在绕着屋子蹦蹦跳跳着，但是当其他人走进来时，他却安静下来，坐在最后一排边上最远的位置上。蒂的父母试着要去拥抱他，他抗拒了。他的妹妹走到他身边，也被他挥手赶开。我叫他坐到前排来，和其他人一起，他也拒绝了。

我儿子对于被家庭排斥在外的焦虑感，在过去几个月间一次又一次地表现出来，在我们抵达都柏林后——直到现在这一时刻为止，兴致都很不错。但是在突然之间，他的惧怕似乎又回来了，正如我担心会发生的那样。

我走到他面前，带着紧迫对他轻声耳语："我需要你坐到前排去，现在就去。"

"不。"他回应，眼睛里闪动着愤怒。

我的神经几乎要爆发出愤怒的火焰来。

"拜托了。"我对他轻嘘。我转过身请蒂的一位兄弟小科尔姆，也是我儿子最喜欢的一个舅舅，陪他坐到前面来。

"过来过来。"小科尔姆大声说着，向我儿子招手。

我儿子终于动了慈心，慢吞吞地蹭到前排来，扑通一声坐在蒂的兄弟旁边。

帕特里夏从木制镶板后现身了，她要求我们所有人都入座。塞维坐在我的右侧，蒂在我的左边，杰基又坐在她的另一边。帕特里夏在桌子后坐下，也没有什么正式的开场白，仪式就这么开始了。

帕特里夏通读了一遍相关的法定协议。当帕特里夏要我们签署一些装订好了的文件时，我对于被证明是有误的诉讼感到一阵放松，我开始在错误的位置签自己的名字。塞维制止了我，将正确的地方指给我看。

之后，帕特里夏要我们全体起立。蒂和我面向彼此握住了手。突然之间，屋子里充满了一种紧张和庄严的气氛，在那一刻之前，这种气氛还只不过是一种含糊不清的可能性的暗示，现在却变得强烈起来，带着某种强迫力环绕在我们身边。我的身体开始热了起来，现在已经没有不真实的放松了。我就在这里，并且许多事情要持续下去。蒂的凝视充满了目的性，她成了整个房间的一根支柱。当帕特里夏提到我的名字时，我回望了她一眼，开始背诵誓词。

"我，安德鲁·麦卡锡，庄严并诚恳地宣誓……"

我看了一眼蒂，开始笑得尴尬起来，但是蒂的一脸庄重却使我镇定下来。我开始重复着帕特里夏的朗读。

"我，安德鲁·麦卡锡，庄严而诚恳地宣誓……"我有点吃惊，这居然是我实实在在念出来的句子。我不知道自己期待要说些什么，因为传统誓言的特定格式在我们昨天的面谈中从未提及，但是在说着这些字句时，我并没有去预想它们的公告性，我只是聆听着，以自己并没有过的方式去沉思它们的含义。在我回应着帕特里夏时，我们的声音开始带起了一种节奏，这让我慢慢聚集起一种信心。

"……爱她，安慰她……"

"……爱她，安慰她……"

"……无论是在疾病中，还是在健康时……"

"……无论是在疾病中，还是在健康时……"

"……在我们有生之年……"

"……在我们有生之年……"

当我念完了自己的誓词后，帕特里夏又转向了蒂，而蒂对我的凝视从未有半点犹疑和减弱。等她开始背诵她的誓词时，我情不自禁地对着她张口笑着。她的唇角上扬起来，但是很快就又变得镇定自若。

等到蒂念完她的誓词后，我们交换了一个眼神，仿佛在说："对，我们刚刚对着彼此说了那些话。"它让我们感觉自己变得高大、变得成熟起来——就像我孩提时代的那个晚上，我躺在我家前院的雪地上凝视着星空一般；还有一次在西班牙，走在卡米诺的一个谷仓旁边时，也有过这样的体验。我能够感觉到围绕着我们的那些人。看都不用看，我便能说出每个人所站的位置。房间里似乎有了活力。蒂眼神里闪耀的光芒让我知道她也正有着同样的感受。她深深地吐出一口气，像是在呼唤着更多的膨胀起来的能量，来掀起一阵狂潮。然后，她的脸上洋溢起了一种最灿烂的笑容。然后，我们相拥而吻。

等我们从彼此的拥抱中挣脱时，蒂耸了耸肩膀，大家都大笑了起来。一切都回到了正常的情形中，大家又开始彼此拥抱起来。大笑声在此刻听来轻松了许多。

我们的女儿跳到了我们两人怀中，蒂的兄弟们都拍了拍我的后背，她的父母上来亲吻、拥抱了我。塞维非常诚恳地和我握了握手。

"祝贺你，我的朋友。干得漂亮！"

我儿子移动了他的位置，坐到了墙角边隔板墙的后面，几乎躲开了众人的视线。

等到其他人都在向着门口移动时，我走向他，他的眼睛里闪着泪花。我抱住了他。

"有点过头了，哈？"

"我猜是这样。"

"我好爱你。"我说。

"别这么说了，爹地，你并不爱我。"泪珠终于从他的脸颊上滚落了下来。

"爱得比你能感受到的还要多。"我们安静地在那里坐了一会儿，只听得见他的抽泣声。"来吧，"又过了一会儿，我说，"我们走吧。"塞维过来跟我们走在了一起，我儿子擦了擦他的眼睛，我们走上了街道。

女士们都已经坐进了出租车要前往"梅里恩酒店"，我们在那里的"帕特里克·盖勒博德餐厅"预订了一个房间。男士们决定在狂风大作的正午时分步行穿过"梅里恩广场"。公园里开满了花。我们走过一尊奥斯卡·王尔德的雕像，他斜靠在一块大石头上，看来很有趣。

我们花了一整个下午漫长而慵懒的时间，围着一张巨大、典雅的饭桌吃着丰盛的食物，然后回到我们的旅馆里倒头而睡。第二天一大早，我们扛了十几只箱包，钻进出租车回到自己的家去。

每个人都安静地寻找并适应着自己的方位。我女儿上了她的床，帮她的洋娃娃们换好了衣服。我儿子爬上阁楼，进了他的空间，玩起了他的骑士和山妖。蒂花了好长的时间洗了一个痛快澡。我则躺在床上，看着窗外的风吹过高高的柏树。那是我很喜欢的一个场景，也是我每次想到我们在都柏林的家时最先跃入脑海的一个画面。还是第一次，这个画面让我回忆起了巴塔哥尼亚和埃斯坦西亚的克里斯蒂娜的柏树，在那些地方，柏树是种来阻挡吹得不停的狂风的。似乎已经是很久很久以前的事情了，我想起自己站在凯瑟琳河边，看着一条大马哈鱼努力挣扎着向上游游动。

然后，很明显的，我笑出了声音来。

"什么事情这么好笑？"走进屋来时，蒂这么问我，手里还抓着一条浴巾。

"我只是想到了巴塔哥尼亚。"我回答她。

"是不是还希望着这会儿待在那里呀？"

"刚好相反。"我向我的妻子探身而去，自结婚以来，还是第一次正式地亲吻了她。"有结过婚的感觉了吗？"我问她。

Dublin 265

"一半。你呢？"

"全部，"我说，"我完成了一件大事。"

"噢，不，还没呢，先生。"

温柔的夜

"你没有看到他这一整个星期都在挠着头皮吗?"

"我……我……"是我仅有的回应。

"打电话给凯伦,告诉她在来的路上在药店停一下。"蒂命令我,"我们需要在一个小时后到达达特茅斯广场。伙计们会在那里跟我们会合,走一遍明天的全部流程。"蒂摇着她的头,"我是说真的,亲爱的。"

我儿子最近都住在一个农场里,很明显带回了满头的虱子。也许一整个星期以来都处在由他的手臂引发的压力中,我居然没有注意到他一直在挠着自己的头皮,或者刚好是到了现在,头皮在突然间发痒起来。

凯伦来的时候带着一瓶叫做"虱净宝"的药品,还有潘婷的护发素、小苏打和一把细齿梳子。当我看着蒂花了一整个小时的时间帮我儿子对付头虱时,能够看出她对我儿子温柔和爱护的耐心。当她将梳过他头发后沾上虱子的梳子拿给他看时,两人都笑出声来。

"噢,好酷呀。"我儿子惊叫着。

"哎哟,恶心死了。"我女儿也跟着尖叫起来。

等我们赶到将要举行我们第二个典礼的达特茅斯广场时,已经晚了半个小时。广场围着一圈篱笆,一排成行的绿树中有一块空地,被一条铺盖着支架的小道一切为二,小道的中心是一个爬满了常春藤的凉亭。这是一个简单、典雅的邻家广场,围了一圈红砖盖成的乔治亚排屋。这种地方只可能在都柏林出现。我们在凉亭中碰了面,雪莉已经在那里了。她是一个令人费解的女子，矮小，满头红发，喜欢挖苦别人，又很脆弱，既有防范意识，又有爱心。几年前，她是蒂的朋友中第一批和我熟识起来的人之一。我很喜欢她。当蒂建议由雪莉来主持我们的仪式时，几乎所有人都睁大了眼睛，虽然迷惑却又表示赞同。"她是最合适的人选。"蒂从一开始就坚持着她的主意。雪莉并没有主持婚礼的相关证照，但是因为婚礼的正规性已经由帕特里夏和民政登记处做了保证，她的工作就变成了"将某种灵魂带入婚姻之中"。

蒂的老朋友罗南，一个亚麻色头发、总是穿得很时尚的伙计，会担任整个婚礼的"舞台监督"；精瘦、红发、也是蒂前任男友的彼得会负责与我们现身于公园相关的所有大小事，他也在场；然后便是蒂的伴娘路易丝和凯伦，还有孩子们和塞维。杰基也到场停留了一会儿——她会为仪式开场唱一首歌。明天仪式上所有将要发生的事情，此刻都要作出决定。

"好的，"蒂向大家宣布，"安德鲁，为什么你不来跟大家沟通一下我们是怎么考虑的。"

"噢，"我说，"好吧。"我们其实什么都没有讨论过。我看了一圈很明显的舞台区域。"唔，我想，如果雪莉站在这个位置会很棒。"我指向凉亭下的中心点。"乐手们可以站在这里，"我又指向左边，"如果那样的话——"

"不要。我们为什么不将乐手们安排在这里？"蒂指着我刚才安排雪莉的地方。

"好吧，"我说，"但是如果你打算从那里进场……"我指向公园正门的进场处。

"不，这样不太好，因为到时候，人们会挡住了她进场的路线。"凯伦叽叽喳喳地开了口。

"我们为什么不回到开始就作出的决定呢？"路易丝建议。

我转过去看塞维，但他的眼神并没有和我的交汇。我的儿子和女儿正忙着在草地上追逐一对喜鹊。一个代表了悲伤，两个则代表着喜悦。

女士们正在讨论着缎带绑手仪式和将要用的十二条缎带，每一条都有一种不同的颜色，每一条都代表了一句不同的誓言。

"亲爱的，我们想要让雪莉解释一下每一条缎带都有什么寓意吗？"

"好啊，"我说，"我想，来一点点机会教育可能是个不错的想法，因为并不是很多人都了解这个'打结'的仪式代表了怎样的概念。"

蒂思考了一下我说的话。"唔，不要了，"她说，"那样会花上太多时间，我们并不需要这么做。我们是否应该准备一个大垫子，让孩子们坐到前面来吗？"

"我觉得让孩子们坐到前面来不是个好主意，"我说，"他们很快就会无聊了，然后开始——"

"好了，大垫子一定要搬到前面来。"蒂说着。姑娘们都同意了，讨论于是又转到了鲜花上。

我向塞维走了过去。"你做得很棒。"他对我说。

那天晚上六点钟时，我们都已经洗好了澡，换好了衣服，聚在蒂的双亲家里，去分享他们为40个人预备的亲密晚餐。玛戈特和科尔姆的本性尽显无遗——令人愉悦、服务别人、笑意盎然，在厨房和餐厅之间跑来跑去地拿着饮料。屋子里到处都布满了鲜花。

"房间里美极了。"玛戈特走过时，我告诉她。

"全是变戏法变出来的，安德鲁，我的宝贝，"她唱着说，"全是变出来的。"话音还未落下，人却已经闪开了。

蒂的伯伯、姑姑、舅舅、阿姨们都聚在了这里，她的伴娘们来了后引起了一阵大惊小怪的骚动。我几个来自纽约的朋友喝着饮料，靠在墙边。我的大哥和母亲也在这里，他们于昨天到达，正好赶上了欢迎酒会。

人们一群群地聚着，开始自得其乐，喝着酒，聊着天，然后像是时钟指针转过一般，大家又几乎都围着布置在起居室里的桌子坐了下来。蒂的兄弟们像是侍应生般地招呼着客人们。前菜端了出来，大家一扫而光，然后，主菜上了桌子，我看着杯盘碗筷在眼前旋转、飞舞。

吃甜点的时候，从伦敦赶来的我的朋友劳伦斯，用刀叉轻敲起酒杯，使众人全都安静了下来。

"说些什么，安德鲁，说些什么吧！"他大声叫着，就好像是我的老朋友们出我的洋相一般。

我站起身来。"谢谢你，劳伦斯。"我开了腔，声音里充满了叫屋内的一些人窃笑不止的挖苦。我很简短地感谢了我的母亲和哥哥远道而来，蒂的全家为我们预备的美好一夜，然后我坐了下来，没有什么可说的了。幸运的是，蒂的全家里居然没有人在屋里听见我的讲话。

过了一会儿,蒂站了起来,讲了一段很情绪化的祝酒词,她致谢了她的双亲、兄弟们和全家,欢迎所有跑了老远的路远从美国来的人们。在这种场合里,她对于每个人的爱是显而易见的。环顾屋内,我看到不少双眼睛都是湿润润的。等她讲完以后,屋子里爆发出一阵温暖的、充满了爱意的鼓掌声,对她的致辞表示了感谢之意。

今天晚上,蒂会带着我们的小女儿住在她父母家隔壁的旅馆里。我则带着我儿子回到几条街外的家里。

我们坐在厨房里的桌边,分享着一条昨晚剩下的吐丝面包。

"你能把面包的硬外皮切掉吗,爹地?"我儿子在桌边问我。

"我的天哪,你今天晚上已经吃了两份鱼酱了。我想,你该是已经到了知道面包硬外皮是吐丝里最好部分的年纪了吧。"

他咬了一口:"其实还不赖。"

我揉了揉他的头发,我们无声地对坐着。在我心里,有一片纯净、静止的地界,一直单独地存在着。那是我身为孩子时,第一次在前院星空下接触到的地方,是我走进大千世界之前曾经告别过的地方,也是我生命中那么多美好事物生根萌芽的地方。多年以来,我存心、固执的疏离与分隔,我想要逃避的迫切,我不能被人理解和在世界中极端孤独的感受,全都是在一种想要保护心中这块独立的净土的渴望中滋生出来的。但是,我在过去几个月的旅行中所渐渐看到的,让我知道自己一直坚持着的争战,反而催生了所有它们试图防备的东西。旅行所能够启示我的是,我过去的诸多防卫、诸多在生存中所做出的保护性选择,还有决定了我许多行为及在世界中树立起我许多表象人格的举止态度,既是多余的,也没有任何作用。这种领悟立刻令我感到解放,并有种深深的熟悉感。

我从蒂身上所感受到的爱的温柔,让用以防卫世界的坚硬外壳变得毫无意义。这一刻,我感觉到那种爱似乎一直以来就在那里等待着我,它就在一层薄如蝉翼的丝布之下,只需一阵轻风掠过,它就会显现出来。

我和我儿子一起在床上读了《查理和巧克力工厂》的最后一章。那些被宠坏了的孩子都被抛弃了,只有查理、他的祖父乔和威利·旺卡走进了玻璃大升降机被升入了高空,冲破了工厂的屋顶,进到了日光之中,并且还带上了查理的全家人。

第二个婚礼

  我们（第二个）婚礼的那一天早晨明亮、清朗，但是等到塞维来到时，白云开始聚集起来，很快便遮蔽了整片天空。这一天早上，塞维没有说太多话，在我煮上茶的工夫，路易丝的伴侣康纳，已经开着他老旧破烂的绿色梅赛德斯车赶到了。

  "快一点儿，小伙子，康纳已经来了。"我对着已经从阁楼上下来、正玩着他的山妖玩具的儿子说，"我们要快点动身了。"

  "去哪里呀？"

  塞维和我对望了一眼，大笑起来："去结婚。"

  "还要结婚？"

  一路上，我坐在后排，跟我儿子坐在一起。他一路上都在跟康纳聊天，关心着《星球大战》里的哪些人物是最好的光剑武士。我们开过了帕默斯顿公园，一大片绿地中镶嵌着一小块游戏场。我常常跟孩子们在那里戏耍，也记得曾在不那么快乐的日子里，在那里独自行走，疑惑着蒂和我该怎样越过这些难关，而如果我们无法越过，那对我们又将意味着什么。我曾经精心策划着详尽的、有关于横跨大西洋的旅行方案和在旅馆中的停留——这些计划让我精疲力尽、万分绝望，但我总是最终决定要走回到那样的生活里，一遍遍地重试。

  然后，我们又路过了蒂表兄的家，我们都曾在那里过过一个快乐的圣诞节。我们又开过了兰诺拉格，那是蒂和我最初走到一起时常常去拜访的一个村落。突然之间，也不知道是为什么，我强忍住了自己的泪水，差一点就要让它夺眶而出。我望向窗外，车

Dublin   271

子恰好又开过了斯巴尔集市,前侧有成排的泥煤砖块高高地垒起。我们还路过了过去常去问津的一家皮萨店,窗上都装了活动的百叶窗;那间店是什么时候关门歇业的呀?然后,我们跨越了都柏林轻轨电车捷运系统的列车轨道,通勤族正是搭乘这些列车进城上班。当我们在右转后又迅速左转时,达特茅斯广场便出现在了我们眼前。

凉亭的常春藤蔓之间已驻满了玫瑰花,两只由玻璃罩罩住的大蜡烛已经安放在了雪莉将要站立的位置上。三只大枕头排列在最前排,可供孩子们坐下观赏婚礼。乐手们,一位大提琴演奏家和两位小提琴演奏家,已经预备好了要开始表演。一张大桌子上铺排满了食物,其中有橄榄、奶酪、蔬菜和切片的肉,还有冰镇的酒。一辆装着为孩子们预备的热食和巧克力汁的卡车也已经开到了。几张撑起了阳伞、排列了椅子的桌子已经散放在草坪上。我所见过的最雅致的折叠式厕所也已经安置在了广场外侧。蒂所有两度更改的——其实已更改了50次的——方案最终完美地陈现在眼前。

我儿子在开放式的草坪上追逐、雀跃,每次来到这里,他都会如此兴奋。我不知道塞维去了哪里。微风柔和地轻拂着,真的已经没有任何事情需要我去操心,除了站立在那里,我不知道自己还需要去做些什么。

抬眼时,我看见一个家庭已经自公园东侧的入口进了公园。他们全都穿上了正式的礼服,我马上便能推测出他们来到这里正是为了参加我们的庆典。我左右环顾,看到在另一个入口处,还有两对伴侣,也是穿得非常光鲜亮丽的,正缓缓走进公园。然后,仿佛在突然之间,人们开始出现在公园里的各个边边角角之处,像是被什么人召集起来似的,不过几分钟之内,超过100位的婚礼宾客聚集在了一处。我的母亲和大哥到了,蒂的兄弟们也都到了场。我看到蒂的几位表兄弟、叔叔和婶婶们,还有更多我认不出来的人们。然后,我们的庆典主持人雪莉款款入场,一身深蓝色的衣裙相称,看起来颇具个人特色。她带着一种典型的羞怯向我表达问候:"你好,安德鲁。"

我们已经预备好要开始,但是新娘的母亲却还没有到场。因为蒂的父亲会陪伴她自公园近旁雪莉的家里走到公园来,所以他已经在此等候一阵子了。我以为蒂的哥哥汤姆会去接玛戈特,但是却看见他和他的孩子们正在公园的另一角落里。

"乔治,"我走到蒂的弟弟面前,"你知道你母亲现在在哪里吗?"

他的眼睛睁得又圆又大,片刻之间,他已经掏出了自己的电话。

我又看见蒂的另一位兄长。"嗨,科尔姆,你知道谁会带你的母亲过来吗?"

他的脸色霎时间变得惨白一片："哦，我的天哪，是我应该去接她过来吗？"

蒂的哥哥汤姆走了过来："妈在哪里啊？"

"我们这里也没有答案呢。"乔治回应着。

"她可能找不到电话了，"科尔姆说，"这样吧，我去接她过来。我十分钟后就会回来，你们别太担心。"话音未落，他便急匆匆地朝着自己的吉普车飞奔而去。

罗南打了个电话过来，他正跟蒂在一起。"我们还在等什么？我们这里已经有一点儿着急了。我们开始吧。"

"就告诉他们我们需要再安排一下乐手们的位置，千万别提到她的母亲。"我说。

人们已经开始纷纷看起各自的手表来。

就在此时，从公园的正门处，玛戈特如同帝王般尊贵地款款走来，她身穿一件拖地的、流动着黑色和乳黄色光泽的和服，其中还夹杂了少许的银和红。这件和服是蒂送给她的礼物，在她离家时被门角给绊住了。她身上没有带着钥匙，接下来便发生了一连串令人啼笑皆非的事情，她花了二十分钟的时间，才一寸寸慢慢地将衣裙从门缝里拉出来，并且还没有将它弄皱掉。

"但是现在我们都没事了，安德鲁，我的宝贝。"她笑着，走向自己的席位。

乐手们开始演奏了，然后，一队人马走上了街头，又再折进公园，领头的是我们的女儿。她身穿的精美丝制雪纺绸衫还在风中微微飘动着。她打了几个哆嗦，但还是笑容满面，走起来充满了骄傲和自豪之感，她捧着的一小束花丛中藏着薰衣草、桉树叶和甜豆叶，一路引领着自己的母亲走入婚姻的殿堂。跟着她的是蒂的伴娘们，一路走来时还向两边轻轻抛洒着花瓣。然后便是蒂，身着一套典雅、庄重的乳白色丝制低胸礼服，手中也捧着一束由薰衣草和桉树叶编织而成的花环，她挽着父亲的手臂进了场。在雪莉的前侧，她的父亲把她交托给了我。

宾客们绕着我们围了一整圈，有些人坐在长凳上，但更多的人是站立着。我女儿爬在了玛戈特的腿上，稳稳地坐定在了那里；我儿子却还在公园里追逐、戏耍。在仪式的几个关键之处——当他的名字两次被念及之时，还有一次是当我们的手被绶带绑缚着吟诵誓词时——他出现了，就站在雪莉的身后。每一次当我和他的眼神交汇之时，都能看到他在笑着、旋转着、奔跑着。他的精力真是太旺盛了，怎么藏也藏不住。

阳光透过我们头顶的藤蔓，将点点光斑洒落在蒂的身上。在第一个仪式上，她的注意力全都集中在了我们的身上；而今天，在某种程度上，她既与我保持着亲密，又让全场宾客都感受到了一份平易和可亲。她简单的项链上有一颗宝石打了结，我伸出手去帮着她整理好。如果说，第一场仪式有一种唤起人意想不到的情绪的惊喜之感，那么，这一次，我发现自己在婚礼进行的过程中，始终觉察到一份自然和惬意。我能感觉出，蒂的某些有虔诚信仰的亲戚们正在无声地仲裁着我们这场婚礼的"非传统性"，也有一些蒂的朋友们为雪莉优雅而流利的表现而感到惊奇。所有对于围绕着我们的爱的不同反应都是可触知的——并且我对所有这些反应都表示欢迎，再没有什么能让我逃开。

整个下午漫长而轻松，这正是蒂曾经说过她所希望的。所有食物都被宾客们狼吞虎咽地吃完，美酒也都被喝光了。孩子们和他们的父母玩着足球。一只风筝被人放上了天空。脸谱画家在我女儿的脸颊上创造了一只巨大的蓝色蝴蝶。我那喜欢连续翻上一大串侧手翻的儿子已经学会了以一只手来完成这些动作，那重重的石膏绷带还绑在他的另一只手臂上。我一直未曾注意到的由扬声器传出的音乐声，让蒂和她的伴娘们在草坪上翩翩舞动起来。在下午的时光里，有几次短暂、轻微的细雨飘过天空；每一次飘雨时，美国人都会急匆匆地躲进凉亭。

"噢，真是丢脸呀。"有人窃窃私语。

爱尔兰人就这么待在雨中，雨来得急，去得也快，宣告着一个"荣耀的下午——为草地披上了一层光泽"。

当整个庆典终于慢慢落幕时，我们折回家里停歇了一个小时，然后再赶到一家就在蒂父母家近旁的、由家庭经营并且仅有12间房间的旅馆，我们要在那里召开一场歌舞同乐会。

在几个月的时间里，蒂一直告诉我，我将要在婚礼上跳舞，也在这几个月之间，我一直在这件事情上闪烁其词——"我们看看膝盖的情形后再作决定吧。"这是我的托词，或是在她提及时干脆避而不谈。但是到了此刻，已经无法再对它有任何回避的理由了。

负责在我们起舞时喊出指令的杰瑞，看起来矮小、瘦弱，一绺绺的灰发向着各个方向直挺挺地伸展出去。他站在四位乐手的旁边——一位小提琴手、一位宝兰鼓手、一位六角手风琴手和一位长笛手。乐手们坐在已经撤空了桌子的餐厅壁炉前面，椅子则沿墙壁摆放了一整排。从沾有污渍的铅框玻璃窗口可以望见停车场,屋檐也很低矮。

爱尔兰的同乐会舞蹈和美国的方块舞其实并无二致,只是音乐上更为讲究,而人们喝多之后更想去跳舞罢了。杰瑞将我们排成四行,开始解释舞步的变化、每一行如何变换队形以及跺脚、旋转、快速转动、拖脚、移动及频繁交换舞伴等技巧。他那冗长、繁复的指导让人根本不可能跟得上。每个人都彼此对看着,耸耸肩又摇摇头。我开始觉得有些难为情了。这真的是一个可怕的主意,事情会变得一团糟。

"这一招叫做'包围恩尼斯'。"杰瑞向众人高喊着,音乐便跟着开始了。宝思兰鼓砰砰砰地敲击出了一种持续性的、我们永远都无法抗衡的节奏,小提琴随之切入了一种激烈的步速,手风琴也衬托着使乐声增强起来,长笛的旋律再在这些乐声上飘动。

杰瑞高喊着"一——二——三——四",突然之间,我们变换队形、跺脚、旋转、快速转动、拖脚、移动、交换舞伴,然后再重复着整个过程,变换队形、跺脚、旋转、快速转动、拖脚、移动。先是玛戈特跟我挽着手臂,然后马上就换成了一个我完全不认识的人;再之后,不知是科尔姆踩了我的大脚趾,还是我撞进了他的怀里?再一瞬间后,蒂又回到了我的身边,可是立刻,赛维又从身边飞旋而过。每个人都是既专注又忍不住大笑着。音乐配合得绝妙异常,我们飞旋着,一次次地交换着舞伴。渐渐地,音乐声愈发增强加快,我们旋转、飞舞了一次、一次又一次。到了最后,音乐节奏已经快到了不可能再快的地步,舞动也到了最高潮。等到终于停下来时,每个人都大口喘着粗气又大笑不止,欢乐延续在彼此的心里。

"让我们再跳一次!"我居然听见自己如此高声叫嚷着。

蒂喘着粗气又转回到我身边,我看得见她的眼里闪动着狂喜和惊异。她用双手抓过我的脸,在我嘴上用力地亲吻着。在这一瞬间,我已全然成为自己——那个躲在住家附近的树丛间独自玩耍的害羞孩子,那个偷偷溜进大学的家伙,然后拍了那些电影,然后在环游世界中找到了他自己的人生道路。我是个父亲,也是个儿子,还是个丈夫。在这一瞬间里,我拥有了全部身份,并且变得更快乐,更自由,比我记忆中的任何时候更是如此。

"现在,你成了一个爱尔兰人啦!"她在大笑声中对我高喊。

"这一招叫做'驴子穿鞋'。"杰瑞唱着宣布,又开始另外一组极其繁复的、令人无法跟上的指引。衣服一件件地脱去,领带也扯开了。我女儿不知何时也出现了,跳

Dublin 275

到了我的手上。乐队开始奏起了吉格舞曲的节奏。我抱紧了她,我们旋转、飞舞、跺脚。她细细的手臂兜在我的脖颈上,我们都大笑起来。在旋转、飞舞、跺脚时,我的胳膊因为要支撑起她的全部重量而感觉似乎要折断了,但是我不会放下她来,我希望她一生都会记住这一刻,因为我会记住一辈子。

在"墙上的打油诗"、"简易刷子舞"和其余几招之后,乐队终于要休息一下了。

在吧台边,我试着要拉住害羞的美国人一起共舞。蒂的朋友比布和她的丈夫肖恩表现得非常勉强。

"快来吧,你会爱死它的。"我大叫着,离他们的脸只有几英寸远。

我或是口沫横飞溅到了他们,或是汗珠甩到他们的脸上——不管是哪一种,他们居然向后退了几步。当蒂走过来,比布一把抓住了她。

"你老公已经变成'大河之舞'的舞王了。"她揶揄着我。

等我走下楼,乐队再度开始演奏。连我儿子也出现在了舞池的地板上,他还抓着蒂父亲的手,我儿子的老朋友兼新表兄特里斯坦也拉着科尔姆的另一只手。三个人跳得不亦乐乎,笑得几乎要岔了气,我几乎能确定他们一定会滚落在地板上。最终,科尔姆不得不停了下来,我儿子又开始了他自己的独舞。他已经在舞池中疯得无法自拔了,又是转,又是踢,又是跺,又是跳,他居然是一堆热血沸腾的成人中唯一的孩子。他已经疯得把什么都豁出去了。

又过了很久、很久,我试着把他带到旅馆里的一间小屋子睡觉。在一张单人床上,我挤在他的身边,即使门已经关紧了,还是听得见屋外传来的音乐声。他看起来像个大人一般,但毕竟还是个小孩子。他从来未曾撑到这么晚还不去睡觉。

"几点钟了,爹地?"

"差不多两点了。"我回答他。

"喔。"

我们在黑暗中直挺挺地躺着,两个人的呼吸都因为亢奋而急促。

"那音乐声还在响着,我怎么可能睡得着呢?"

"我也不知道,"我告诉他,"但你一定要睡了。"有好一阵子,我们都静默无声。

"我好爱你,爹地。"

"我也好爱你,小伙子。"

乞力马扎罗峰顶，到达着实不易

婚礼现场

跳吉格舞

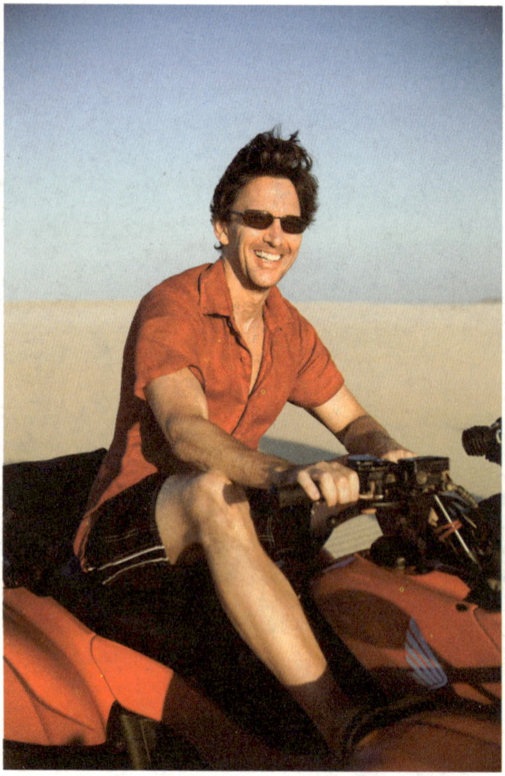

"爹地？"

"什么事呀？"

"我很高兴，你结婚了。"

"真的吗？"我能感觉到泪水要从我紧闭的眼眶后迸出来，"那对我来说，真是意味着太多太多了。"

"是啊，"我儿子说，"今天晚上，我要喝上6罐可乐。"

快要到三点钟的时候，我发现蒂和她的几个女朋友们一起蜷缩在屋角。"我可不想打搅你们的女巫团，但是我要去睡了。"我说。

蒂站起身来亲吻了我："你还好吗，亲爱的？"

"我很好，就是头有点疼。现在已经是凌晨三点钟了。"

"我很快就进来了。"

我走到我女儿身旁，她的卧房就在我儿子房间的隔壁。她睡在一张大床上，我悄悄爬到她的身边，将她揽在自己的怀中。她在睡梦中蠕动着身体。不久，门打开了，在蒂端着一大瓶冰水走进来时，亮光也透过白色的床罩直射进来。她扭摆着身体脱下礼服，从我女儿的另外一侧爬上床来。我们都叹了口气，隔着我们熟睡的孩子伸出手去，在黑夜中立刻紧紧地握在了一起。

"我拿了些水进来，喝一点吧，头痛可能会好些。"

她从床头柜上端起水瓶，我伸出手去接了过来。我们的手在黑暗中撞到了一起，一大瓶水滑落在地，整张床都被溅湿了。我很快将我们的女儿移到大床的一侧。

"快去拿浴巾来，亲爱的。"蒂说。

我冲进浴室，抓了两条浴巾铺在床上，试着想要尽可能地吸掉一些水，但是床还是湿透了。我们无所适从，不知所措，在黑暗中，两个人都无声地笑了起来。

我们爬回到床上。我抓住床边，将湿掉的浴巾裹到自己的身体下面。蒂在床的另一侧弓起身体，我们的女儿躺在她的胸脯上，身体不会被弄湿了。已是凌晨3点半了。我们需要在八点钟起床去赶飞往非洲的班机。

"你梦到过新婚之夜将会发生的这每一件事情吗？"我在黑暗中问蒂。

"每一件都是那么完美，亲爱的。"蒂如此回答我。

Dublin 277

尾声　圆满

次日一早，蒂和我便动身去了莫桑比克。我们为不得不这么快地离开而感到遗憾。"我们要错过验尸时间了。"蒂一直在揶揄着。当一切高潮和低潮将被再度回味和重述之时，我们居然已经离开了她的家。但是说到我们的计划，绝大部分本来就是在飞机上酝酿和定下的，它们也被其他无数的变数所左右，仿佛多米诺骨牌效应一般，最终变成我们无法改变的早早离去的结果。

我们先是飞到了伦敦；然后连夜赶到南非的约翰内斯堡；之后再赶到莫桑比克南部的维兰库洛斯。我们花了一整天时间来修整自己，然后便进了丛林地带。戈隆戈萨国家公园里的野生动物在经过长达十六年、毁了大半个国家的内战之后已是危在旦夕。过去几年中，为了使公园重现生机并再度引进运动项目，大量的努力投注在了这里，但是要想达成目标，还有很长的路途要继续跋涉。今天，这个地方依旧蛮荒、粗野、遥不可及。戈隆戈萨在过度开发中所欠缺的，也同样欠缺在其有效的服务中，这就是为什么我们会先让轮胎泄了气，然后在黎明到来时，也无法在泥土路边找到备胎服务，唯有任凭丛林深处传来的击鼓声震撼我们的耳膜。

最终，另外一辆面包车开到了，载着我们驶完剩余的路程，将我们送到贝拉的机场。这里和非洲几乎所有的机场一样，一派无可救药的过时与陈旧，很难让人对它产生一点点信心。我们的航班已经起飞很久了，下一班飞机必须等到明天。我仔细研究过自己的旅行手册，发现贝拉是"整个莫桑比克内，甚至是整个非洲境内最易受到疟疾感染的地区"。我没有把这条消息告诉蒂。

在内战期间，贝拉是抵抗者的大本营，至今还未展现出复原的真正迹象，依然是一片饱受非洲战乱蹂躏的喧嚣之地。第二天一早，我们回到了机场。

我们花了十六个小时，转了三班飞机，又经过两段颠得让人骨头散架的旅程，穿越400英里，才抵达印度洋边基林巴群岛北部海岸线的某个小岛上。我们到达时，太阳已经落山很久了。

第二天清晨，热带天堂的景象在我们面前展现开来——沙滩白得耀眼，如奶油一般软滑；翠绿色的波浪拍打着海岸线；天空浩瀚、湛蓝；棕榈树在轻风中微微摇动，似乎送走了空气中的一切暑气。吃早饭时，我们品尝到了油煎薄饼和新鲜的芒果。我们看着黄色的单桅三角帆船从地平线上驶过。我们在印度洋中畅游。第二天，我们还是享受着同样的美景。我们在午后燕好，然后睡上长长的一觉。在昏黄的落日余晖中，我们在室外沐浴；在夜晚的沙滩上，我们享用烛光晚餐。群星点亮了夜空。我们很早便上床休息，直睡到阳光洒满了整个房间。

我们曾考虑过在此多停留几日，来弥补那些我们所错失的美好时光，但是蒂却转向了我。"我想念孩子们了。"

"其实，我也是。"

★ ★ ★

在我们回到家中的几个星期后，蒂将我从睡梦中摇醒。

"安德鲁，我觉得自己染上疟疾了。"

"啊？"

"我想我染上了疟疾，"她又重复了一遍。"我身体边侧有一种刺痛，这是疟疾的典型症状，潜伏期算下来也是刚刚好。"

"也许是你今晚吃的中餐引起的。"

"我还觉得浑身发黏。"

我探了探她的额头。一切正常。"如果你能活到早上的话，我们打电话给医生。"

她呻吟了一下，转过身背向我而去。

几分钟后，我听到我女儿吧嗒吧嗒的脚步声。她爬上床来，挤进我们两人的中间。然后,我儿子也出现了。"睡过去一点,爹地。"

很快,当我在黑暗中醒来时,便听到了每个人平稳的呼吸声,我曾想要的一切都在身边了。我翻过身去,一只蚊子正在我的耳边嗡嗡作响。

备注

在离开亚马逊之后，我到了利马。在那里，我遇见了弗朗西斯科和他的妻子比尔吉特，我们还一起吃了顿晚餐。在我们的交谈中，我将那个小姑娘的事情告诉了他们，也向他们讲述了船上几个乘客曾经表达想要帮助她接受手术的意愿，现在，只是需要有人从中做一些协调和安排。弗朗西斯科于是一肩扛下了整件事情，他安排那个小姑娘——她当时只有六岁，名叫桃瑞丝——从亚马逊流域到了伊基托斯，然后又在她的父亲陪同下到了利马。经过众多的医疗咨询，她的舌头动了手术，手术很成功。弗朗西斯科独自负担了全部的医疗费用。桃瑞丝在完全康复后，回到她在哈腾波萨的家中。

致谢

在我还未开口讲个明白之前,大卫·库恩就明白了我要说的意思,并且帮助我提出了有关写作此书的设想。亚历桑德拉·巴斯塔格力是第一个对此书充满了信心的人,并且自始至终是它的声援者和顽强的捍卫者。玛莎·K·列文和多米尼克·安富索也为此书付出了他们不懈的支持和帮助。阿雅·波洛克是如此谨慎细致。而达妮埃拉·维克斯勒又是如此耐心和勤勉。如果不是因为基思·贝洛斯,我不可能写出任何东西来,他是第一位在一个演员询问写作的可能性时,便给了他机会去尝试的人。还有一些其他人:苏珊·戴斯莫、达妮·夏皮罗、麦克·马伦、南希·诺夫格罗德、路克·巴尔、杰恩·怀斯、坎迪斯·布什内尔、杰奎琳·卡尔顿、丽莎·简·博斯基、斯蒂芬·欧康纳、路易斯·维克尔,他们都在一路上给我给我许多宝贵的见解。我也要向我的全家致以谢意,他们所有人——都没有提出要在书中现身的要求;我希望他们能够接受、宽恕、理解我的用意。最后我想说的是,若是这个世上没有多洛莉斯(即书中的"蒂"),也就不会有此书问世的可能了——原因很明显,但也有一些不那么明显的原因。因为她,我变得同样懂得感恩、敬畏、蒙福和谦卑。